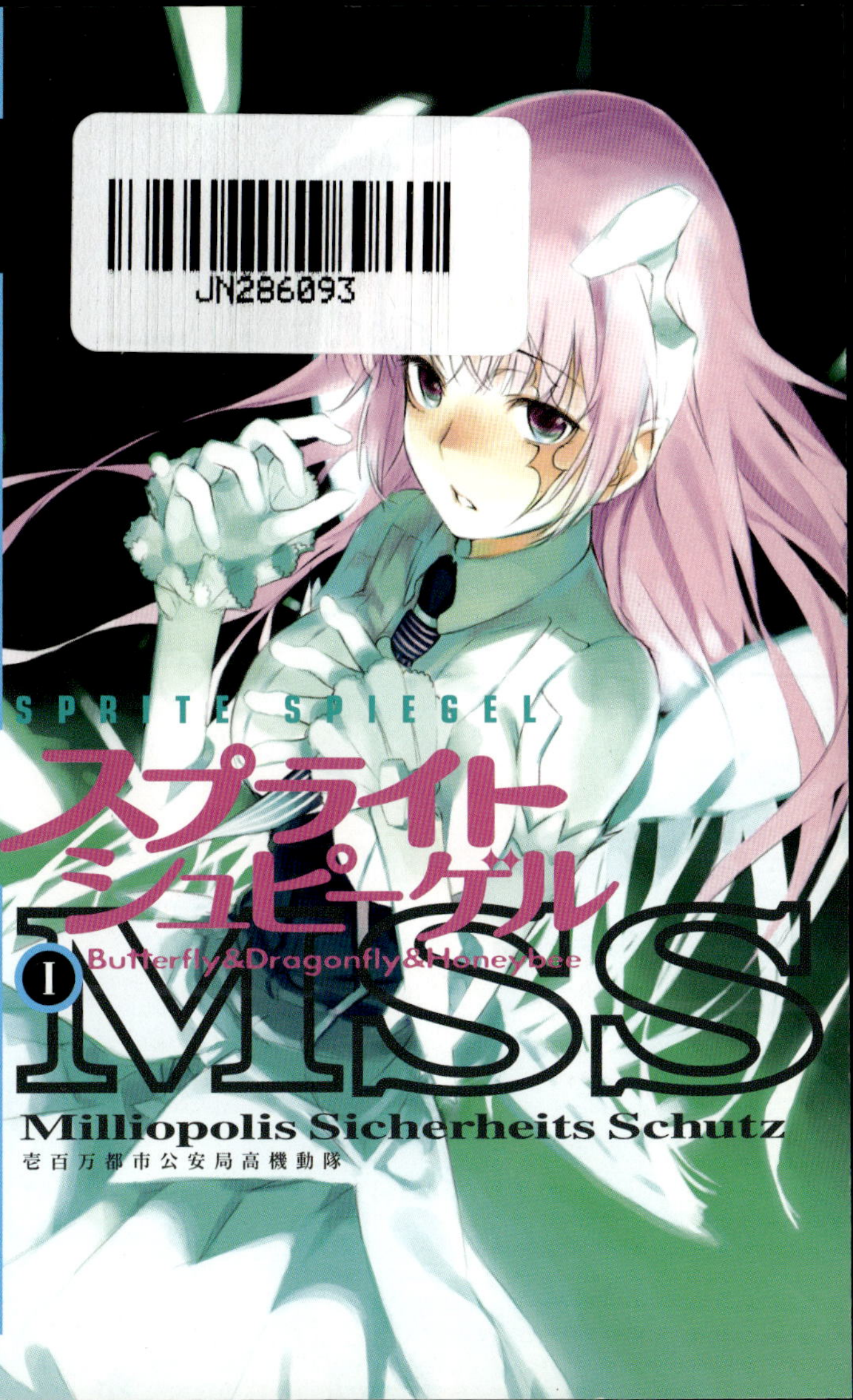
SPRITE SPIEGEL
スプライトシュピーゲル
I
Butterfly&Dragonfly&Honeybee
MSS
Milliopolis Sicherheits Schutz
壱百万都市公安局高機動隊

《妖精《スプライト》たちへ！
〈紫火《アメテュスト》〉、〈青火《ザーフィア》〉、〈黄火《トパス》〉、
総員、要撃開始！》
MSS
Milliopolis Sicherheits Schutz

MSS
Milliopolis Sicherheits Schutz
超少子高齢化による人材不足のため、
児童に労働の権利を与え、
障害を持つ児童を無償で機械化する政策が発表された。
そして、優秀な機械化児童には、
〈特殊転送式強襲機甲義肢〉
——通称、〈特甲《トッコー》〉を与え、
増大する凶悪犯罪やテロに対抗させた。
彼女たちこそ、最強の特殊兵科
——MSS要撃小隊《焱《フォイエル》の妖精《スプライト》》だ

スプライトシュピーゲルⅠ

Butterfly&Dragonfly&Honeybee

1295

冲方　丁

富士見ファンタジア文庫

136-8

口絵・本文イラスト　はいむらきよたか

目次

第一話　焱《ほのお》の妖精《ようせい》

クイズです♪　クイズです♪

ギリシャ神話のヘラクレスは十二の難行《なんぎょう》を果たしたことで有名ですが、ではそもそもなぜ難行への挑戦《ちょうせん》を決めたのでしょうか？

A☆子供《こども》を亡《な》くしたから。

B☆嫌《きら》われ者だったから。

C☆神様を恨《うら》んでたから。

Ⅰ

「さ――ぁ♪　答えはどれだと思いますかしら♪　乙《ツバメ》さん、雛《ヒビナ》さん？」

少女Aの呼《よ》びかけ――通りに面したカフェ。

同席＝少女B＋C――反応《はんのう》なし。

「はー……超《ちょう》良い天気。超ばっくれてー」

少女B＝乙《ツバメ》――鮮烈《せんれつ》な蒼い眼《スカイ・ブルー》／鋭角《えいかく》的ツインテール／すらりとした脚《あし》／青いスカート／ニーソックス／エナメル靴《ぐつ》。行儀悪《ぎょうぎわる》く足を組み、春の青空を仰《あお》ぐ〝理由無き反抗《はんこう》〟態勢《たいせい》。

その可憐《かれん》な唇《くちびる》に、棒付《ぼうつ》き球体菓子《がし》＝ロリポップをワイルドにくわえ、ガリガリ齧《かじ》る。

「…………」

少女C＝雛《ヒビナ》――淡《あわ》い琥珀の目《アンバー・ライト》／金色のショートヘア／黄のリボンタイ／細い脚／芥子色《からし》のスカート／ストッキング／エナメル靴。小さな肩《かた》をすくめて自己《じこ》閉鎖中《へいさちゅう》――ヘッドホン＆腰《こし》に旧式《きゅうしき》アイポッド＝リヒャルト・シュトラウス作曲『悪ふざけ野郎《テイル・オイレンシュピーゲル》』＝大音量。

《あ・な・た・た・ち》

少女A＝地声から無線通信《ウィスパー》へ――半眼《はんがん》／手が腰に。

ゴトリと音を立て、九ミリ拳銃《けんじゅう》がテーブル上に出現《しゅつげん》。

《脳《のう》ミソぶちまけたいですかしら？》

「Bっす」「Cです」

乙《ツバメ》＋雛《ヒビナ》――即答《そくとう》／宙《ちゅう》を漂《ただよ》っていた目が回れ右して少女Aへ。

「よろしい」

少女Aの微笑《びしょう》＝優《やさ》しげ／拳銃は魔法《まほう》のように一瞬《いっしゅん》で腰ポシェットに収納《しゅうのう》。

「……なんか鳳《アゲハ》のやつマジでスイッチ入れてね？」乙《ツバメ》――呆《あき》れ顔／雛《ヒビナ》にひそひそと。

「警察《けいさつよ》呼んだ方が良いかもぉ」雛《ヒビナ》――真顔／ヘッドホンを外さず読唇術《どくしんじゅつ》で会話。

「お二人とも。今日は特別な日なのですわ。しゃんとなさい」

少女A＝鳳《アゲハ》――気品に満ちた深紫《ディープ・パープル》の瞳＝左目にザックリ走った**海賊傷**《かいぞくきず》。

艶《つや》めくロングヘア×ウェーブ／ふんわり袖《そで》のシャツ／紫《むらさき》のリボンベルト／紫のピンストライプのタイ／長い脚／上品なタイツ／黒靴＝全《すべ》て小隊の制服《せいふく》。

「お待たせいたしました」

若《わか》いウェイター――運んできた飲み物をテーブルへ。

鳳《アゲハ》＝アールグレイ。「タバスコを頂《いただ》けますかしら？」

乙《ツバメ》＝ホットココア。「オレ、砂糖《さとう》足んない。砂糖もっとちょーだい」

雛《ヒビナ》＝レモンソーダ。「ボク、レモン欲《ほ》しい。十個《こ》くらい欲しい」

気圧《けお》されて応《おう》じるウェイター＝各調味料を運搬《うんぱん》――三人の手が素早《すばや》く伸《の》びる。

「ちょっと乙さんたら、入れすぎですわ」

鳳――紅茶《こうちゃ》に降《ふ》り注がれるタバスコ。

「鳳にだきゃぁ言われたくねーっす」

乙――シュガースティック6g×8＝同時投入。

「…………」

雛――ミニカップ入りレモン汁《じる》×12を開封《かいふう》／投入／開封／投入。

たじろぐウェイターを完全無視《むし》――傍若無人《ぼうじゃくぶじん》にカップを持つ三人。

鳳＝極辛党《ごくからとう》。赤い油が浮《う》いた凶悪《きょうあく》な液体《えきたい》を上品に一口／可憐に微笑。

「ああ、体が温まりますこと」

乙＝極甘党《ごくあまとう》。ココア：砂糖＝ほぼ1：1／ゲル化現象《げんしょう》／生コンクリートそっくり。ロリポップをくわえたまま、ココア味のするドロドロの砂糖をシャーベットのように摂取《せっしゅ》。

雛＝酸味党《さんみとう》。几帳面《きちょうめん》に唇《くちびる》中央にくわえたストロー／歯が溶《と》けて無くなってしまいそうな炭酸《たんさん》風味のレモン汁を、吸入《チュー》／嚥下《ゴクリ》／吸入《チュー》／嚥下《ゴクリ》＝無表情《むひょうじょう》――忘我《ぼうが》の境地《きょうち》。

「うぷっ」よろめくウェイター――退散《たいさん》。

「てか、クイズの答えはどれよ？」

乙──ロリポップを齧りながら。

「あら、気になりますの？」

鳳──やたらと嬉《うれ》しそうな顔。

「気にしないもん」雛──レモン汁の空容器《からようき》でピラミッド建設完了《けんせつかんりょう》。「だってCだから」

「そ・れ・は♪」

ぱちりとケースの蓋《ふた》を閉《し》める鳳。

《妖精《スプライト》たちへ》

ふいに副官からの声なき無線通信《ウイスパー》。

三人の顎骨《がっこつ》に移植《いしょく》された通信器＝誰《だれ》にも聞こえない電子のささやき《ウイスパー》。

《第二態勢《たいせい》へ移行《いこう》。先取攻勢《こうせい》による要撃準備《ようげきじゅんび》！》

《了解《りょうかい》、ニナさん。ただちに要撃準備を整えますわ》

鳳の応答《おうとう》──起立／二人を見る／浮《う》き浮きと。

「と・いうわけで♪　お仕事が終わりましたら、お教えいたしますわね♪」

「だりー」「Cだもん」

乙＋雛──起立。

「さ、お二人とも、いらっしゃい。あたくしが、おまじないをして差し上げますわ」

ミリオポリス第二十三区《リーズィング》——通りを挟《はさ》んだカフェの向かい。

真新しい**教会**＝アウグスティヌス派《は》参事会——その一階、司祭室。

「無理な相談だ、**ニナ**」

初老の男——司祭服／見事な白髪《はくはつ》／灰《はい》色の目／深い皺《しわ》／厳冬《げんとう》に佇《た》つ老オークの樹《き》の風情《ふぜい》＝揺《ゆ》るぎなく／動じない。

「知っての通り、この街《ミリオポリス》には十八の宗教《しゅうきょう》、四十二の宗派が混在《こんざい》している。互《たが》いの無理解《むりかい》が争いを呼《よ》ばぬよう、代表者を招《まね》き、会合を開く。それを我《わ》がカトリック教会が主催《しゅさい》するときに限《かぎ》って中止するわけにはいかない」

「平和的な対話それ自体を憎《にく》む者がいるのも事実です、**トマス・バロウ神父様**。そうした者たちがカトリック教会の主催日を狙《ねら》って襲撃《しゅうげき》を計画した情報《じょうほう》があるということも」

女——純白《じゅんぱく》のスーツ／短い黒髪《くろかみ》／漆黒《しっこく》の眸《め》＝酷寒《こっかん》の夜のように硬質《こうしつ》／冴《さ》え冴えとした肌《はだ》／凛《りん》とした美貌《びぼう》——トルコ系《けい》。

「会合の全員が見えぬ恐怖《テロリズム》と戦っている。退《しりぞ》けない理由を数えればきりがない」

「しかし敵《てき》が赦《ゆる》す理由にはなりません。特に、かつて兵器開発局の技術顧問《ぎじゅつこもん》だった、あなたを赦す理由には……バロウ神父様」

「私は一介《いっかい》の神父に過《す》ぎないよ、ニナ。心配せずとも警察が二十人規模《きぼ》で警備《けいび》にあたってくれている。それとも君の狙いは、私にＭＳＳの出動を要請《ようせい》させることかね？」

「そのような事態《じたい》に陥《おちい》らぬよう、ここの警官《けいかん》が本来の役目を全《まっと》うすることを祈《いの》ります」

「皮肉はよしたまえ。君も彼らも治安を守る者同士だ」

バロウ神父――窓辺《まどべ》へ／向かいのカフェを見る――溜《た》め息《いき》。

「彼女たちを配置するとは……。君の上官であるヘルガは危機《きき》を好機に変える名人だ」

ニナ――無言／氷像《ひょうぞう》のように直立不動。

バロウ神父は戸口へ――呼《よ》び鈴《りん》。「冬真《トウマ》」

黒い学童服の少年が入ってくる――柔《やわ》らかな金髪／白い頬《ほお》／碧《あお》い睛《ひとみ》／まだ立ち上がったばかりの子鹿《こじか》の風情。

「お呼びでしょうか？」

「あのカフェにいる三人のお嬢《じょう》さん方と、こちらのニナを、客間に招《まね》いて、カフェを振《ふ》る舞《ま》って欲《ほ》しい」

「はい、神父様」少年の退出《たいしゅつ》――小走り。

ニナが一歩前へ――氷のように凛として。

「我々《われわれ》ＭＳＳの情報が信じられませんか？」

「いいや。君たちは情報のエキスパートだ。そして私はこの会合を、君たち公安局の政治《せいじ》的踏《ふ》み台にさせるわけにはいかない。重要な情報は警察に。私は会合に出ねばならない」

「私も同席させて頂《いただ》けますか？」

「それは困《こま》る。みな君に心を奪《うば》われ、誰も私の話を聞かなくなってしまうからね」

バロウ神父の微笑《びしょう》——やんわりと。

無表情のニナ——冷たい剣《つるぎ》のように美しい面立《おもだ》ち。

「冬真の淹《い》れるカフェは美味《うま》い。君も味わってから帰るといい」

廊下《ろうか》を歩み去るバロウ神父——物腰柔《ものごしやわ》らか／態度《たいど》は大らか／それでいて説得に倒《たお》れない根深い何か。

見送るニナ——黒ダイヤのような眸＝硬質な意志《いし》——その手に携帯《けいたい》電話。

「この国《オーストリア》の宗教者《しゅうきょうしゃ》は、もはや政治家以上に政治的です……神父様」

低い呟《つぶや》きとともに電話の緊急《きんきゅう》回線をオンに——指令＝切るような鋭《するど》さ。

「妖精《スプライト》たちへ。第二態勢へ移行。先取攻勢による要撃準備！」

「いない」少年——冬真＝困った顔。

通りの向こうのカフェ——無人のテーブル。

ゴミの山＝空のタバスコ瓶《びん》・砂糖袋《さとうぶくろ》・レモン汁《じる》の容器《ようき》――入れ違《ちが》い。

「どういうお客様なんだろう」

首を傾《かし》げながら教会へ戻《もど》る――玄関《げんかん》の横手に三人の警官たち。

大声で談笑《だんしょう》――全員の手に煙草《たばこ》。

そちらへ歩み寄《よ》る冬真。

「ここは禁煙《きんえん》です。喫煙所《きつえんじょ》以外でのお煙草はお控《ひか》え下さい」

警官たちの沈黙《ちんもく》――にわかに爆笑《ばくしょう》。

「そいつはどこの宗教用語ですかね、教会のお使いさんよ」「聞いた感じじゃ日本語《ヤパニシエ》のようだぜ」「オーストリア流のドイツ語じゃないのは確《たし》かだな」

たじろぐ冬真――かっと頬が紅潮《こうちょう》する／なけなしの怒《いか》りを込《こ》めて。

「宗派《しゅうは》によっては喫煙を禁じている方もおりますので」

「宗旨替《しゅうしが》えするよう言ってやんな」

警官の一人が冬真に顔を近づけ、いきなり煙《けむり》を吹《ふ》きかけた。

目・鼻に強烈《きょうれつ》な刺激《しげき》――驚《おどろ》きと屈辱《くつじょく》に思わず後ずさる。

「な、何をするんですか……！」

さらに迫《せま》ってくる警官――据《す》わった目／睥睨《へいげい》／ドスの利《き》いた尋問《じんもん》口調――暴力《ぼうりょく》の風圧《ふうあつ》。

「おい、お前らが誰に守ってもらってるか言ってみろ」

冬真――絶句《ぜっく》／立ちすくむ。

「俺《おれ》たちだ。ここは俺たちの管轄《かんかつ》だ。坊《ぼう》さんの見習いになめた説教をされる筋合《すじあ》いがどこにあるってんだ？」

「一本めぐんでやるから帰んな、稚児《ちご》さん」

別の警官が火のついた吸い殻《がら》を指で弾《はじ》く――冬真の胸元《むなもと》に当たって火花が舞った。

慌《あわ》てて顔を背《そむ》けた途端《とたん》、容赦《ようしゃ》のない笑い声が起こった。

棍棒《こんぼう》のように心を叩《たた》き折《お》る響《ひび》き――落ちた吸い殻を見つめたまま動けなくなる冬真。

ふいに小さな黒靴《くろぐつ》が現《あらわ》れ、吸い殻を踏んで火を消した。

「下品で醜悪《しゅうあく》な臭《にお》いですこと」

笑いが急停止――反射《はんしゃ》的に目を上げる冬真。

腕《うで》を組んで立つ、一人の少女。

深紫《ディープ・パープル》の瞳――左目の海賊傷《かいぞくきず》＝異様《いよう》な迫力《はくりょく》――微笑《ほほえ》み＝芯《しん》から上品に。

「ダイオキシンなど二百種類以上の有害物質をふくむ煙草の煙は、喫煙しない第三者に最も強く被害《ひがい》を及《およ》ぼします。すなわち副流煙《ふくりゅうえん》による受動喫煙」

ぽかんとなる冬真＋警官たち。

少女が続ける——完璧《かんぺき》なオーストリア流ドイツ語発音。

「煙草はあらゆる癌《クレブス》、肺気腫《ルンゲンアウフブルング》、気管支炎《ブロンヒティス》、ぜんそく《アスマ》、胃潰瘍《マーゲンゲシュヴアール》、心筋梗塞《ヘルツインファルクト》、脳卒《ゲヒルンシ》中《ユラク》、脳出血《ゲヒルンブルートゥング》、糖尿病《ツツカークランクハイト》、口臭《ムントゲリューヒ》、難産《アイネゲプーアトシュヴエレ》、カリエス《クノッヘンフラース》など多くの病疫《びょうえき》をもたらし、また七百度にもなるその火は全世界の火事の原因《げんいん》のトップ。万一この文化施設《しせつ》で火《か》災《さい》を起こせば、被害額《ひがいがく》はあなたの一生が十回あっても足りませんわ」

一拍《いっぱく》の間——少女が警官《けいかん》たちを見渡《みわた》す。

「ドイツ語は通じますかしら。薄汚《うすぎたな》い警察用語を使わなければなりませんの？」

冬真に迫《せま》っていた警官——怒気《どき》を込めて少女に近づく。

「それくらいにしておきな」

半歩下がる少女——鼻に手を当てながら。

「なんて口臭《こうしゅう》。もう少し離《はな》れて下さいませんこと？」

目を剝《む》く警官——意に介《かい》さぬ少女＝冬真へ微笑みかける。

「あなた、もしかしてカフェで、あたくしたちを探《さが》していらっしゃった？」

「あの、僕《ぼく》……」

返答につまる冬真——身を乗り出す警官。

「このガキ——」

そのとき、けたたましい音が二人の声を掻《か》き消した。
車のブレーキ音――タイヤの擦過音《さつかおん》＝複数《ふくすう》。
ふいに少女の身が沈《しず》んだ。
翻《ひるがえ》るスカート――長い脚《あし》が突風《とっぷう》のように警官の膝《ひざ》を蹴《け》った。
ものの見事に転倒《てんとう》する警官――ぎょっとなる冬真。
通りに急停止した三台のバン＝その窓《まど》から突《つ》き出される、幾《いく》つもの自動小銃《しょうじゅう》。
閃光《せんこう》／轟音《ごうおん》――立て続け。
弾丸《だんがん》の飛来――警官の上半身があった空間――教会の壁《かべ》に、横殴《よこなぐ》りの弾痕《だんこん》×6。
粉塵《ふんじん》／火花／鉄が焦《こ》げる猛烈《もうれつ》な異臭《いしゅう》――辺りが明るむ／目がくらむ／空気が震《ふる》える。
ほんの一瞬《いっしゅん》の間に、世界の全《すべ》てが塗《ぬ》り替《か》えられる。
「なにが――」
起こったか分からぬ冬真の胸ぐらを、少女の手がつかんだ。
そのまま引き倒《たお》される――信じがたい握力《あくりょく》・腕力《わんりょく》。
すぐそばを空気を裂《さ》いて何かが通り過《す》ぎる――恐怖《きょうふ》が後から来る。
少女とともに教会の玄関へ滑《すべ》り込まされる――機敏《きびん》な退避《たいひ》。
「あっ……」

吸い殻を放《ほう》った警官——呆然《ぼうぜん》——被弾＝胸《むね》・腹《はら》・脚。

血煙《ちけむり》が舞《ま》い、衣服が弾丸の熱で燃《も》え、声もなく倒れた。

「こちらへ、早く！」

少女の叫《さけ》び——もう一人の警官が玄関へ転がり込む。

少女に蹴られた警官が必死に地面を這《は》う——絶叫《ぜっきょう》／金切り声。

「テ、テ、テロだぁ——っ！」

II

ミリオポリス第二十二区《ドナウシュタツト》——未来的建築物《けんちくぶつ》の群《むれ》〈UNO-CITY〉＝国連都市。
その中核《ちゅうかく》たる**国連ビル**——十階フロア。
パーティー——二千五年にノーベル平和賞を受賞した国際原子力機関《IAEA》の懇親会《こんしんかい》。
二千十六年現在《げんざい》の主眼《しゅがん》。「核の平和利用、核兵器の拡散阻止《かくさんそし》、石油使用と二酸化炭素《にさんかたんそ》増《ぞう》加《か》＝ハリケーン発生＝全地球規模《きぼ》の災害」
どれも石油輸出国機構《OPEC》には目の上のこぶ。
「相変わらずウィーン州は社会党の牙城《がじょう》だ。次の選挙では何としても切り崩《くず》さねばならんぞ、**エゴン局長**」

男——巨漢《きょかん》／閣僚《かくりょう》のバッジ／三白眼《さんぱくがん》／むくんだ頬《ほお》／分厚《ぶあつ》い手にグラス＝蜂蜜《はちみつ》色のブランデー——人相の悪いヒグマの威《い》圧《あつ》感。

「閣下の**国民党**とともにドイツ系住民の票を狙《ねら》えば可《か》能《のう》かと。**ゴットフリート内務《ないむ》大臣**」

男——痩躯《そうく》／黒ずくめのスーツ／細長い指にグラス＝血のような赤ワイン。眼鏡《めがね》の奥《おく》で光る神経過敏《しんけいかびん》気味の目＝獰猛《どうもう》な知《ち》性《せい》・静かな凶暴性《きょうぼうせい》——人間大の黒いカマキリの雰囲気《ふんいき》。

「特に、こと治安に関しては、この街がまだウィーンと呼《よ》ばれていた頃《ころ》から我《わ》が**未来党**に実績《じっせき》がありますからな」

「あら、それはどのような実績ですのエゴン局長どの？」

歩み来る女性——優雅《ゆうが》な足取り／愛くるしい小顔／アップにした金髪《きんぱつ》／ぱっちりとした目＝藍《あい》色の虹彩《こうさい》／小柄《こがら》だがバラの花のような存在《そんざい》感。

襟《えり》ぐり深く、背《せ》中《なか》が大きく開いた朱《しゅ》色のドレス／肩《かた》に羽織《はお》ったストールで肌《はだ》を隠《かく》す——ほっそりした手にグラス＝宝石《ほうせき》のようなピンクのシェリー酒。

向き直るエゴン局長＝きびきびと。

「我が〈憲法擁護テロ対策局《BVT》〉の定評《ていひょう》ある最適《さいてき》部隊配置によって、多数の無駄《むだ》な警官をリストラした実績だよ、**MSS長官ヘルガ**くん」

女性＝**ヘルガ**——愛嬌《あいきょう》をふくんだ憂愁《ゆうしゅう》の目。

「リストラという名の人種差別で優秀《ゆうしゅう》な人材を多数失いましたわ。トルコ系やスロヴェニア系であるというだけで職場《しょくば》を追われた彼らは、なおも誇《ほこ》りを失わず、多くが特殊《とくしゅ》部隊に再雇用《さいこよう》され、治安に貢献《こうけん》しています」

「いやいやいや、決して人種差別ではない。警備費用《けいびひよう》の削減《さくげん》は首相も賛同《さんどう》している」

ゴットフリート内務大臣——巨体《きょたい》をそわそわさせて周囲を見る。

パーティには各国の大使が多数列席＝人種差別的発言は即座《そくざ》に世界的ニュースと化す。

エゴン局長——しかし周囲を意に介《かい》さず。

「やつらは最適な部隊に適合しない連中だった。それ以外に理由はない」

ヘルガ＝慎《つつ》ましげな花のように。

「ドイツ系住民が集中する地域《ちいき》ばかり警備を強化し、他民族系の地域には暴動鎮圧《ぼうどうちんあつ》部隊や情報《じょうほう》機関を配置……まるで外国人は全《すべ》て、暴動やテロを起こす可能性があるとでも言うようですのね」

「その可能性は否定《ひてい》できない」

あっさり断言《だんげん》するエゴン局長——ぎょっとなるゴットフリート。

「あら、未来党のドイツ民族至上《しじょう》主義を、国連ビルでおおやけに発言なさるの？」

「自国の治安は自国人によってのみ行われるべきだ。外国人の警官などぞっとする」

「外国人は排斥《はいせき》すべきとおっしゃる？」

愛らしく首を傾《かし》げるヘルガ――声高《こわだか》に。周囲の客が眉《まゆ》をひそめて振《ふ》り返る。

「ややや、むろん我《わ》が国もEUに従《したが》い二重国籍《こくせき》を認《みと》めているとも」

ゴットフリートが慌《あわ》ててフォロー／エゴンを睨《にら》む。

しぶしぶ論旨《ろんし》を変更《へんこう》するエゴン。

「君が主張《しゅちょう》する全域警備思想など夢《ゆめ》のまた夢だ。都市の全てを守れるだけの予算を要求すれば、他局を圧迫《あっぱく》し、軍国主義的だという批判《ひはん》にあう」

ヘルガ――その言葉を待っていたかのような微笑《びしょう》。

「予算は今のままで十分ですわ。我々《われわれ》の信条《モットー》は要撃――すなわち待ち伏《ぶ》せ。優《すぐ》れた情報収集力《しゅうしゅうりょく》で敵《てき》の攻撃《こうげき》ポイントを事前につかみ、人員を配置。相手が銃火《じゅうか》を上げると同時に、圧倒《あっとう》的火力と機動力で制圧《せいあつ》。それが都市治安における最善《さいぜん》の戦略《せんりゃく》です」

エゴン＝不快《ふかい》そうに。

「だが憲兵《けんぺい》や特殊部隊がいる。なぜ君ら〈公安高機動隊《MSS》〉なのだ」

ヘルガ＝残念そうに。

「彼らは全域警備思想に追随《ついずい》できません。〈猟兵《ヤクト・コマンド》〉は紛争《ふんそう》地帯に派遣《はけん》、〈特殊憲兵部隊《コブラ・ユニット》〉は空港や国連ビルの警備、また〈ミリオポリス憲兵大隊《MPB》〉は日々増加《ぞうか》する凶悪犯罪《きょうあくはんざい》の対処《たいしょ》で手一杯《ていっぱい》……」

「だが問題がある。……聞けば、君の部隊の副官はトルコ系《けい》だそうだな」

ぎくっとなるゴットフリート。「エ、エゴン局長……！」

ヘルガ――平然と。

「それが何か？」

「人種を問わない部隊編成《へんせい》など爆弾《ばくだん》と同じだ。治安は純粋な組織によって保《たも》つべきだ」

「純粋《じゅんすい》な組織《そしき》？　それは過去《かこ》に巨大《きょだい》な災《わざわ》いをもたらした、あ、の、集、団のようにかしら？」

エゴン――握《にぎ》り拳《こぶし》を敢然《かんぜん》と振り上げて。

「我ら未来党はナチスを否定しない。ヒトラーは歴史上ただ一人、ドイツとオーストリアの統一《とういつ》をなしとげた」

ゴットフリート――戦慄《せんりつ》／痙攣《けいれん》する顔。

「ややや、やめんか局長！　ユ、ユダヤ系の資本家《しほんか》も多数列席しているのだぞ！　国際《こくさい》問題を起こす気か！」

向き直るエゴン――にわかに恫喝《どうかつ》口調になって。

「この国の多数のドイツ民族は、我が未来党の支持者《しじしゃ》なのですぞ、内務大臣《ないむ》閣下《かっか》。だからこそ、あなたがた国民党は、我々と連立し、政権《せいけん》を獲得《かくとく》した――」

にわかに着信音――エゴンの声を遮《さえぎ》る。
ヘルガが携帯《けいたい》電話を取り出す。「失礼」
黙《だま》るエゴン――ほっとするゴットフリート。「パーティ中に無粋《ぶすい》だな、ヘルガくん。マナーモードにしておきたまえ」
「御言葉《おことば》ですが、治安を司《つかさど》る者が、万一にも連絡《れんらく》に支障《ししょう》をきたすことは避《さ》けるべきかと、ゴットフリート内務大臣閣下」
携帯電話を耳に当てるヘルガ。
「私よ、ニナ……ええ、情報通りね」
新たな着信音――ＢＶＴ局長エゴンの懐《ふところ》。
さらに着信音――内務大臣ゴットフリート。
フロア中で着信音――警察本部長／国連ビル治安担当《たんとう》／各党党員／各国大使。
土砂降《どしゃぶ》りのような音――不吉《ふきつ》な音響《おんきょう》／ざわつくフロア。
みな唖然《あぜん》と顔を見合わせ、示《しめ》し合わせたように、一斉《いっせい》に慌てて電話に出た。
ゴットフリート――電話に出るなり顔面蒼白《そうはく》に／巨体が弾《はじ》けんばかりの狼狽《ろうばい》。
「し、宗教《しゅうきょう》　連絡会議に襲撃《しゅうげき》だと!?」
ヘルガ――突然《とつぜん》の連絡に慌てふためく国家公務員たちを悠然《ゆうぜん》と見渡《みわた》しながら。

「MSSがつかんでいた情報通《じようほう》りですわ。もしこれだけの列席者がいる最中に、宗教的要人が被害《ひがい》を受けたとなれば、国際問題にもなりかねません」

「た……たたた、ただちに〈特殊憲兵部隊《コブラ・ユニット》〉に守らせろエゴン局長！」

ゴットフリートが口の端《はし》に泡《あわ》を吹《ふ》きながら指令。だが、携帯電話を耳に当てたまま歯を軋《きし》らせるエゴン――ヘルガを睨《にら》みながら、かぶりを振る。

「間に合いません……」

呆然《ぼうぜん》となるゴットフリート――ヘルガ＝ささやき。

「警備《けいび》担当は暴動鎮圧《ぼうどうちんあつ》用の装備《そうび》しかない警官たち。しかも現場《げんば》は憲兵《けんぺい》大隊の本部から最も遠い地区。ですが……MSSの人員でしたら既《すで》に配置済《ず》みですわ」

「そ、その者たちに、大至急《だいしきゆう》、要人保護《ほご》を命じろ！」

「内務大臣！　BVTの管轄《かんかつ》ですぞ！」怒《いか》りで青くなるエゴン。

「死者が出れば私の首が飛ぶ!!」

ゴットフリートの絶叫《ぜつきよう》――怯《おび》えたヒグマの吠《ほ》え声。

エゴンの絶句《ぜつく》――振《ふ》り上げた腕《うで》の下ろしどころを失くしたカマキリの怒り。

「情報だけを持ち、それを上層部《じようそうぶ》へ報告するすべも、独自《どくじ》に対抗《たいこう》するすべもなく、籠《かご》の中の鳥のようだった私どもMSSの苦しみが御理《ごり》解頂《かいいただ》けましたかしら、エゴン局長？」

ヘルガの微笑《びしょう》――気品に溢《あふ》れて／携帯電話へゴーサイン。
「ニナ、許可《きょか》が出たわ」
応答《おうとう》――鋭《するど》く。《では要撃を開始します》
「暖気運転中《ウォーミングアップ》といったところね。通話は継続《けいぞく》して。本当の要撃《サプライズ》はこれからよ、ニナ」

Ⅲ

銃撃《じゅうげき》――嵐《あらし》のごとく。
教会玄関口《げんかんぐち》――石畳《いしだたみ》・教会の壁《かべ》に火の雨／通行人たちの悲鳴――広がるパニック。
車両から降《お》りて散開する者たち＝完全武装《ぶそう》＋スキーマスク。
「ひっ、ひいっ」
警官二名――玄関の壁際《かべぎわ》に縮《ちぢ》こまり、手だけ突《つ》き出し発砲《はっぽう》＝でためらめ。
「それじゃ当たりませんわ、おどきになって」
少女が前へ――手に九ミリ拳銃《けんじゅう》／膝立《ひざだ》ち／素早《すばや》く壁から半身を出す。
撃《タタン！》つ・撃《タタン！》つ・撃《タタン！》つ――精確無比《せいかくむひ》な二点連射《れんしゃ》×3。
三台のバンで悲鳴／銃撃停止――唖然となる冬真＋警官たち。
「あの方を助けます！」

撃《う》たれて倒《たお》れている警官――己《おのれ》の血の池の中で弱々しく身じろいでいる／絶望《ぜつぼう》的な姿《すがた》。

冬真が思わず口に出す。「あんなやつ――」

「負傷者《ふしょうしゃ》にあんなやつは存在《そんざい》しません！」

少女――果断《かだん》／言うそばから飛び出す。

「援護《えんご》を！」

低く低く身を低め疾走《しっそう》――敵が銃撃を再開《さいかい》／少女が走り抜《ぬ》ける火線の下・飛び交《か》う銃弾《じゅうだん》の狭間《はざま》――心臓《しんぞう》が凍《こお》りつきそうな光景／見守ることさえ恐《おそ》ろしい賭《か》け。

慌《あわ》てて撃ちまくる警官たち――一瞬《いっしゅん》で命を奪《うば》う火の応酬《おうしゅう》のさなか、少女が負傷者の元に辿《たど》り着く＝その足下《あしもと》で火花。

少女が倒れた警官の襟《えり》をつかむ／引きずる／後ろ向きに戻《もど》ってくる。

石畳に警官の血の跡《あと》が伸《の》びる――もはや機敏《きびん》に逃《に》げることさえ出来ぬ状況下《じょうきょうか》――その小《こ》柄《がら》な身からは信じがたい腕力《わんりょく》・勇気《ゆうき》・偉大《いだい》な背《せ》。

一方の手に拳銃――精確な応射／危機《きき》の中を帰ってくる／一歩・また一歩。

ただ呆然と見守ることしか出来ない冬真の心臓《しんぞう》をわしづかみにする恐怖《きょうふ》――そして得体の知れない昂揚《こうよう》。

そして帰還《きかん》＝生還。

少女の手で玄関に引っ張《ぱ》り込《こ》まれた負傷者——か細い息／生存《せいぞん》／警官たちの歓声《かんせい》。

美しく引き締《し》まった少女のおもて——息を呑《の》んで見つめる冬真。

「応急処置《しょち》を！」

少女の声に従《したが》う警官たち。はっとなる冬真＝やっと体が動く——思わず手伝う。

傷口《きずぐち》を押《お》さえる／縛《しば》る／手に温かな血——命。

戸口で身構《みがま》える少女——銃の弾倉《だんそう》を交換《こうかん》する、血に濡《ぬ》れた手。

冬真の心を打つ、ひどく貴《とうと》い姿。

「君は、いったい……」冬真＝おずおずと。

にこっと微笑《びしょう》する少女。

「〈公安高機動隊《MSS》〉要撃小隊所属《しょぞく》——鳳・エウリディーチェ・アウスト」

可憐《かれん》——深紫《ディープ・パープル》の瞳の奥《おく》で踊《おど》る、激《はげ》しい光。

その脳裏《のうり》で無線通信《ウィスパー》＝ニナの号令。

《妖精《スプライト》たちへ！〈紫火《アメテュスト》〉、〈青火《ザーフィア》〉、〈黄火《トパス》〉、総員《そういん》、要撃開始！　敵勢力《てきせいりょく》の規模《きぼ》に留意《りゅうい》し、必要に応じて現地《げんち》警備陣《けいびじん》と連携《れんけい》しろ！》

《了解《ヤー》！》

鳳＝素早《すばや》く銃を構えて。

《さ——あ、乙さん、雛さん！　お仕事ですわよ！》

教会裏手《うらて》——礼拝堂《れいはいどう》。

同じく三台のバンが殺到《さっとう》——銃撃＝警官たちの負傷《ふしょう》・逃走《とうそう》・絶叫《ぜっきょう》。

バンから降《お》りる武装犯《ぶそうはん》たち——自動小銃を構えて裏口へ。

その頭上から、にわかに高らかな笑い声。

「あっはは！　ドキドキするぅーっ！」

ひさしから飛び降りる少女＝乙《ツバメ》——ワイルドに口にくわえたロリポップ。

全体重をかけた蹴《け》りが、先頭の武装犯の顔面を直撃——悶絶《もんぜつ》・転倒《てんとう》。

咄嗟《とっさ》に何人かが撃つ／乱《みだ》れ交う弾丸／地面を蹴る乙——宙《ちゅう》を舞《ま》う。

一瞬《いっしゅん》で武装犯たちの背後《はいご》に降り立ち、すらりとした脚《あし》を猛然《もうぜん》と振《ふ》り上げる。

「もっとドキドキさせてよ!!」

蹴り＝ハンマーのごとく振るわれる黒いエナメル靴《ぐつ》／可憐なかかと／翻《ひるがえ》るスカート／ちらりと覗《のぞ》く水色の下着——とてつもない打撃。

武装犯たちの被害《ひがい》——頭蓋骨《ずがいこつ》／鎖骨《さこつ》／肋骨《ろっこつ》／上腕骨《じょうわんこつ》／大腿骨《だいたいこつ》。

脱臼《だっきゅう》／陥没《かんぼつ》／複雑《ふくざつ》骨折／粉砕《ふんさい》骨折／亀裂《きれつ》骨折——戦闘不能《せんとうふのう》。

教会横手——サイドチャペル側。

停車中の二台のバンから多数の武装犯たちが現《あらわ》れ、一斉《いっせい》に銃撃。

警官たちを蹴散らし、教会へ殺到——一人がワイヤーに足を取られる。

セロテープで雨樋《あまどい》に固定された手榴弾《しゅりゅうだん》＝安全ピンが外れる。

トラップ＝鉄槌《てつつい》のごとき爆炎《ばくえん》——悲鳴とともに吹《ふ》き飛ばされる武装犯。

「なんだ⁉」

「いじめないで！　いじめないで！」

いきなり少女の泣き声＝雛《ヒビナ》——側柱の陰《かげ》。

両耳にヘッドホン／右手に携帯《けいたい》電話＆左手に手榴弾——一方を投擲《とうてき》。

「ボクをいじめないでぇーっ！」

音を立て跳《は》ねる手榴弾——武装犯たちのパニック。

爆発——数名が宙を舞った。

倒れた者がワイヤーを引っ張る＝排水溝《はいすいこう》に設置《せっち》された対人地雷《じらい》が炸裂《さくれつ》。

飛び散る鉄片《てっぺん》——引き裂《さ》かれる人体。

大混乱《だいこんらん》——窓《まど》・壁《かべ》・道路・水路・石畳《いしだたみ》＝十分足らずで二十か所余《あまり》という不必要なまでの

数のトラップを設置。

自分がいる場所は絶対安全《ぜったい》という芸術的計算《げいじゅつ》――比類無き《るいな》自己完結少女《じこ》の泣き声。

「ボクをいじめないでよぉ！」

「動くな！　手にした物を置け！」武装犯の一人が雛に銃《じゅう》を向けて怒鳴る《どな》。

「いつもみんな、なんでそんなことしたのってボクに訊く《き》よね」

大音量のヘッドホン＝相手の言葉など聞いちゃいない爆弾魔《ばくだんま》の主張《しゅちょう》。

その手が、携帯電話のボタンを素早く操作《そうさ》。

一瞬《いっしゅん》の発信《パルス》――停車中のバンに仕掛け《し》たプラスチック爆薬が炸裂。

爆風でなぎ倒さ《たお》れる全武装犯たち――雛に銃を向けていた武装犯も昏倒《こんとう》。

燃え《も》上がるバン／一般《いっぱん》車両／街路樹《がいろじゅ》。

火炎の海を見つめる雛の琥珀《アンバー・ライト》の目。

「だって……だって夕焼け空に似《に》てたからだもん」

教会内――廊下《ろうか》を走るニナ。

右手に銃／左手に携帯電話――公会堂のドアを蹴り開く／銃を突き《つ》出す／叫《さけ》ぶ。

「バロウ神父様！」

一か所に身を寄《よ》せている宗教者《しゅうきょうしゃ》たち――キリスト教・ユダヤ教・イスラム教・拝火教・ヒンドゥー教・マニ教・仏教《ぶっきょう》・神道《しんとう》・各教派の指導者《しどうしゃ》たち／キリスト教だけで十数派。

その一人＝バロウ神父。「よせ、撃《う》つな！」

ニナへの叫びではない。

カチリと撃鉄《げきてつ》を上げる音――低いがよく通る声。「銃を足下《あしもと》へ」

ニナ――冷静に動きを止める／ゆっくりと銃を床《ゆか》に置く／鋭《するど》く呟《つぶや》く。

「やはり、会合の一員が主犯か――」

男――頭にターバン／浅黒い肌《はだ》／野生の鷲《わし》のような威厳《いげん》＝極限《きょくげん》まで研《と》ぎ澄《す》まされ、張《は》りつめた顔・仕草・気配――銃を構《かま》えたまま、ニナの銃の刻印《こくいん》を一瞥《いちべつ》する。

「ＭＳＳ……ミリオポリス公安高機動隊《ズィヒャー・ハイツシュッツ》か」

ニナ＝男を真っ直《す》ぐ見返す／冷ややかに。

「シェネル・シェン――表向きはモスク指導者。裏の顔は過激派組織《かげきはそしき》ジェマー・イスラミアの系譜《けいふ》を継《つ》ぐ〈戦闘部隊《トイファ・ムカテイラ》〉の幹部《かんぶ》」

シェネル＝何の表情《ひょうじょう》も浮《う》かべぬ猛禽《もうきん》の目。

「ＭＳＳは常《つね》に情報力《じょうほうりょく》に優《すぐ》れ、実行力に不足し、皮肉に長《た》けている。トルコの美徳を忘《わす》れて堕落《だらく》した女を遣《つか》わすとは……お前のような女の存在《そんざい》自体が、神《アツラー》と祖国《そこく》への侮辱《ぶじょく》だ」

ニナ――無言／鋭く凍《い》てついた怒《いか》り。
宗教者の一人が前へ出る――同じイスラムの老指導者《イマーム》の嘆《なげ》き。
「よせシェネル……ここは宗教間の対立を取り除《のぞ》くことが出来る、大切な対話の場なのだぞ。それをこのような惨劇《さんげき》を起こしては、欧米《おうべい》の戦争主義者《しゅぎしゃ》たちの思うつぼではないか。我々《われわれ》は二度とアラブに戦火をもたらしてはならないと……」
「我々はお前たちのたわごとを宗教とは認《みと》めない。お前たちがもたらすのは堕落と妥協《だきょう》だけだ」
シェネル――銃口を老指導者《イマーム》へ。
「戦火は、すでにもたらされている。世界中で。これはその一つに過《す》ぎない」
ニナの叫び。「撃つなら私を撃て！」
戸口から飛び出す小柄《こがら》な影《かげ》――鳳＝素早《すばや》くシェネルに銃の狙《ねら》いをつける。
「銃をお捨《す》てなさい！」
シェネルが鳳を振《ふ》り返る――刹那《せつな》、窓を蹴《け》り開いて飛び込む疾風《しっぷう》――乙。
「ドキドキしてきたーっ！」
乙の足がシェネルの胸《むね》へ――衝撃《しょうげき》／蹴り飛ばす／手から銃が離《はな》れる／床を滑《すべ》る。
着地――すぐさま次の蹴りを入れかけた乙が、たたらを踏《ふ》む。

その場の全員が息を呑《の》む。

「もとより生き長らえる気はない」

シェネル――膝《ひざ》立ち／服の胸元《むなもと》を開く――胴《どう》に巻《ま》かれた爆弾の束。

さらにそのターバンがほどけ、床に落ちた。

うっ――という呻《うめ》き／悲鳴／おぞける声。

眉《まゆ》一つ動かさないニナ・鳳・乙。

バロウ神父――戦慄《せんりつ》。「何ということを……」

シェネルの頭――無毛／額《ひたい》の後ろ・耳の後ろ・後頭部・大脳《だいのう》全体が、抉《えぐ》られたようにぽっかりと消失＝人工皮膚《ひふ》で傷《きず》を覆《おお》っている。

「ここにいる私は遠隔《えんかく》操作で動く亡骸《なきがら》に過ぎない。魂《たましい》は、やどるべき器《うつわ》の裡《うち》にある」

脳のない人間＝シェネルが宙を仰《あお》ぐ。

その口から朗々《ろうろう》と放たれる祈《いの》り――コーラン。

「慈悲あまねく慈悲深きアッラーの御名において《ビスミッラーヒル・ラハマーニル・ラヒーム》
万有の主アッラーにこそ全ての称讃あれ《アルハムドゥ・リッラーヒ・アーラミーン》
慈悲あまねく慈愛深き御方《アッラハマーニル・ラヒーム》

最後の審判の主宰者《マーリキ・ヤウミッディーン》
私たちはあなたにのみ仕え《イイヤーカ・ナアブドゥ・ワ》
あなたにのみ御助けを請う《イイヤーカ・ナスタイーン》
私たちを正しい道に導きたまえ《イヒディナッスィラータル・ムスタキーム》」

シェネルの手が腰《こし》へ——祈るように／爆薬のスイッチ。
ニナの号令。「やれ、鳳！」
銃撃《タタン！》——精確《せいかく》無比《むひ》な二点連射《れんしゃ》＝シェネルの口と喉笛《のどぶえ》に命中。
延髄破壊《えんずいはかい》／動作停止——祈りが途絶《とだ》える／背《せ》から倒《たお》れる。
鳳の無線通信。《雛さん！》
雛が戸口から現《あらわ》れ、たたっとシェネルの亡骸に走り寄《よ》る。
「こんなの簡単《かんたん》だもん」無造作《むぞうさ》にコードを千切る——シェネルの爆薬を解除《かいじょ》。
「う、撃《う》った……？」
戸口で声——冬真。怯《おび》えた目で鳳を見つめる。
「こ、殺したの……。き、君が……」
振《ふ》り返る鳳——毅然《きぜん》と。

「ええ、そうですわ」

冬真――絶句《ぜっく》。

ニナ――氷のような冷静さ。

「私が命じた。彼女に責任《せきにん》はない。容赦《ようしゃ》のない一撃《いちげき》をもって惨劇《さんげき》を抑止《よくし》するのが、我々の仕事だ」

「彼の死は私たちにとって既《すで》に惨劇だ……ニナ」

バロウ神父――深い皺《しわ》／亡骸を見つめて。

「おお、シェネル……なぜだ。おお……」

ひざまずく老指導者《イマーム》――こぼれ落ちる涙《なみだ》／血まみれのシェネルの顔を撫《な》でる。

「我々にとって、事態《じたい》はいまだ進行中です。あの男が摘出手術《てきしゅつしゅじゅつ》を受けたことは確《たし》かですが、肝心《かんじん》の脳《のう》の行方《ゆくえ》はつかめていません」

「犠脳体《ぎのうたい》か……」

バロウ神父――瞑目《めいもく》／さらなる悲劇《ひげき》に耐《た》えようとするように。

「眠《ねむ》れる器が、彼の死を契機《きっかけ》に目覚める……」

IV

ミリオポリス第二十七区《ヴィーナーヴァルト》――古くから〈ウィーンの森〉と呼《よ》ばれる森林地帯。

ドナウ川沿岸《えんがん》から離《はな》れた場所に置かれたコンテナ＝念入りに擬装《ぎそう》と光学防壁《ぼうへき》を張《は》り巡《めぐ》らされた鋼板《こうはん》が、虹色《にじいろ》を帯びながらロックを解除《かいじょ》。

自動展開《てんかい》――四方へ幾何学《きかがく》的な卵《たまご》のように開く。

現れたものの目覚め――自我《じが》の獲得《かくとく》。

わタし――鋼《はがね》の体／鋼の翼《つばさ》／鋼の武器《ぶき》。

鋭《するど》い嘴《くちばし》／暗灰色《あんかいしょく》のボディ／尾翼《びよく》に不思議な刻印《こくいん》＝『Princip Inc.』。

無人の操縦席《そうじゅうせき》に駆《か》け巡る意志《いし》と電子。

エンジンと燃料《ねんりょう》／精密《せいみつ》機械の起動／モーターの回転――それが、わたシ。

目的・行動・標的・手段《しゅだん》が思い出される。

己《おのれ》の脳＝魂《たましい》を捧《ささ》げたことが思い出される。

犠脳＝力無き者が破壊《はかい》の王となるために。

操縦訓練も知識《ちしき》の習得も必要なく、ワたシとこの鋼の体を一体のものとするために。

さあ、始めよう。この命を全《まっと》うするために。

操作盤《そうさばん》の全ランプが点灯《てんとう》。

その中央で輝《かがや》く大きなカプセル――脳／髄液《ずいえき》／無数の接続《せつぞく》コード。

唸《うな》り——ギロチン刃《ば》のような回転翼が動き出す／重力の鎖《くさり》を振《ふ》りほどく。
唸り——祈《いの》りにも似《に》て／風を巻《ま》き揚力《ようりょく》を得る／浮遊《ふゆう》／木々を揺《ゆ》らして森から現れる。
唸り——機械の目で都市を見る／驚《おどろ》くほど何もかも小さい／低い／哀《あわ》れなほど醜《みにく》い。
唸り——歓喜《かんき》＝咆吼《ほうこう》を上げて飛翔《ひしょう》。
もう誰《だれ》もワタシを止められない。

「せせせ、戦術ヘリだとぉーっ!?」

国連ビル——ゴットフリート内務《ないむ》大臣の絶叫《ぜっきょう》。どよめくパーティ客。

凍《こお》りつくエゴン局長。「そんなもの、どうやって都市に……！」

「〈カウカソスの大鷲《おおわし》〉——六百六十六万個《こ》のパーツに分解《ぶんかい》され、運び込《こ》まれた怪物《かいぶつ》」

ヘルガの声——あくまで穏《おだ》やかに。

「人に火を与《あた》えた罰《ばつ》で磔《はりつけ》にされたプロメテウスの肝臓《かんぞう》を貪《むさぼ》る、神の鳥。その名は既《すで》にMSがつかんでいました。宗教《しゅうきょう》会議所は陽動。真の狙《ねら》いは恐《おそ》らく——ここ」

度肝《どぎも》を抜《ぬ》かれてよろめく黒カマキリ＝エゴン。

「こ、国連ビルを爆撃《ばくげき》する気か……！」

恐慌《きょうこう》をきたすヒグマ＝ゴットフリート。

「たた、対抗措置《たいこうそち》は取っておらんのか!!」

「現状《げんじよう》では皆無《かいむ》……ですが、これにサインを頂《いただ》けましたら、その措置が可能《かのう》かと」

ヘルガ——鮮《あざ》やかな微笑《びしよう》／薔薇《ばら》のように。

差し出されるカード——電子板が展開《てんかい》。

文書の出現《しゆつげん》＝コピー不可・閲覧《えつらん》不可・極秘《ごくひ》指令書。

「公安局のマスターサーバー〈晶《バク》〉の全使用権《しようけん》を、私にお与《あた》え下さる指令書です」

「きっ……、貴様《きさま》！　ヘルガ！」エゴン＝怒《いか》りで蒼白《そうはく》。

ゴットフリートが息を呑《の》む——震《ふる》える手が伸《の》びる。

目に見えぬ糸に操《あやつ》られるように、分厚《ぶあつ》い指が電子板に近づいてゆく。

エゴンの絶叫。「内務《ないむ》大臣!!」

ぎりぎりと歯軋《はぎし》りするゴットフリート。「お、お前が、私兵を欲《ほっ》していることは察していた。それを、むざむざと……この女狐《めぎつね》めが！」

太い親指が電子板に触《ふ》れた。指紋認証《しもんにんしよう》——データ適合《てきごう》／サイン受理／僅《わず》か二秒。

「お褒《ほ》めにあずかり光栄ですわ、閣下《かつか》」

電子板が畳《たた》まれ、ヘルガの胸元《むなもと》に押《お》し込まれる。

窓《まど》を向くヘルガ——ストールが肩《かた》を滑《すべ》り、一方の手に握《にぎ》られる。

その背《せ》・肌《はだ》があらわに——絶句《ぜっく》するゴットフリートとエゴン。

右肩から左腰《ひだりごし》へ走る、雷火《らいか》のような巨大《きょだい》な火傷《やけど》——その疵痕《きずあと》を背負うヘルガの顔から微《び》笑《しょう》が消えた。

苛烈《かれつ》に都市を見据《みす》えるヘルガの横顔——真に咲《さ》き誇《ほこ》る薔薇の花のごとく。

近づきがたく／触れがたく／比《くら》べるものとてなく——携帯《けいたい》電話へ唇《くちびる》を寄《よ》せ、ささやく。

「得るべきものは得たわ、ニナ」

《おめでとうございます、長官》

「これがMSS初の公式戦よ。準備《じゅんび》は良いわね」

そして、にわかに放たれる凄烈《せいれつ》な号令。

「第一態勢《たいせい》へ移行《いこう》！　待機中の全接続官《コーラス》に〈晶《バク》〉の独占《どくせん》使用を通達！　〈転送塔《てんそうとう》〉のフル稼働《かどう》を要請《ようせい》！　〈焱の妖精《フォイエル・スプライト》〉による要撃を開始する！」

教会——怯《おび》えたままの冬真／震《ふる》えが止まらず膝《ひざ》をつく。

拳銃《けんじゅう》をしまう鳳。「あなた、お名前は？」

「え——」びくっとなる。「と……冬真・ヨハン・メンデル……」

「ファーストネームは漢字名《キャラクター》ですの？」

「う、うん……」

国連都市ミリオポリスの政策《せいさく》＝文化委託《いたく》——戦争や災害《さいがい》などで保全困難《ほぜんこんなん》となった国の文化を他国が維持《いじ》する。日本の漢字名《キャラクター》を名乗れば、毎月の保全金＋社会保障《ほしょう》が支払《しはら》われる。

「冬真さん、あなたの誕生日《たんじょうび》は？」

「な、七月三日……」訳《わけ》も分からず返答。

「蟹座《かにざ》ですのね」

微笑《ほほえ》む鳳——ポケットから銀のケースを取り出して開く。

綺麗《きれい》に並《なら》んだ物＝カラフルな絆創膏《ばんそうこう》＝全《すべ》てに手書きの印。

「さ、お手を。おまじないをして差し上げますわ」

冬真＝恐《おそ》る恐る手を出す。なぜか逆《さか》らえない。まるで相手が看護師《かんごし》か教師《きょうし》のような気分。

鳳＝丁寧《ていねい》な手つき——冬真の手の甲《こう》に、それがペタリと貼《は》られた。

絆創膏＝バナナの香《かお》り＝蟹座の印。

「怖《こわ》いときには勇気を、寂《さび》しいときには優《やさ》しさを、哀《かな》しいときには喜びを与えてくれる、おまじないですわ」

にこりと微笑む鳳——銃《じゅう》を持っていた姿《すがた》からは想像《そうぞう》もつかぬ和《やわ》らぎ。話しているだけで恐れが消え、不思議と体の強《こわ》ばりが溶《と》けてゆく驚《おどろ》き。

ふと他の二人の少女にも絆創膏《おまじない》が貼られていることに気づく。

乙＝ほっぺた＝魚座の印。

雛＝小さな鼻の頭＝山羊座《やぎざ》の印。

「戦術《せんじゅつ》ヘリが都市上空に出現《しゅつげん》……！」

ニナ——携帯《けいたい》電話を耳に当てたまま、バロウ神父に。

「十中八九、シェネルの脳《のう》を移植《いしょく》された器かと」

「完全自律《じりつ》兵器だ……都市の全マスターサーバーが干渉《かんしょう》を試みてもハッキングによる停止は不可能《ふかのう》だろう」

バロウ神父＝哀しく目を伏《ふ》せて。

「ヘルガは……〈晶《バク》〉を手に入れる気だね、あの全てを見通す、電子の〈三つ目〉を」

「じきにそうなるかと」

顔を上げるバロウ神父——静かに鳳のそばに歩み寄る。

「久《ひさ》しいね……お嬢《フロイライン》さん」

「御無沙汰《ごぶさた》しておりますわ、神父様」

「本当に……使いこなせるのかね？」

「おめでとうございます、長官」ニナの声——その目が鳳たちへ。

小さくうなずき返す鳳――目をバロウ神父に戻《もど》す。

「御覧《ごらん》に入れますわ、神父様」

微笑《びしょう》――手を宙《ちゅう》へ差し伸《の》べる。

「転送を開封《かいふう》」

にわかに唸《うな》り――鳳の手が・足が、獣《けもの》の咆吼《ほうこう》にも似《に》た音とともに、エメラルドの幾何学《きかがく》的な輝《かがや》きに包まれた。

驚愕《きょうがく》する冬真＋宗教者《しゅうきょうしゃ》たち――もの悲しい眼差《まなざ》しのバロウ神父。

鳳の手足が指先から粒子状《りゅうしじょう》に分解《ぶんかい》――一瞬で新たな姿《すがた》へ置き換《か》えられる／機甲化する。

乙と雛の手足も同じ輝きに満ちる――形状の変貌《へんぼう》――ありえない姿へ。

僅《わず》か一秒余《あまり》の変化――完成／起動。

三人の少女の背に、輝きが生える。

紫《むらさき》・青・黄の、大きな大きな――羽。

Ⅴ

ミリオポリス第十九区《デープリング》――市街地――上空。

猛然《もうぜん》と飛来する鋼鉄《こうてつ》の大鷲《おおわし》＝完全武装《ぶそう》の戦術ヘリ。

「来たぞ！」
叫《さけ》び――報告《ほうこく》を受けた現地警官隊《げんちけいかんたい》＝急ごしらえの布陣《ふじん》／ビル屋上に狙撃陣《そげきじん》。
飛び立つ警察ヘリ＝搭乗《とうじょう》狙撃手が、敵尾翼《てきびよく》の刻印《こくいん》をとらえる。
「プリンチップ《Princip》株式会社《Inc.》？　どこの企業《きぎょう》だ？」
「知るか、撃《う》て撃て！」別の狙撃手の号令。「どこに墜《お》とそうが構《かま》わん、どうせここらは外国人どもの住処《すみか》だ！」
一斉射撃《いっせいしゃげき》――到来《とうらい》する敵ヘリの装甲《そうこう》および防弾《ぼうだん》ガラスに火花の雨。
立て続けの銃撃――無傷《むきず》の敵ヘリ。
追いすがる警察ヘリ――搭乗狙撃手が敵の操縦席を狙《ねら》う／呆気《あっけ》に取られる。
「む……無人!?」
敵ヘリの操縦盤《そうじゅうばん》が反応《はんのう》――その嘴《くちばし》＝ガトリング砲《ほう》が音を立てて起動。
にわかに咆吼――ビル屋上が蜂《はち》の巣に／狙撃陣の壊滅《かいめつ》／瞬《また》く間。
敵ヘリの急旋回《きゅうせんかい》――翼《つばさ》で閃《ひらめ》く火＝発射されたミサイル弾――警察ヘリを自動追尾《ついび》。
搭乗員の悲鳴／絶叫《ぜっきょう》。
ふいに、幾筋《いくすじ》かの閃光《せんこう》がミサイル弾を貫いた。
炸裂《さくれつ》――炎《ほのお》から逃《に》げる警察ヘリ。

搭乗者の驚《おどろ》き。「なんだあれは⁉」

にわかに舞《ま》い降《お》りる紫の輝き——地上数十メートルで柔《やわ》らかにはばたく、巨大《きょだい》な羽。

翻《ひるがえ》るロングヘア×ウェーブ／勇ましく見開かれた深紫《ディープ・パープル》の瞳＝その左目の海賊傷《かいぞくきず》。

淡《あわ》い紫の光沢《こうたく》を放つ、滑《なめ》らかなフォルムの鋼鉄の手足。

その右手に、非常識《ひじょうしき》なサイズの特大兵器＝発射されたミサイル弾を精確無比《せいかくむひ》な掃射《そうしゃ》で撃《げき》墜《つい》した——十二・七ミリ超伝導《ちょうでんどう》式重機関銃《じゅうきかんじゅう》。

「MSS要撃小隊《焱の妖精《フォイエル・スプライト》》っ！　初・公・式・出撃っ♪　ですわぁ——っ‼」

鳳——歓声《かんせい》＝高らかに／歌うように。

身長よりでかい機銃を軽々と掲《かか》げ／構《かま》え／狙《ねら》う。

掃射——閃光《ダダダ！》・閃光《ダダダ！》・閃光《ダダダ！》・閃光《ダダダ！》・閃光《ダダダ！》。

たちまち火花まみれになる敵ヘリ——衝撃《しょうげき》／炎熱《えんねつ》。

その防弾ガラス・ボディ装甲・翼・尾翼に、亀裂《きれつ》／黒い染《し》みのように広がる弾痕《だんこん》。

敵ヘリの旋回——退避《たいひ》／反撃。

ガトリング砲が咆吼を上げて負けじと弾丸をばらまく。

すかさず左へ右へ舞う紫の輝き。

揚力《ようりょく》と高度な平行移動《ホバリング》に優《すぐ》れた幅広《はばひろ》のアゲハチョウの羽——掃射を続けながら、ひらりひらりと難《なん》なく敵弾をかわす／一発として食らわず接近《せっきん》。

火花に包まれながら敵ヘリが急下降《きゅうかこう》——旋回／急上昇《きゅうじょうしょう》。

放たれるミサイル弾——すぐさま撃ち落とす鳳。

爆発＝煙幕《えんまく》——猛《もう》スピードで転進する敵ヘリ。

鳳の通信。《敵が南西へ進路を変更《へんこう》！》

ニナの即応《そくおう》。《追うな、〈紫火《アメテュスト》〉！　最終要撃ポイントへ移動《いどう》！　〈青火《ザーフィア》〉と〈黄火《トパス》〉に敵武装を封《ふう》じつつ追い込《こ》ませる！》

《了解《ヤー》》

鳳の即応——唖然《あぜん》となる警察ヘリの搭乗者《とうじょうしゃ》らへ、にこりと微笑／飛翔《ひしょう》／舞うように。

ミリオポリス第十九区《デーブリング》——南西／市街地——上空。

大きく迂回《うかい》した戦術《せんじゅつ》ヘリが、ぐんぐんスピードを上げて驀進《ばくしん》。

その仰角《ぎょうかく》七十五度から突撃滑空《とつげきかっくう》する——青い火。

「ドキドキしたいっしょー！」

浮《う》き浮き突撃——乙。

速度と垂直移動に優《すぐ》れた縦長《たてなが》のトンボの羽——鋭《するど》い形の鋼鉄の手足／四つの関節を持つ

長大な腕《うで》／両方の肘《ひじ》から伸《の》びる灼刃《ヒートブレイド》――青白い炎。

迫撃弾《はくげきだん》のごとく飛来する乙に、敵《てき》ヘリが反応《はんのう》――ガトリング砲《ほう》が仰角を向く＝連射《れんしゃ》。

螺旋状《らせんじよう》に広がる弾幕を信じがたい速度で避《よ》けながら、鋭角《えいかく》的に迫《せま》る乙。

その両腕が、獲物《えもの》を捕獲《ほかく》するトンボの顎《あご》のごとく開かれた。

一瞬《いっしゅん》の交錯《こうさく》――超高熱の白刃《はくじん》が、凄《すさ》まじい速度で鋼鉄を溶解《ようかい》――両断《りょうだん》。

縦《たて》に真っ二つに裂《さ》かれたガトリング砲――その弾丸が暴発《ぼうはつ》／一挙炸裂／鋼《はがね》が砕《くだ》けてめくれ返り、銃身《じゅうしん》がばらばらになって飛散した。

青い火の離脱《りだつ》――敵ヘリの離脱＝機体下部から噴《ふ》き出す黒煙《こくえん》。

乙の無線通信。《そっち行ったぞ雛ぁっ！》

雛の応答＝頼《たよ》りなげ。《うえ……》

すぐ向こうにドナウ運河《うんが》／ドナウ川／新ドナウ川。

その先に第二十二区《ドナウシュタツト》＝〈UNO-CITY〉。

敵ヘリの猛進――低空飛行――次々に河面を越《こ》えて高層《こうそう》ビルの狭間《はざま》へ突入《とつにゅう》。

間もなく、国連ビルが射程距離《しゃていきょり》内に入った。

両翼《りょうよく》のポッドが蓋《ふた》を開放――多弾頭式爆弾《クラスターばくだん》が出現《しゅつげん》――即座《そくざ》に発射＝全弾消費《しょうひ》。

宙《ちゅう》を奔《はし》る鉄の矢×8――その全弾頭が宙で分割《ぶんかつ》――×80以上になって容赦《ようしゃ》なく飛来。

その正面。ビルの陰《かげ》から躍《おど》り出る——黄の火。

「いじめないでぇ——っ!」

雛——その背《せ》の輝《かがや》き=いかなる気流の乱《みだ》れにも対応し、超高度な姿勢制御《しせいせいぎょ》を誇《ほこ》る、鋭いスズメバチの羽。

相変わらず両耳にヘッドホン/丸いフォルムの鋼鉄の手足/全身で危険度《きけんど》をアピールする警告黄色《アンバー・ライト》。

両腕に剣呑《けんのん》な武器《ぶき》——左腕=円筒形《えんとうけい》ポッドが展開《てんかい》——連結式爆雷《チェーン・マイン》の束と化し、新体操《しんたいそう》のリボンのごとく8の字ダンス=敵の爆弾群《ぐん》へ全《すべ》て投擲《とうてき》。

点火——飛び散る鉄片《てっぺん》=雨のごとき火炎と鉄球が、敵ヘリの放ったミサイル弾を穿《うが》った。

誘爆《ゆうばく》——黙示録《もくしろく》的轟音《ごうおん》——ビルの谷間に発生する炎の積乱雲《せきらんうん》。

ミキサーのような爆圧《ばくあつ》——ビル壁面《へきめん》・窓《まど》に盛大《せいだい》な亀裂《きれつ》。

凄まじいまでの爆風の中でも、雛は平気な顔で姿勢制御。

爆煙《ばくえん》から飛び出す敵ヘリ——雛の即応《そくおう》=その右腕を構《かま》える。

火炎放射器《ファイアーブラスター》——めくるめく火炎《かえん》の噴射《ふんしゃ》。

「いじめないでぇーっ!」

超《ちょう》高温の炎《ほのお》の渦《うず》を浴びた敵ヘリが、焼けただれながらも雛の視界《しかい》下を飛び去ってゆく。

さらに下降《かこう》——超低空飛行。
翼《つばさ》に残されたミサイル弾《だん》×6を包む炎——誘爆を避けて全弾発射。
国連ビルへ遮《さえぎ》るものとてなく、ミサイル群が白煙を噴いて直進。
雛の通信。《鳳ぁーっ!》
鳳の応答《おうとう》。《あとは、あたくしにお任《まか》せなさい!!》
飛来するミサイル群——その正面に舞《ま》い降《お》りる——紫《むらさき》の火。
最終要撃地点に先回り——計算された待ち伏せ《サプライズ》。
右手に握《にぎ》りしめたどでかい機銃を掲《かか》げる/構《かま》える/狙《ねら》う。
その残弾表示《ひょうじ》=〈30000〉
「さ——ぁ!!　ご奉仕《ほうし》させて頂《いただ》きますわよ——っ!!」
掃射開始《ダダダダダダ!》=ミサイル群が全て炸裂《ダダダダダダダダダダダダダダダダ!》=爆風《ダダダ!》。
〈24000〉《ダダダダダダダダ!》炎の壁を敵ヘリが突破——《ダダダダダダダダダダダダダダダダダダダダダダ》
鳳VS自らを燃える矢と化しめて迫る敵ヘリ《ダダダダダダダダダダダダダダダダダダダダダダダダダダダダダダダダ!》。
〈18000〉《ダダダダダダダ!》
「さーぁ、さあさあさあ!」《ダダダダダ!ダダダダダダダダダダダダ!》
〈12000〉《ダダダダダダダ!》

「戦術ヘリごときがなんぼのもんですのぉ——っ《ダダダダダダダダダダダダダダダダダダダダダダダダダダダダダダダダダダダダダダ!》!!」

《鳳、撃ちすぎ》《ダダダダダダダダダダダ!》《テンション高すぎぃ》《ダダダダダダダダダダダダダダ!》乙＋雛《ダダダダ!》——鳳の怒声。《ダダダダダダダダダ》《なんですって!?》《ダダダダダダダダダダダ!》　無線の《ダダダダダ》

音量をお上げなさい、聞こえません!《ダダダダダダダダダダダダダダダダダダダダダダダダダダダダダダダダダ!》》

〈06000〉《ダダダダダダダ!》

灼熱の洪水《ダダダダダダ!》——敵ヘリの突進《ダダダダダダダダダダダダ!》——操縦席の窓が全壊《ダダダダダダダダダダダダダ!》。

〈02000〉《ダダダダダダダ!》

弾痕《ダダダ!》＝ひしゃげるボディ《ダダダダダダダダダダダダ!》／へし折れる翼《ダダダダダダダダダ!》／電話番号並みの弾数が全て命中《ダダダダダダダダダダダダダダダダダダ!》。

掃射《そうしゃ》開始から六秒＝〈00000〉

空転するドラム弾倉《だんそう》——凄まじい熱を放射する銃身。

迫《せま》る敵ヘリ——もはや原型をとどめぬ火の塊《かたまり》。

機銃のドラム弾倉が自動排出《はいしゅつ》——再装塡《さいそうてん》。

退《しりぞ》かない／退けない鳳——その背後《はいご》＝僅《わず》か二百メートル先に国連ビル。

さらに機銃を掲げ／構え／狙い——叫《さけ》ぶ。

「さっさと壊《こわ》れなさいっ!!」

再掃射《さいそうしゃ》の寸前《すんぜん》——敵《てき》ヘリの操縦席《そうじゅうせき》が、にわかに崩壊《ほうかい》。

刹那《せつな》の時間——引き裂《さ》かれた鋼《はがね》、燃《も》え上がる炎、その狭間《はざま》に現《あらわ》れたもの。

鳳の瞳《ひとみ》＝超音波探査《たんさ》＝電子探査によって浮《う》かび上がるカプセル。
機体に移植《いしょく》された、男の脳《のう》。
「あたくしも……あなたの行いを、宗教《しゅうきょう》とは認《みと》めません」
狙う——祈《いの》りに代えて＝閃光《ダダダ!》。
脳が木っ端《ぱ》微塵《みじん》に砕《くだ》け散った。
ヘリの回転翼《かいてんよく》が分解《ぶんかい》——失速。
鳳の視界下へ、黒煙《こくえん》を噴《ふ》き上げながら失墜《しっつい》。
国連ビル玄関《げんかん》の噴水中央——ピンポイントで墜落。
盛大《せいだい》な水しぶきが上がり、これまでで最も弱い爆発と炎が終焉《しゅうえん》を告げた。

VI

国連ビル——静かな眼差《まなざ》しで、炎を見下ろすヘルガ。
「これが……この街に満ちた血まみれの怠惰《たいだ》を清算《せいさん》する、最初の炎となるでしょう」
茫然自《ぼうぜんじ》失《しつ》のゴットフリート——よろよろとひざまずく／涙目《なみだめ》。
「か、各国大使がいるここに墜《お》とすとは……」
エゴン——死神《しにがみ》のように蒼白《そうはく》の顔。

「女シーザーめ……BVTと対立して生き残れると思っているのか。いつか身内に刺《さ》される日が来るぞ」

「ご忠告《ちゅうこく》ありがとうございます、局長。それより戦術《せんじゅつ》ヘリを都市内に持ち込ませた責任《せきにん》について、委員会が局長をお待ちでは？」

「お電話です」フロアの係員＝電話を手に。「ヘルガ様に、ウィーン州知事からです」

エゴン——睨《にら》み殺さんばかりの眼《め》。

やがて、きびすを返してフロアを退去《たいきょ》。捨《す》てゼリフ——なし。

その背《せ》を見送りながら電話を取るヘルガ——あでやかな笑《え》み。

「ご機嫌《きげん》よう、州知事様」

太く穏《おだ》やかな男の声。《画期的な対応《たいおう》だったな、ヘルガ。死傷者《ししょうしゃ》も都市被害《ひがい》も、出現《しゅつげん》した脅威《きょうい》に対し、考えうる限《かぎ》りの最小幅《さいしょうはば》だ》

「光栄です、州知事様。ですがMSSの情報《じょうほう》では、都市に運び込まれたプリンチップ社の兵器は、一つではありません」

《だがそれに対抗《たいこう》する手段《しゅだん》を君が手に入れてくれた。ぎりぎりだが間に合った。敵が行動に出た今、猶予《ゆうよ》は許されない。やつらに滅《ほろ》ぼされる前に、ともにこの都市を変えよう、ヘルガ》

ヘルガの微笑《びしょう》＝高貴《こうき》な花のように——強靭《きょうじん》な意志《いし》を秘《ひ》めて。

「はい《ヤー》、私のお兄様《マイン・ブルーダー》」

教会——テレビの前に集まる宗教者《しゅうきょうしゃ》たち・バロウ神父・冬真・ニナ。

撃墜《げきつい》されたヘリの映像《えいぞう》——〝羽の生えた人間〟の未確認情報《みかくにんじょうほう》。

「出撃から撃墜まで三分十七秒——まずまずか」

ニナ——携帯《けいたい》電話の時間表示《ひょうじ》を確認。

「か……彼女たちは、いったい……」

冬真が呆然《ぼうぜん》とバロウ神父を振《ふ》り返る。

「児童福祉《ふくし》法《ほう》の改定……」

バロウ神父——告解のように重い声。

「超《ちょう》少子高齢化《こうれいか》による人材不足を解決するため、十一歳《さい》以上の児童に労働の権利を与《あた》え、また肉体に障害《しょうがい》を持つ児童を無償《むしょう》で機械化する政策《せいさく》が発表された」

後を続けるニナ＝冷厳《れいげん》。

「そして最も優秀《ゆうしゅう》な機械化児童には〈特殊《とくしゅ》転送式 強襲機甲義肢《きょうしゅうきこうぎし》〉——通称《つうしょう》〈特甲《トッコー》〉を与《あた》え、増大《ぞうだい》する凶悪犯罪《きょうあくはんざい》やテロに対抗させた。彼女たちこそ〈転送塔《てんそうとう》〉への要請権《ようせいけん》を持つ最強の特殊兵科《とくしゆ》――MSS要撃小隊《炎の妖精《フォイエル・スプライト》》だ」
「機械……？　彼女たちが……」
冬真――言葉を失う――ふと香《かお》りに気づく。
手の甲――蟹座《かにざ》の印＝苺《いちご》の香り。
絆創膏《おまじない》＝勇気・優《やさ》しさ・喜びのための。
それを見て、確《たし》かに体の震《ふる》えが止まっていることに、ようやく気づいていた。

第二十二区《ドナウシュタット》――ドナウタワー。

高さ二百五十メートル余《あまり》の塔。

その頂点《ちょうてん》のごく僅《わず》かな面積に舞《ま》い降《お》り、苦もなく着地《ランディング》する、紫《むらさき》・青・黄の輝《かがや》き。

「夜だとよく分かんなかったけど、ここ高ぁっ。ドキドキするーっ」

ワイルドにくわえたロリポップ――

小隊の〝迫撃手《モータル》〟こと、乙・アリステル・シュナイダーの歓声《かんせい》。

「もう暗いところばかり飛ばなくても良いんだよね」

相変わらず装着《そうちゃく》したままのヘッドホン――

小隊の〝爆撃手《ボンバー》〟こと雛・イングリッド・アデナウアー＝真顔。

「ええ。これでもう夜間の秘密《ひみつ》訓練や極秘《ごくひ》任務《にんむ》からはおさらばですわ」

誇《ほこ》らしげ――艶《つや》めくロングヘア×ウェーブ。

小隊長にして〝要撃手《サプライザー》〟たる鳳・エウリディーチェ・アウスト。

「ついにっ、公式出撃を成し遂《と》げたのですもの。お二人とも本当に偉《えら》いですわ。ご褒美《ほうび》に
クイズの答えをお教えしますわね♪」

「あー忘《わす》れてた。Bだっけ？」「Cだもん」

「ッブ――!!」鳳――口を尖《とが》らせ全否《ぜんひ》定《てい》。「正解《せいかい》はA――っ！　ですわ♪」

「んだっけA？」「子供《こども》が死んだから？」

「そう。狂乱《きょうらん》の呪《のろ》いをかけられたヘラクレスは、自ら大切な我《わ》が子を殺してしまったの。

その罪《つみ》を償《つぐな》い、失われた希望を取り戻《もど》すため、数多《あまた》の難行《なんぎょう》に挑《いど》む決意をしたのだわ」

解説《かいせつ》する鳳――うっとり。

「は――……それってオレらになんか関係あんの？」「無駄《むだ》っぽい知識《ちしき》ぃ」

「あら、大いに関係ありますわ。だって、この都市《まち》はヘラクレスと同じですもの。歴史の
中で自ら大切な希望を殺してしまった……だから現在《いま》、多くの難行を乗り越《こ》えねばならな
いのだわ。失われたものを取り戻すために」

その深紫《ディープ・パープル》の瞳が見つめる街の全景――地平線まで続くかのような雑多《ざった》な建物の群《むれ》。

歴史の碑《いしぶみ》──あるいは人々が今そこに生きている証明《しょうめい》の列。

二人を振り返る──微笑《わら》って。

「あたくしたちのお仕事は、そのお手伝いをすることよ」

「ふーん」「ふーん」

乙＋雛──真剣味《しんけんみ》に欠ける顔。

「んだか分かんねーけど、ドキドキできんなら文句《もんく》ねーっしょ」

「ボクをいじめる相手《ひと》をやっつければいいんでしょぉ」

《妖精《スプライト》達へ》ふいにニナからの無線通信。《状況《じょうきょう》終了《しゅうりょう》。総員《そういん》、本部へ帰還《きかん》せよ》

「いきましょう、お二人とも」鳳──ふわりと宙《ちゅう》へ。「この決して墜《お》ちない羽を手に入れたあたくしたちになら、きっと出来ますわ」

青空／大地を覆《おお》う大都市──その狭間《はざま》。

輝《かがや》き／踊《おど》るように──紫《むらさき》・青・黄の羽。

これは難業《なんぎょう》を運命づけられ、また自ら選んだ者たちの記憶《きおく》──妖精たちの物語《スプライト・シュピーゲル》。

第二話　バタフライ・レディ

クイズです♪　クイズです♪

こと座《ざ》のオルフェウスは、愛する妻《つま》を冥界《めいかい》から連れ戻《もど》そうとした際《さい》、あることをしてしまったため、永遠《えいえん》に妻を失いました。

そのあることとはいったい何でしょう？

A☆妻の名を呼《よ》んだ

B☆妻を振《ふ》り返った

C☆妻の手を離《はな》した

I

「さ——あ、答えはどれですかしら♪　乙《ツバメ》さん、雛《ヒビナ》さん？」

少女Aの微笑《びしょう》——**公安局ビル**＝二階フロアの自分のデスク。

デスクに設置された銀色の肩書《かたが》き付きネームプレート。

『MSS小隊長：**鳳《アゲハ》・エウリディーチェ・アウスト**』

めいめいに椅子《いす》を引っ張《ぱ》ってきて居座《いすわ》る少女B＋C——返答なし。

「おーう、FF・HのDS版《ばん》を三秒でダウンロード。MSSのサーバー超《ちょ》っ速《ぱ》えーす」

少女B＝乙《ツバメ》——蒼い眼《スカイ・ブルー》／鋭角的《えいかく》ツインテール。

私服《しふく》＝革《かわ》ジャケット／すらりとした脚《あし》に豹柄《ひょうがら》のパンツ／青地のエナメル靴《ぐつ》。

椅子の上であぐらをかき、端末《パソコン》を勝手に操作《そうさ》——可憐《かれん》な唇《くちびる》にロリポップをくわえ、ガリガリ齧《かじ》りながらゲームをインストール。

「…………」

少女C＝雛《ヒビナ》——琥珀の目《アンバー・ライト》／金色のショートヘア。

私服＝ゴスっ気たっぷりの白黒ふりふりワンピース／エプロン的前掛《まえか》け／細い脚《あし》にフリル付き黒ストッキング。

小さな肩《かた》をすくめて自己閉鎖《じこへいさ》――両耳にヘッドホン&旧式《きゅうしき》アイポッド＝端末《パソコン》にコードを勝手に接続《せつぞく》／自分のものではないIDを駆使《くし》して次々にネットから音楽をダウンロード。

周囲――ひっきりなしに響《ひび》く電話のコール。忙《せわ》しげに動く大人たち＝公安局員。

その中で明らかに浮《う》いている少女たち＝周囲を意に介《かい》する様子――なし。

《ツ・バ・メさん、ヒ・ビ・ナさん》

少女A＝鳳《アゲハ》――地声から無線通信《ウイスパー》へ。

九ミリ拳銃《けんじゅう》を取り出し、銃口にキリキリと音を立て消音器《サイレンサー》を装着《そうちゃく》。

《二秒以内に返事をなさい》

「Bかなっす」「Cだと思います」

乙＋雛の即応《そくおう》――姿勢《しせい》を正し少女Aへ回れ右。

「返事は素早《すばや》く的確《てきかく》に。任務中《にんむちゅう》の注意散漫《さんまん》は事故《じこ》の元ですわ」

乙――真顔／雛にひそひそと。

「……事故っつーか他殺？」

雛――真顔／ヘッドホンを外さず読唇術《どくしんじゅつ》で応答《おうとう》。

「今のうちに訴《うった》えとくぅ？」

鳳――銃から消音器《サイレンサー》を外して腰《こし》ポシェットに収納《しゅうのう》。

「ゲームも音楽もほどほどになさい。お二人とも一日中それればかりではいけませんわ」

腕《うで》を組む鳳──深紫の瞳《ディープ・パープル》＝左目に海賊傷《かいぞくきず》／艶《つや》めくロングヘア×ウェーブ。

私服＝上品な紫《むらさき》のピンストライプのジャケットにスカート／落ち着いた黒のストッキング／大人っぽいロングブーツ──年長者の貫禄漂《かんろくただよ》う、気品に満ちた十五歳《さい》。

「鳳ってば知んねーの。これ頭良くなんの」「これ聴《き》くと健康になるんだよ、鳳ぁ」

乙＋雛の反論《はんろん》──モニターをそれぞれ指さす。

眉《まゆ》をひそめて覗《のぞ》き込《こ》む鳳。

解説《かいせつ》──FF・H／DS版。

『フェイタルファンタシー・Haloo／ニンデントーDS版。夢《ゆめ》のコラボレーション。当コンテンツをプレイした場合、『サウスパーク』の視聴《しちょう》に比《くら》べ七・五倍、『日刊《にっかん》オーストリア新聞』を読むときに比べ一・七倍、脳《のう》の前頭野が活発化されて脳年齢《ねんれい》が若返ります』

(※世界ゲーム協会調べ)

解説──カトリック聖歌集《せいかしゅう》。

『教会の聖歌を聴きますと、日光浴に等しく体内のビタミン生成が活性化されるという研究結果が報告《ほうこく》されています』(※デジタル・グレゴリアンチャント管理組合)

鳳──眉間《みけん》に皺《しわ》／怪訝《けげん》。

「……なんだかとっても信用ならない感じですわね」

乙＋雛――異論《いろん》。

「えーマジっしょ、これ」「絶対《ぜったい》本当だよぉ、鳳ぁ」

「だとしても人のお仕事用端末《パソコン》に勝手にゲームをインストールするんじゃありません」

乙＋雛――異議。

「だったらオレもデスク欲《ほ》しー」「ボク専用《せんよう》の端末ちょうだーい」

「ダ・メ。あたくしだってやっと手に入れたのですもの。お二人ともまだまだですわ」

デスクを撫《な》でる鳳――うっとり。

アルミ製《せい》の人間工学的デザインのデスク・椅子《いす》・電気スタンド。

三つのモニター／専用端末／電話／整然と並《なら》ぶ私物《しぶつ》。

マグカップ＝太字黒マジックで書かれた『AGEHA』の文字。

デスクの端《はし》に肩《かた》書き付きネームプレート＝自分で貼《は》った蝶《ちょう》のシール。

乙――羨《うらや》ましげ。

「はー、んだよ。胸《むね》がでかいからってずるいっしょー」

雛――恨《うら》めしげ。

「目に傷《きず》があるからって良いよねー」

「そういう問題じゃぁ、ありません」

鳳――呆《あき》れ顔。

ふいに脳裏《のうり》で響《ひび》く声。

《妖精《スプライト》たちへ。五分後にお客さんが到着《とうちゃく》。ただちに配置につけ》

副官からの無線通信《ウィスパー》＝三人の顎骨《がっこつ》に移植《いしょく》された通信器――声なき電子のささやき《ウィスパー》。

鳳――優雅《ゆうが》に起立。

《了解《りょうかい》ですわ、ニナさん》

乙――ロリポップを齧《かじ》りながら起立。

「っつーか……クイズの答えはなによ」

雛――ヘッドホンをしたまま起立。

「どうせお仕事が済《す》むまで教えないんでしょぉ？」

にっこり微笑《ほほえ》む鳳――肯定《こうてい》。

「そ・れ・は、お仕事が終わってからのお楽しみですわ♪　さ、お二人ともお手をちょうだい。あたくしがおまじないをして差し上げますわね」

ミリオポリス第三十五区《ジークムント》――公安局ビル。

都市最南部の伝統的《でんとうてき》な建物が並ぶ区域《くいき》にて艶《あで》やかに佇《たたず》む銀と灰色《はい》の建物。

半ば伝統的・半ば斬新《ざんしん》のコントラスト＝ハースハウス風建築《けんちく》。

煉瓦《れんが》とメタリック建材――どことなくメルヘンチックな八階建てビルディング。

「それほど大きな建物ではないのですね、**トマス神父様**」

少年――黒い学童服／柔《やわ》らかな金髪《きんぱつ》／白い頰《ほお》／碧《あお》の睛《ひとみ》――まだ立ち上がって間もない若い子鹿《こじか》の風情《ふぜい》――その一方の手に紙袋《かみぶくろ》。

「外からはそう見えるだけだよ、**冬真《トウマ》**」

ビルに歩み寄《よ》る**初老の男**――司祭服／見事な白髪《はくはつ》／灰《はい》色の目／深い皺《しわ》／厳《きび》しい自然に耐《た》えてきた老オークの樹《き》の佇まい＝揺《ゆ》るがず／動じない。

「この街はウィーンと呼《よ》ばれていた頃《ころ》から矛盾《むじゅん》した価値《かち》観《かん》の融合《ゆうごう》と、あらゆる機能《きのう》の総合《そうごう》という難題があった。この建物も、地上部分の三倍の地下施設《しせつ》があり、実質《じっしつ》的には三十二階建ての総合ハイテクビルに等しい」

歴史遺産《いさん》の存在《そんざい》によって制限《せいげん》される都市設計《せっけい》――その突破口《とっぱこう》としての実験精神《せいしん》。

その結果――

〝全《すべ》て一つにぶちこみなさい〞という〝融合・総合・結合〞思想が発達。

その賜物《たまもの》――

「伝統的かつ斬新かつ自然と調和かつ未来的」な建築群の誕生《たんじょう》。

その国際的評価《こくさいひょうか》――

〝世界の維持困難《いじこんなん》な歴史的建造物をミリオポリスに管理させよう〟

その成果――

戦争や災害《さいがい》などで維持困難となった「金閣寺《きんかくじ》」や「マチュピチュ」や「アンコールワット」などがミリオポリスに運ばれ、国連から莫大《ばくだい》な保存金《ほぞんきん》がオーストリアとその首都であるミリオポリスに支払《しはら》われる。

その発展《はってん》――文化委託制度《いたくせいど》。

日本の漢字名《キャラクター》を名乗れば毎月の社会保障《ほしょう》+保《ほ》全金《ぜんきん》が支払われるなど、他国の文化を丸ごと預《あず》かり管理する法制度が成立。ミリオポリスは一大国際〝管理〟都市に。

「この街の建築技術《ぎじゅつ》の成果ですね」

冬真――感心しながら男とともにビルに歩み入る。

「建築だけではない。ありとあらゆる分野で合一思想《コル・ウーヌム》が発達した。宗教《しゅうきょう》や哲学《てつがく》……ときに、発達すべきではない分野においても……」

男――重々しい声／それを遮《さえぎ》る呼びかけ。

「バロウ神父」

局員が行き交うロビー＝公安局の紋章《もんしょう》と国旗が描《えが》かれた床《ゆか》に立つ女。

ニナ・潮音《シオン》・シュニービッテン——氷像《ひょうぞう》のように直立不動／純白《じゅんぱく》のスーツ／短い黒髪《くろかみ》／黒ダイヤのような硬質《こうしつ》の眸《め》／冴《さ》えやかな肌《はだ》／凜《りん》とした美貌《びぼう》——トルコ系《けい》。

「ようこそお出《い》で下さいました。長官のヘルガは委員会に出席しているため、副官である私が、あなた方を外部顧問《こもん》としてお迎《むか》えいたします」

バロウ神父——穏《おだ》やかな微笑《びしょう》／どことなく歓迎《かんげい》を拒《こば》む足取りの重さ。

「今日は概要《がいよう》を聞くだけで良いかね？　午後から用事が入ってしまっていてね」

「構《かま》いません。どうぞ、こちらへ」

入り口——警備員《けいびいん》とX線探査機《たんさき》／空港並《な》みの検査《けんさ》。

「冬真。先日のお嬢《じょう》さん方に御礼《おれい》を申し上げてきなさい。私の方はすぐに済《す》むだろう」

「はい、神父様」

「小隊長のデスクは二階です。このパスを持ってお入り下さい」

ニナ——氷の剣《けん》のような無表情《むひょうじょう》さで通行証《つうこうしょう》を冬真に手渡《てわた》す。

「ありがとうございます」

冬真——一礼して階段《かいだん》へ向かう。その姿《すがた》を目で追うニナ。

「彼が後継者《こうけいしゃ》ですか……？　元兵器開発局の技術顧問であった、あなたの」

「家族に不幸があって私の教会で世話をしている……ただの子供《こども》だよ」

「数学の才能《さいのう》に長《た》けた子供ですね」

「冬真についてMSSで調べたかね？」

　バロウ神父――諭《さと》すように。

「彼が私と同じ道を歩むとは限《かぎ》らないよ、ニナ」

「子供は、自分を育てる者の希望を敏感《びんかん》に察するものです、バロウ神父」

「私が望むのは、行き過《す》ぎた合一思想《コル・ウーヌム》がこれ以上の悲劇《ひげき》を生まぬことだけだ」

　うなずくニナ――ともにエレベーターへ。

　地下二階――広大な廊下《ろうか》・左右に部屋＝全《すべ》て情報処理《じょうほうしより》施設。

　その一室――資料閲覧室《しりょうえつらんしつ》。

　椅子に座《すわ》るバロウ神父――ニナがモニターを操作《そうさ》。

「現在《げんざい》、情報解析班《かいせきはん》がミリオポリスに流入する兵器の部品《パーツ》を監視《かんし》しています。部品《パーツ》は確認《かくにん》されたものだけでも三千万個《こ》以上」

　モニター――膨大《ぼうだい》な名称《めいしょう》／数量データ／さながらアルファベットと数字の豪雨《ごうう》。

「その全てがネット販売《はんばい》や商業取引などを擬装《ぎそう》し、既《すで》に都市内に運び込まれ、組み立てが開始されているとみられます。どの部品《パーツ》がどの兵器のものか特定出来たのは全体の二十％

未満。組み立てに必要な施設《しせつ》も多くが不明。それゆえ追跡《ついせき》が困難《こんなん》になっています」

「部品《パーツ》の数が膨大でも、厳密《げんみつ》に分類すれば二百種類以下になる。それらを予想される組み立て経過《けいか》と照合し、どんな兵器が、どんな施設で、どんな技術《ぎじゅつ》を持った人間の手で用意されようとしているかを判明《はんめい》させればいい」

「それには優秀《ゆうしゅう》な兵器設計の経験者《けいけんしゃ》が必要です。あなたのような経験者が、バロウ神父」

バロウ神父＝重い眼差《まなざ》し——重い声。

「さらなる悲劇を防《ふせ》ぐためだ……出来ることは協力しよう」

「感謝《かんしゃ》します。ただし情報漏《も》れを防ぐため、当ビルからデータを持ち出すことは一切《いっさい》禁じられており——」

「情報管理の基本《きほん》だな。毎日このビルに通って、解析すれば良いのかね？」

「はい。解析班のフロアに、二人分のデスクを用意しております」

「冬真を私の助手として、このビルへの出入りを認《みと》めてくれるというわけかね？」

「はい。彼の将来《しょうらい》にも役立つかと」

「くれぐれもスカウトはなしだよ。彼はクロースターノイブルク修道院《しゅうどういん》の科学アカデミーに進学することが決まっているのだからね。さて……説明は以上かね？」

「もう一つ——前回の犠《ぎ》脳体《のうたい》兵器に脳を提供《ていきょう》したシェネルですが、その親族全員が消えました。彼らの行方《ゆくえ》にお心当たりは？」

「……いいや。宗教会合でも彼らの身を案じているが、全く連絡《れんらく》がつかない状態《じょうたい》だ」

「連絡があった場合、通報して頂《いただ》けますか」

じっと見つめるニナ。やがて苦しげなバロウ神父の返答。

「そうせざるを得まい」

「ありがとうございます、神父様」

ニナ——視線《しせん》を相手から外さずに。

II

ビル二階——幾《いく》つも並《なら》ぶデスク。
壁《かべ》の大モニター／巨大《きょだい》な書類棚《しょるいだな》——ちょっとした図書館並《な》みの規模《きぼ》。
案内板を読む。第七まである『公安局事務課《じむか》』、警察《けいさつ》と連携《れんけい》した『科学捜査班《そうさはん》』、第六まである『都市情報解析班』、別フロアから出向している『通信解析班』。
そして——『公安高機動隊《MSS》』の区画。
やっと発見——『MSS要撃《ようげき》小隊』のデスク。
紙袋《かみぶくろ》を手に、フロアを進む冬真——忙《せわ》しげに動き回る大人たちの邪魔《じゃま》にならないよう、小さく肩《かた》をすくめて小走りに移動《いどう》。
すぐに見つける――デスクのネームプレート＋名前入りマグカップ確認《かくにん》。
本人――不在《ふざい》。
「…………いない」
冬真――持参した紙袋を手に立ちつくす。
鳳が現《あらわ》れる気配――なし。意外なほど残念がっている自分に気づく。
凄惨《せいさん》な事件《じけん》の渦中《かちゅう》にいた鳳の横顔が思い出される。
美しいまでに引き締《し》まったおもて――血に濡《ぬ》れた両手。
容赦《ようしゃ》なく毅然《きぜん》とした姿《すがた》――優《やさ》しい微笑《ほほえ》み。
なんとなくデスクを見る。
可愛《かわい》らしい写真立て――鳳＋乙＋雛の写真。
子供《こども》用の迷彩服《めいさいふく》を着た三人＝おそらく訓練中の光景。
真剣《しんけん》な顔――みな、重たいものを背負《せお》わされて必死に耐《た》えているように見える。
その隣《となり》に別の写真立て――鳳＋見知らぬ二人の少女。
一人はおかっぱの赤毛にミント色の目。
もう一人は男の子のように短い金髪《きんぱつ》に萌黄《もえぎ》の目。

鳳——今よりまだ幼《おさな》い顔／短い髪《かみ》。
ちょっとした違和《いわ》感。すぐにそれが何であるか理解《りかい》した。
鳳の左目——傷《きず》がない。
三人の手足に、少しどきっとなる。
リハビリ用の、機械化された義手《ぎしゅ》・義足。
（本当に機械なんだ……）という気持ちが起こる。
わけもなく気まずい気持ちになって写真から目を離《はな》した。
ふとモニターの一つで明滅《めいめつ》する文字に気づく。
スクリーンセーバー——
『昔者荘周夢為胡蝶』『栩栩然胡蝶也』『不知周也』
複雑怪奇《ふくざつかいき》な文字の群《むれ》が、暗い画面で、ひらひらと蝶《ちょう》のように舞《ま》っている。
「北京語《マンダリン》か日本語《ヤパニシエ》かな……」
ぽつりと呟《つぶや》く。途端《とたん》——
「中国の荘子《ツァンツィ》による漢《キャラクター・》詩《ポエト》だそうだ」
いきなり背後《はいご》から返答が来た。
ぎょっとなって振《ふ》り返る冬真——さらに解説《かいせつ》の声。

「内容《ないよう》は一度教えてもらったのだけどね。蝶になった夢《ゆめ》を見た人間の自我《じが》に関する興味深《きょうみ》い考察で、ユングの夢分析《ゆめぶんせき》とはちょっと違《ちが》うらしい」

すらすらとした口調――妙《みょう》に澄《す》ました少年。

はしばみ色《ヘイゼル》の目・くせっ毛／すっきりした目鼻立ち。

公安局の制服《せいふく》――さらにその上から大人用の白衣を着込《きこ》み、背丈《せたけ》に合わない裾《すそ》を引きずるようにしている。まるで取り澄ました顔の白鷺《しらさぎ》の風情《ふぜい》。

少年が両手を広げ、やけにオーバーリアクションで言った。

「君は鳳を捜《さが》しているのかい？　あの果敢《かかん》にして問答無用、過《す》ぎたことなど一顧《いっこ》だにしない、勇ましくも美しい我《われ》らが拳銃使《けんじゅうつか》いを」

一拍《いっぱく》の間――沈黙《ちんもく》。

冬真がうなずいた／少年が続けた。

「だが残念。彼女は僅《わず》か数分前に任務《にんむ》を命じられて席を立った。二人の部下をつれて。まったく凛々《りり》しい。そこの写真に写《うつ》っているまだ泣き虫だった頃《ころ》の鳳も、それはそれで可憐《かれん》で素敵《すてき》だったが、僕《ぼく》としては、今の方が鳳らしいと思うね」

「……泣き虫？」意外＝思わず呟《つぶや》き返す。

また一拍の間――得体の知れない優越《ゆうえつ》感をみなぎらせて笑う少年。

「ふふふ。どうやら、僕の方が彼女の過去《かこ》について今少し詳《くわ》しいらしいね。ちなみに激辛《げきから》党《とう》で知られる彼女の飲み残しには、決して口をつけない方が良い。喉《のど》を焼かれて三日は喋《しゃべ》れなくなる」

「……飲み残し？」冬真——怪訝《けげん》。「口をつけたの？」

「む……」少年——咳払《せきばら》い。「まあ、彼女が使用した器物に対する、はかない好奇心《こうきしん》が行き過ぎてしまった……というよりも、むしろ彼女たちの能力《のうりょく》の代償《だいしょう》である、味覚異常《みかくいじょう》を追体験してみようという試みと思ってくれたまえ」

冬真——意味が分からず困惑《こんわく》。「……味覚異常？」

「おや、それもご存《ぞん》じない？　彼女たちは特殊《とくしゅ》な空戦機動型であるゆえに、その脳《のう》への負《ふ》荷《か》は並大抵《なみたいてい》ではない。それゆえ中枢神経《ちゅうすうしんけい》へのストレスが、激辛や極甘《ごくあま》など、過度《かど》な味覚刺《し》激《げき》を求める行為《こうい》へとつながるのさ」

「はあ……」

「ところで、君は誰《だれ》？」

「冬真・ヨハン・メンデル。バロウ神父様の使いで……」

「ああ。なるほど。君があの思わせぶりな外部顧問《こもん》ことトマス・ルートヴィヒ・バロウ氏の助手と目されている人物だね」

急に背筋《せすじ》を伸《の》ばし、冬真に向かって対抗《たいこう》するような視線《しせん》を向ける。

「僕はここの接続官《コーラス》。水無月《ミナヅキ》・アドルフ・ルックナーだ」

「接続官《コーラス》？」

「おやおや、またもやご存知《ぞんじ》ない」鼻で笑う水無月。「ここのマスターサーバー〈晶《バク》〉に、脳機能のリンクを許可《きょか》された解析《かいせき》通信官――すなわち転送要員のことだよ。鳳や彼女の部下たちに特甲《トッコー》を転送する役目を司《つかさど》っている者の一人さ」

「そ……そうなんだ」

冬真――あまり意味が分かっていないまま相手に合わせる。

「君はバロウ氏の助手だろう。得意科目はなんだい？」

「え……数学と物理かな」

「今少し自信がなさげだね。君がカオス理論《りろん》の定義《ていぎ》をどう考えているか知りたいな」

「えっと……あまり詳しくないけど……たとえば自己《じこ》相似《そうじ》的でリアプノフ指数が正であることや、ローレンツカオスの場合のテント写像《しゃぞう》みたいに非線形《ひせんけい》の方程式《ほうていしき》が原因《げんいん》でシステムが複雑化《ふくざつか》することから初期値《しょきち》の誤差《ごさ》が将来《しょうらい》の重大な予測《よそく》結果を覆《くつがえ》すことかな……」

間――やや長い沈黙。

水無月の咳払い――ぼそりと。「……見かけ通り嫌《いや》なヤツだ」

「……え？」

「いや。そこをどいてくれないかな。急いでセッティングしないといけなくてね」

冬真を追い払うようにしてデスクへ――白衣のポケットからコード／光学器／バッテリー／小型カメラを取り出す。

「な……何をする気？」

「何って。このカメラとマイクを複数箇所《ふくすうかしょ》に設置《せっち》するのさ。そうすれば書類仕事に励《はげ》んだりネットで星占《うらな》いを検索《けんさく》する彼女の姿《すがた》を、自分のモニターで観賞できるじゃないか」

「と……盗撮《とうさつ》？」

「しっ。人聞きが悪い。これは選ばれた少数によるきわめて貴族《きぞく》的な楽しみ……」

すらすら語る水無月――その背後《はいご》に、突然《とつぜん》ゆらりと現《あらわ》れる人影《ひとかげ》――ぎくっとなる冬真。

「ふんっ」

長い両腕《りょううで》が水無月の首に巻《ま》きつく――脳《のう》への血流を止めるスリーパー固《ホールド》め。

「きゅうっ」

奇妙《きみょう》な声＝水無月がオチた。意識喪失《いしきそうしつ》――白目。

その襟首《えりくび》をつかむ者。

やたら背《せ》の高い女――ほつれ気味の金髪《きんぱつ》／緑の目に銀縁眼鏡《ぎんぶちめがね》／よれよれの白衣。

シャープな容貌《ようぼう》＝ただし、ぼんやりと無表情《むひょうじょう》。まるで理科の実験室に住みついた白衣の幽霊《ゆうれい》といった佇《たたず》まい。

「はい、これ」

無造作《むぞうさ》に名刺《めいし》を差し出す――思わず受け取る冬真。

『情報《じょうほう》解析課課長シャーリーン・巫《カンナギ》・フロイト』＝日本の漢字名《キャラクター》は二十五歳《さい》でミドルネームに。

「うちの部員が迷惑《めいわく》をかけた」ぼそぼそとした声。「もしまた迷惑をかけた場合、警察《けいさつ》を呼《よ》ばずに、私に連絡《れんらく》を。警察沙汰《ざた》になると私に累《るい》が及《およ》んで私が迷惑するから」

気圧《けお》されうなずく冬真――女が盗撮道具を拾い、水無月を引きずって立ち去る。

同じ方角からやって来るニナとバロウ神父。

「シャーリーン」「やあシャーリーン」

「ちっす」

女が気怠《けだる》げに挨拶《あいさつ》――去る。

「おや、お嬢《じょう》さん方は不在《ふざい》かね？　お土産《みやげ》を渡《わた》しそびれてしまったようだ」

「訓練中のようです」ニナ――冬真へ手を差し出す。「私が預《あず》かりましょう」

お土産＝紙袋《かみぶくろ》の中身＝教会で販売《はんばい》しているカトリック・ロールケーキ。

それを手渡す冬真――ふとかすかな違和《いわ》感。

三人の所在を、なぜ直属《ちょくぞく》の上司でありMSSの副官であるニナが知らないのか。

「では、これで失礼するよ、ニナ」

バロウ神父が言った。それで冬真が違和感について口にする機会が失われた。

ロビーへ――バロウ神父と冬真が通行証《つうこうしょう》を返却《へんきゃく》し、本部ビルを立ち去る。

二人をじっと見送るニナ。

その手の携帯《けいたい》電話――おもむろに耳に当て通話。

「……**ヘルガ局長**、客が出ました」

「予定通りに行動よ、ニナ。じきに動きがあるわ」

ささやき＝女――愛らしい小顔／アップにした金髪／目＝藍《あい》色の虹彩《こうさい》／公安局の制服《せいふく》／

小柄《こがら》だがバラの花のような存在《そんざい》感。

携帯電話を手にしたまま、会議室のモニターへ目を向ける。

映像《えいぞう》＝先日の戦闘《せんとう》ヘリ――公安委員の解説《かいせつ》。

「……近年、大都市ではマスターサーバーの電子干渉能力《かんしょうのうりょく》により大型兵器は使用不能とされてきました。ですがこの犠《ぎ》脳体《のうたい》兵器は中枢《ちゅうすう》システムに人間の脳を使用することでマスターサーバーの干渉に拮抗《きっこう》し、大都市での破壊《はかい》活動を可能《かのう》としています」

〈憲法擁護テロ対策局《BVT》〉ビル——内務省《ないむしょう》と国防省《こくぼうしょう》の合同会議。

制服と軍服の群《むれ》——内務大臣と国防長官の出席——実質《じっしつ》的な国防戦略《せんりゃく》会議。

モニター脇《わき》に立つ黒ずくめの男——**ＢＶＴ局長エゴン・ポリ**。

痩軀《そうく》／眼鏡《めがね》の奥《おく》の神経質《しんけいしつ》な目／獰猛《どうもう》な知性《ちせい》——黒いカマキリを連想させる雰囲気《ふんいき》。

「……なお、この件でＭＳＳよりご説明があります」公安委員が女を見る。

テーブルのマイクへ唇《くちびる》を寄《よ》せる女——よく通る澄《す》んだ声。

「ＭＳＳ長官**ヘルガ・不知火《シラヌイ》・クローネンブルグ**です。ＭＳＳでは二年前より多数の部品《パーツ》の都市流入を警告しておりましたが、不幸にもその危険性《きけんせい》を認《みと》められず、都市内での兵器組み立てを許《ゆる》す事態《じたい》となりました。現在《げんざい》、残りの兵器特定を急いでおりますが、さらなる危機《きき》を回避《かいひ》するためには、要撃力《ようげきりょく》に優《すぐ》れた上空部隊に加え、機動力に優れた地上部隊の存在が不可欠です」

エゴン局長の牽制《けんせい》——きびきびと。

「既《すで》に、我《わ》が局の〈特殊憲兵部隊《コブラ・ユニット》〉が配置されている」

ヘルガ——まるで気にせず。

「前回の戦闘で、ＢＶＴ直轄《ちょっかつ》の部隊は都市全域《ぜんいき》の警備《けいび》に追随《ついずい》出来ないことが立証《りっしょう》されました。よってかねてからの要望通り、他都市へ派遣《はけん》されたままのMSS地上戦術班《せんじゅつはん》をミリオポリスに復帰《ふっき》させることを提案《ていあん》いたします」

エゴン局長——怒気《どき》。

「反対だ。MSSはマスターサーバー〈晶《バク》〉の独占《どくせん》使用のみならず実質的に公安局ビル施《し》設《せつ》を管理下に置いている。これ以上の増強《ぞうきょう》は必要ない」

「いいえ」ヘルガ＝悠然《ゆうぜん》と。「これは最低限《さいていげん》必要な組織《そしき》的対応《たいおう》です。プリンチップ社製《せい》の兵器が出現《しゅつげん》した以上、猶予《ゆうよ》は許されません」

ざわめき——揺《ゆ》らぎ。

国防省の軍服組がマイクをつかむ。

「……プリンチップ社は、七年前のクーデター時に、首謀者《しゅぼうしゃ》が逮捕《たいほ》され、壊滅《かいめつ》したはずでは？」

ヘルガ——揺るぎなく。

「どこにも存在しない幽霊企業《ダミーきぎょう》——プリンチップ社。これは資金《しきん》や物品を用意する支援《しえん》型テロの複合集団《ふくごうしゅうだん》であり、一部が打撃を受けても、常《つね》に態勢《たいせい》を変え、活動し続けているとみるべきでしょう」

さらなるざわめき。ささやき合う内務省の制服組。

前へ出るエゴン局長。「だが公安局の一部署《いちぶしょ》に過《す》ぎぬMSSが、都市の警備計画から逸《いっ》脱《だつ》することを認《みと》めるわけにはいかん。いかなる事情《じじょう》があれ、特定の部署の独走《どくそう》を認めれば、他の多くの部署が真似《まね》をし始める。そうなっては全体の秩序《ちつじょ》が保《たも》てない」

微笑《ほほえ》むヘルガ。

「バタフライ効果《こうか》ですわ」

「──なに？」

ふいにコール音──ヘルガの携帯《けいたい》電話。

呆《あき》れる内務大臣。「会議中くらいマナーモードにしてはどうかね、ヘルガくん」

「失礼」にっこり笑うヘルガ──電話に出る。「了解《りょうかい》よ。通話は継続《けいぞく》して。──局長」

「なんだ？」

「前回の犠《ぎ》脳者《のうしゃ》の親族に動きあり。集団による武装《ぶそう》および新たな犠脳者の可能性大」

ざわめき／どよめき──ゴットフリート内務大臣の狼狽《ろうばい》。「ま、まさか、また……!?」

エゴン局長──さらに前へ出て異《い》議《ぎ》を唱える。

「馬《ば》鹿《か》な！　まだ本当に次の兵器が存在《そんざい》するかも分からぬというのに！」

ヘルガ──一切《いっさい》の微笑《びしょう》を消した苛烈《かれつ》な表情でエゴンを見据《みす》える。

「事態は急を要します。指《し》揮《き》可能な地上部隊が存在しないため現地警官を一時的にMSS

指揮下に入れますが、よろしいですか？」

全員の視線《しせん》が二人に集中する。

エゴン局長——絶句《ぜっく》。きりきりと歯を軋《きし》らせてヘルガを睨《にら》み返す。

ヘルガ——ささやき。

「了解されたようよ、ニナ」

III

第二十三区《リーズィング》——地下鉄の駅＝出口。

「私はこれから古い友人と会わねばならない。先に教会へ戻《もど》っていなさい」

「はい、神父様」

素直《すなお》に従《したが》う冬真——通りを渡《わた》って行く。

その後ろ姿《すがた》を見つめるバロウ神父——やがて反対方向へきびすを返す。

しっかりした足取り——道路脇に停車中のタクシーに歩み寄る／無言で乗り込《こ》む。

「どちらへ？」

「……ファトマ・シェンの所へ」

振《ふ》り返るタクシー運転手——濃《こ》い髭《ひげ》／トルコ系《けい》。

携帯電話をバロウ神父に手渡す。

「あなたの電話は盗聴《とうちょう》されている」

電話を受け取る――一つだけリダイヤル表示《ひょうじ》された番号。そのまま通話ボタンを押《お》す。

車が走り出す――三度目のコールで相手が出た。

女の声。「お久《ひさ》しぶりですね、バロウ」

「ファトマ……まだ間に合う。どうか普通《ふつう》の暮《く》らしに戻ってくれ。モスクの指導者《イマーム》も君たちのことを心配している」

「兄シェネルは立派《りっぱ》に聖《せい》なる務《つと》めを果たしました。あなたには頼《たの》みがあります。あなたはそれを受けなければなりません。さもなくば、あなたの大事な子供《こども》が咎《とが》を負いましょう」

「まさか、冬真を……？」

電話の相手の沈黙《ちんもく》――雄弁《ゆうべん》なイエス。

バロウ神父――痛《いた》みに耐《た》えるように目を閉《と》じる。

「愚《おろ》かなことを……。いや……君たちがそこまで追いつめられていたことに気づかなかった私たちの方こそ、愚かと呼《よ》ぶべきか……」

第二十三区《リーズィング》――公園脇を歩む冬真。

すぐに教会へは戻らず、図書館へ向かう道を選択《せんたく》──その途上《とじょう》。

ふいに木陰《こかげ》から飛び出すロングヘア×ウェーブ──深紫《ディープ・パープル》の瞳が、呆気《あっけ》に取られる冬真を見つめる。

「あら、奇遇《きぐう》ですわ」

嬉《うれ》しげな声──鳳。

「あ、鳳……さん？」

あまりのことに、その場に棒立《ぼうだ》ちになる冬真。

「まあ、あたくしを覚えていて下さったのね。どうぞ鳳とお呼びになって、冬真さん」

「はあ、あの……どうして、ここに？」

「あなたは、どうしてこの道を？　教会へ行く道はあちらではありませんの？」

「少し調べものがあって図書館に……」

「まあ、奇遇。あたくしもよ。何をお調べになるのかしら？」

「え？　あの、荘子の詩を……」

「まあ、奇遇。あたくしもですわ」

「へ？　き、君も……？」

「ええ、奇遇ですわ。せっかくですから一緒《いっしょ》に参りましょう。さ、ほら」

鳳＝羊を追い立てる牧羊犬のごとく冬真を急《せ》かす。木漏《こも》れ日の落ちる小道を並《なら》んで歩く。

「奇遇ですわ。荘子の詩は、あたくしも好きよ」

「いや、君の端末《パソコン》のスクリーンを見て……」

「あら。本部にいらしたの？」

「先日の御礼《おれい》をしたくて……」

冬真の脳裏《のうり》をよぎる論理《ろんり》的思考――鳳がいる理由＝待ち伏《ぶ》せ／尾行《びこう》。

その理由――見当もつかない。

鳳から奇遇、奇遇と連呼《れんこ》されると、強引《ごういん》に納得《なっとく》させられてしまいそうになる。鳳と会えたことに気持ちを奪《うば》われ、それ以外のことがかすんでしまう。

「それで、ニナさんに、教会のケーキを預《あず》けて……」

「あら素敵《すてき》。あたくしケーキはなんでも好きよ。唐辛子《とうがらし》を沢山《たくさん》かけたものが特に」

「唐……」

冬真――しばし味覚のパラドックスをさまよう。

突然《とつぜん》、すぐそばで激《はげ》しいブレーキ音。

パン屋のトラック――その車体が陽射《ひざ》しを遮《さえぎ》る。

助手席のドアが開く――二人の男が現《あらわ》れる。

どちらの手にも拳銃《けんじゅう》――低い声。

「騒《さわ》ぐな」

「まあ、大変」両手を挙げる鳳。「逆《さか》らってはダメ。大人しく言うことを聞きましょう」

冬真――啞然《あぜん》／呆然《ぼうぜん》。

鳳とともにトラックの荷台へ――ドアが閉《し》まる／走り出す。

その様子を見つめる二人の少女。
通りのビルの屋上――乙＋雛＝無線通信。
《鳳、演技《えんぎ》下手すぎ》《ベタすぎぃ》
《お黙《だま》りなさい。しっかり追跡《ついせき》するんですわよ、お二人とも》
走るトラック――追う乙＋雛。
ビルの屋上から跳躍《ちょうやく》――次々に建物を跳《と》び渡《わた》る――軽々と。

トラックの荷台――薄暗《うすくら》がり。
荷台の内部に設置《せっち》された、奇妙《きみょう》な機械の唸《うな》り――明滅《めいめつ》。
体の拘束《こうそく》／物品の押収《おうしゅう》――されず。ただ得体の知れない機械と一緒《いっしょ》に閉《と》じ込められる。

「え……オルフェウス？」

「ええ。答えはどれだと思いますかしら？」

「あの……A？　名前を呼《よ》んだから？」

「ふふ。答えは無事に戻ったときにお教えしますわね♪」

にっこり笑う鳳。

無事に――という言葉で、怯《おび》えきった冬真の心臓《しんぞう》が、ふいに恐怖《きょうふ》の音を立てた。

全く突然《とつぜん》、暗闇《くらやみ》に閉《と》ざされ、再《ふたた》び太陽を見ることが出来るかも分からないという超特大級の理不尽《りふじん》さが、あらためて襲《おそ》いかかってくる。二度と出来なくなるかも知れないことが次々に思い浮《う》かび、噴《ふ》き出す恐怖《きょうふ》を倍増《ばいぞう》させた。

「こ、ここから出ないと……」

中途半端《ちゅうとはんぱ》に腰《こし》を上げた途端《とたん》、トラックがカーブ――ものの見事にひっくり返った。

「う、うわっ、わっ……」

心臓がバクバクと激《はげ》しく鼓動《こどう》し、パニックに襲われかけながら慌《あわ》てて起き上がろうとしたところへ、ぺたりと、何かを頬《ほお》に貼《は》られた。

薄暗闇――鳳の微笑《びしょう》。

「おまじないをして差し上げましたわ。もうこれで大丈夫《だいじょうぶ》」

バナナの香《かお》り──見えなくても分かった。

おまじない＝絆創膏《ばんそうこう》＝蟹座《かにざ》の印。

「きっと助けが来ますわ。それまで落ち着いてお話でもしていましょう」

鳳の穏《おだ》やかな声──ほっぺの絆創膏。

それだけで不思議なくらい心が落ち着き、苦しかった呼吸《こきゅう》が和《やわ》らぐのを覚えた。

「は、話って……何を……？」

「そうね……なぜ冬真さんは教会に入られたのですかしら？」

「ま、まさか入ると思わなかった。両親が死んで、バロウ神父に引き取られて……ウィーンの森の事故《じこ》。戦争のために誰《だれ》かが集めた武器《ぶき》が暴発《ぼうはつ》したんだ。化学兵器──ハイキングに来てた友達みんな……」

言葉が次々に滑《すべ》り出て、ほとんど一息に言った──それでさらに不安が宥《なだ》められた。

「鳳さんは……なぜ公安に？」

「まさか入るとは思いませんでしたわ。似《に》ていますわね。あたくしも家族を森で喪《うしな》いましたの。理由は……そう。冬真さんと同じ。暴発。とても大きな……炎《ほのお》。それで一度、体を失って、でも新しい手足の操縦を誉《ほ》められて……MSSに入るよう勧《すす》められたのですわ」

思い出す──写真／機械の手足／見知らぬ少女たち。

「……写真を見たよ。君のデスクで。あの、失礼だと思ったんだけど……」

くすっと笑う鳳。

「構《かま》いませんわ。大切な物ですけれど、隠《かく》す物ではありませんもの。乙さんに雛さん、それに……あたくしを導《みちび》いて下さった、二人の大事なお友達」

「お友達も……MSSに？」

「ええ。三人一緒に。あの二人のお陰《かげ》で今のあたくしがありますの。でなければ、あたくし今でもずっと、泣いてばかりでいたに違《ちが》いありませんわ」

微笑《びしょう》――そっと頭上を指さす。

「今は二人とも、天国《そら》から見守って下さっていますわ……きっと」

「そう……なんだ」

口ごもる。気まずさ――なし。ひとえに鳳の平然とした態度《たいど》の賜物《たまもの》。

「あの漢《キャラクター》詩《ポエト》は？　何かのおまじない？」

「あれは『胡蝶の夢《ドリーム・オブ・バタフライ》』……父様が教えて下さったの」

遠い眼差《まなざ》し――鳳の唇《くちびる》から、澄《す》んだ声音《こわね》が零《こぼ》れ出す。

詠唱《えいしょう》。

昔、荘周《そうしゅう》は夢《ゆめ》で蝶《ちょう》になった／ひらひらとして蝶そのものだった／

自然と楽しく気持ちがのびのびした／自分が荘周であることは分からなかった／
にわかに目覚めると、なんと自分は荘周だった／
荘周の夢で蝶になったのか、蝶の夢で荘周になったのかは分からない／
しかし荘周と蝶とには間違いなく区別があるはず／

こういうのを「物化」という。

「あたくし、幼《おさな》い頃《ころ》は病気ばかりで学校にも行けず、家で勉強しておりましたの。そんなあたくしに父様が、蝶の夢の詩を教えて下さったのですわ。でも最初は英語の詩でしたから、もとは漢詩だと知ったのはずいぶん後になってからでしたの」

鳳——くすくす笑い。

「夢で蝶になったのか……蝶の見る夢なのか」

冬真——不思議な気分で呟《つぶや》く。

「幼い頃は、蝶になった自分を空想したものですわ。でも大事なのは、それを空想する自分が間違いなく生きてここにいるということ。あなたもあたくしも、まだ生きておりますもの。決して諦《あきら》めず、焦《あせ》らず、心穏《おだ》やかに。必ず助かると信じましょう、冬真さん」

第二区《レポルトシュタット》／ドナウ運河《うんが》とドナウ川の中州──プラーターの森の遊園地。

タクシーが停車した。

運転手につれられ二十階建てのビルへ──エレベーター。

最上階の展望台《てんぼうだい》に出る──一キロ先に見える観覧車《かんらんしゃ》／まばらな観光客。

その一角。静かに佇《たたず》む女──チュニック丈《だけ》の長袖《ながそで》／パンタロン／頭にスカーフ。

運転手に肩《かた》をつかまれ立ち止まるバロウ神父──矢継《やつ》ぎ早に言葉を放つ。

「ファトマ。君の国トルコは政教分離《せいきょうぶんり》を唱え、EU加盟《かめい》を目指してさらなる民主化を進め、過去《かこ》の大戦における虐殺《ぎゃくさつ》の罪《つみ》も国際《こくさい》的に償《つぐな》った。君は祖国《そこく》と神を否定《ひてい》するのか。イスラムの指導者《イマーム》たちも、今このとき聖戦《せいせん》を唱える者は一人もいないのだぞ。アラブ諸国《しょこく》もテロ戦争を支援《しえん》することはない」

「祖国と神《アッラー》は、大いなる炎をキプロスで上げた。私も兄シェネルもそこにいた。そして……あなたも」

女──今まさに炎を見つめるような眼差し／声音。

「そしてこの国《オーストリア》は、トルコがヨーロッパと関《かか》わることを長らく拒《こば》み続け、イスラムへの懐《かい》疑《ぎ》と憎悪《ぞうお》の種を育てた」

「戦場と化したキプロス島を見て、私は兵器開発から退《しりぞ》くことを決めた。あの島の悲劇《ひげき》を知る者が、なぜそれを繰《く》り返すのだ」

「繰り返しはしない。全《すべ》ては勝利のため。あなたもそれに協力しなければならない」

「協力？」

「私たちが組み立てる器《うつわ》について調べないこと。MSSには、私たちが指示《しじ》した通りの内《ない》容《よう》を伝えること。さもなくば……」

「偽情報《にせじょうほう》などすぐに露見《ろけん》する。その前に冬真の姿《すがた》を見せたまえ。幾《いく》らでも偽造《ぎぞう》できる画像《がぞう》や音声ではなく、本人の姿を」

女＝ファトマが指さす——反対側のエレベーター。

「そこに来ています」

振《ふ》り返るバロウ神父——愕然《がくぜん》となって凍《こお》りつく。

離《はな》れた場所に立つ二人の男——そして冬真——鳳。

鳳の無線通信。《バロウ神父様を確認《かくにん》》

ニナの鋭《するど》い応答《おうとう》。《一般客《いっぱんきゃく》の退避《たいひ》は完了《かんりょう》している。そこにいるのは擬装《ぎそう》した警官《けいかん》たちと武《ぶ》装犯《そうはん》たちだけだ。やれ、妖精《スプライト》たち！》

鳳の手が腰《こし》ポシェットへ——魔法《まほう》のように一瞬《いっしゅん》で拳銃《けんじゅう》が現《あらわ》れる。

流れるようなきわめて自然な動作で構《かま》える／狙《ねら》う——撃《タタン！》つ。

バロウ神父のそばにいた運転手が胸《むね》に弾丸《だんがん》を食らって吹《ふ》っ飛んだ。

両脇《りょうわき》の男たちが慌《あわ》てて銃を抜《ぬ》く。

鳳――冬真の襟首《えりくび》をつかんでしゃがませ、至近距離《しきんきょり》で撃《タタン!》つ、撃《タタン!》つ、撃《タタン!》つ。

男たちが棒《ぼう》のように倒《たお》れる――血が雨のように降《ふ》り注ぐ／凄《すさ》まじいまでの硝煙《しょうえん》の臭《にお》い。

「わあっ、わっ、わぁーっ！」

言葉にならない悲鳴を上げる冬真を引きずり、カフェのカウンターの陰《かげ》に飛び込《こ》む鳳。

周囲――一般客に化けた警察／テロリストたちが銃を抜く。

激《はげ》しい銃撃《じゅうげき》――血飛沫《ちしぶき》／砕《くだ》け散る観光土産《みやげ》／銃弾の熱で燃《も》え上がる絨毯《じゅうたん》。

「ドキドキするっしょーっ!!」

エレベーターから飛び出す疾風《しっぷう》――ロリポップをくわえた乙。

テーブルを盾《たて》に銃撃戦を繰り広げる男たちの顔面へ、飛び蹴《げ》り／回し蹴り／かかと落とし――悶絶《もんぜつ》／転倒《てんとう》／失神。

「いじめないで、いじめないで!!」

雛――乙の背後《はいご》で炸薬《さくやく》を減《へ》らした対人地雷《じらい》を点火。

音速で発射《はっしゃ》されたる鉄の玉が、銃を構える男たちをまとめて吹っ飛ばした。

ニナ――バロウ神父を非常階段《ひじょうかいだん》の方へ避難《ひなん》させながら銃撃。

その対角線上――倒れゆく仲間たちを、じっと見つめるファトマ。

警官がファトマに銃を向けて叫《さけ》ぶ。

「動くな、逮捕《たいほ》する！」

ニナの怒号《どごう》。

「何をしている、射殺《しゃさつ》しろ！」

ファトマ――ゆっくりとスカーフを外す。

警官たちが息をのんで後ずさる。

無毛＝額《ひたい》の後ろ・耳の後ろ・後頭部が消失――脳《のう》のない女の微笑《びしょう》／携帯《けいたい》電話を操作《そうさ》。

バロウ神父の叫び。

「よせっ、ファトマーっ!!」

はっとなる鳳――冬真を引っ張《ぱ》る／銃を窓《まど》へ向ける――撃《タタン！》つ。

亀裂《きれつ》――肩《かた》から飛び込む／ガラスが砕《くだ》ける――二人、地上三百メートルの空中へ。

「うぁっ……あああーっ!!」

冬真の絶叫《ぜっきょう》――めくるめく落下の加速／吹き上げる猛風《もうふう》が叫びをかき消す。

そしてファトマの服の下で、爆薬《ばくやく》が点火された。

轟音《ごうおん》――展望台の窓ガラスが吹き飛び、炎を噴《ふ》き出した。

真っ逆《さか》さまに落下する二人――絶叫し続ける冬真。

鳳の冷静な呟《つぶや》き。

「転送を開封《かいふう》」

唸《うな》るような音とともに鳳の手足をエメラルドの幾何学《きかがく》的な輝《かがや》きが包む。

手・足が粒子状《りゅうしじょう》に分解《ぶんかい》／置換《ちかん》――一瞬で機甲化《きこうか》。

そして鳳の背《せ》から生える、紫《むらさき》の輝きに満ちた――蝶《ちょう》の羽。


第一区《インネレシュタット》――BVTビル会議室。

モニター――爆発炎上《えんじょう》するプラーター・ビル。

ぶるぶる震《ふる》えるゴットフリート内務《ないむ》大臣――顔面蒼白《そうはく》。

「か、か、か、観光名所で、自爆を許《ゆる》すとは……」

どよめき――腰を浮《う》かす制服《せいふく》組／軍服組。

ヘルガの重い声。「逮捕《たいほ》を命じず、即《そく》射殺すべきでした……局長」

モニター脇《わき》のエゴン局長――警察《けいさつ》への無線機を手に棒立《ぼうだ》ち。

そこへ公安委員が走り込んできて叫んだ。

「第二十七区《ヴィーナーヴァルト》、ドナウ川にて巨大《きょだい》な物体が浮上《ふじょう》――南下を開始！」

みな次々に立つ——叫ぶ——わめき散らす。

「なんだと⁉」「ヘリを北へ！」「なんたる失態《しったい》！」「映像班《えいぞうはん》を急がせろ！」

モニターに表示《ひょうじ》——空撮《くうさつ》部隊の映像。

遊覧船《ゆうらんせん》を転覆《てんぷく》させながら河《かわ》を南下するもの——漆黒《しっこく》の骨組み。さながら巨大な魚の骨《ほね》。

肋骨《ろっこつ》しかない潜水艇《せんすいてい》。船尾《せんび》から船首にかけて、真っ黒い筒状《つつじょう》の何かが設置《せっち》されている。

エゴン局長——呆然《ぼうぜん》となってよろめく。

「な、何だ、あれは……」

ヘルガ——果敢《かかん》な表情《ひょうじょう》。

「〈ステュクスの渡《わた》し船〉……冥府《めいふ》の案内者カロンが乗る弔《とむら》い船の名。MSSでつかんだ情報の中に、あの水中移動砲台《いどうほうだい》の設計概要《がいよう》がありました」

「ほ……砲台だと？」

目を剝《む》くエゴン局長——同じとき、モニター上で船が停止した。

その肋骨が開く——骨組みが川底・川岸に突き刺《さ》さる——船体を固定。

筒が仰角《ぎょうかく》を向き、筒内から小口径の筒が次々に伸《の》び、馬鹿《ばか》げた長大さの砲身に。

「あんなもの、一発撃《う》てばひっくり返るだけだ」

呆《あき》れ返るエゴン局長——だがさらに事態《じたい》が進展《しんてん》。

にわかに船体中央部で水蒸気《すいじょうき》が発生。船の周囲だけ河の色が変わる。
波が盛《も》り上がる――河の水がどんどん吸《す》い寄《よ》せられて棘《とげ》だらけの個体《こたい》へ変貌《へんぼう》。
唖然《あぜん》となる制服組――度肝《どぎも》を抜《ぬ》かれて叫ぶ軍服組。
「こっ……氷だとぉーっ……!?」

第二区《レポルトシュタツト》――**展望台。**

階段際《かいだんぎわ》＝爆発《ばくはつ》を逃《のが》れたニナ／バロウ神父／数名の警察官たち。

ニナの携帯《けいたい》――画面に転送される空撮部隊の映像。河の水を凍《こお》らせる巨大な鉄塊《てっかい》。

バロウ神父が言った。

「氷結装甲《そうこう》だ。通常《つうじょう》の氷ではなく、凍結剤《とうけつざい》との親和作用でコンクリートのように固体化する。破壊《はかい》しても河の水を吸い上げ、すぐに修復《しゅうふく》されるだろう」

「砲撃《ほうげき》まで、どれくらいの猶予《ゆうよ》が？」

「十秒足らずで砲台が安定する。射程範囲《しゃていはんい》は……ミリオポリス全域《ぜんいき》だ」

ひらりひらりと舞《ま》う紫《むらさき》の輝《かがや》き――鳳の背から生えたアゲハチョウの羽。

右手に非常識《ひじょうしき》な特大サイズの十二・七ミリ超伝導《ちょうでんどう》式重機関銃《じゅうきかんじゅう》。

左手に抱《だ》きかかえられた冬真――必死に鳳の体にしがみつく。
剝き出しの頰《ほお》に吹《ふ》きつける上空数百メートルの風。
九十度変転した世界――地面が巨大な壁《かべ》のように見える。
恐怖《きょうふ》と驚《おどろ》き――得体の知れない感動で声もなく硬直《こうちょく》。
ビル――風に吹かれる爆煙《ばくえん》。
その陰《かげ》から、青と黄の輝き――同じく機甲化した乙＋雛。
三人の脳裏《のうり》に響《ひび》く無線通信――ニナの声＝刃《やいば》のごとき鋭《するど》い指令。
《要撃小隊〈焱の妖精《フォイエル・スプライト》〉へ、ただちに要撃開始！　敵砲撃を封《ふう》じ、本体を破壊しろ！》

V

凍りつく河――立ちこめる冷気。さながら冥府の光景。
砲台が安定するとともに、機械と〝融合・総合・結合〟された存在《そんざい》が、自我《じが》を確《たし》かなものにしてゆく。
鋼鉄《こうてつ》に覆《おお》われたシステム――その中心で輝く大きなカプセル＝髄液《ずいえき》＝脳《のう》。
もはや女が兵器になったのか、兵器であった存在が女の脳を得たのか、はっきりと区別することも出来ない。意識にのぼるのは数多《あまた》の標的群《ひょうてきぐん》。そして積み込まれた砲弾《ほうだん》の束――

その全《すべ》てを撃ち尽《つ》くすという焼けつく思い。
犠脳《ぎのう》＝無力な者が破壊の炎《ほのお》をもたらす／訓練も学習もないまま戦いの化身《けしん》となる。
機械の目／機械の耳が、大気の動きを正確《せいかく》に読み、巨大《きよだい》な砲身が狙《ねら》いをつける。
始めよう――この命を全《まっと》うするために。
装塡《そうてん》――かつてなく満たされる思い。
そして――咆吼《ほうこう》。
凄《すさ》まじい轟《とどろ》きとともに無数の氷片《ひょうへん》が舞《ま》い上がり、灼熱《しゃくねつ》の砲撃が放たれた。

《さ――ぁ、乙さん、雛さん！　等間隔《とうかんかく》に縦列追随《じゅうれつついずい》！　敵の砲撃に合わせ両翼補佐《りょうよくほさ》！　よろしいですわね！》
鳳の即応《そくおう》――冬真を抱《かか》えたまま羽をはばたかせて北上。
想像《そうぞう》を絶《ぜつ》する速度で、髪《かみ》が・衣服が・手足さえもが煽《あお》られる。発車したジェットコースターの先頭で安全装置《そうち》もなく立っている気分／風圧《ふうあつ》／上昇《じょうしょう》感／めくるめく速度の激流《げきりゅう》。
《砲撃確認《かくにん》！》
ニナの通信――鳳の羽が大きく翻《ひるがえ》り、液晶系《えきしょうけい》の螺旋《らせん》分子で形成されたその羽自身が、一種のセンサーとなり、音波・電子・各線探査《たんさ》によって標的を把握《はあく》。

巨大な機銃を掲《かか》げ――構《かま》え／狙《ねら》いをつけた。

「大砲の玉ごときがなんぼのもんですのぉ――っ!!」

冬真――呆然《ぼうぜん》。

「大砲って……」

激しい風の音の向こうからやってくる、壊《こわ》れた笛が出すような、ひゅるひゅるという音。

掃射《ダダダ!》=凰の右手の機銃が凄まじい連射速度で火線を吐き出して切迫する音を迎撃《ダダダ!》。

そして青空の一点で閃光が生じたかと思うや《ダダダ》――

雷鳴《らいめい》のような爆発音が、大空に轟々《ごうごう》とこだました。

《初弾を撃墜《げきつい》》

凰の報告《ほうこく》――さらに直進／さらに砲撃を確認／掃射《ダダダ!》・掃射《ダダダ!》・掃射《ダダダ!》――瞬《またた》く間に撃墜。

上空の炸裂《さくれつ》が砲弾のものであり、今その弾道を正確に直進しており、撃《う》ち損《そん》じれば下手をすると真っ先に砲弾の直撃を食らうのだ――

ということを理解《りかい》した冬真を、当然のことながら超弩級《ちょうどきゅう》の戦慄《せんりつ》が襲《おそ》った。頭が真っ白になり、口が勝手に悲鳴を上げ始める。

「うっ……うわぁっ！　うあ、うわぁぁっ!!」

「あっ、ちょっと……」

鳳——暴《あば》れる冬真を抱《だ》きかかえる／横揺《よこゆ》れ／狙いがぶれる。

砲弾の接近《せっきん》——一瞬《いっしゅん》で遥《はる》か上空を飛来＝撃ち損じ。

さらに次弾の砲撃音《ほうげきおん》——対応不能《ふのう》。

「うぉっひょー、ドキドキするぅーっ!!」

凄まじい速度で飛翔《ひしょう》する乙——青の火。

その空中捕獲《ほかく》能力を比較《ひかく》すれば、生物であろうと機体であろうとぶっちぎりで敵《てき》はいないトンボの羽。

四つの関節を持つ両腕《りょううで》——その灼刃《ヒートブレード》が白熱。

飛来する砲弾へ鋭角《えいかく》的に切迫《せっぱく》——交錯《こうさく》——一瞬で焼き切られた砲弾が宙《ちゅう》で炸裂。

青い輝《かがや》きが、揚々《ようよう》と宙を舞う。

「ボクをいじめないでぇ——っ!!」

弾道上で正確に8の字ダンスをする雛——黄の火。

超高度な姿勢制御《しせいせいぎょ》と滞空力《たいくうりょく》を誇《ほこ》るスズメバチの羽。

その左腕の円形ポッドから連結式爆雷《チェーン・マイン》の束を展開《てんかい》——新体操《しんたいそう》のリボンのごとく投擲《とうてき》／炸裂／飛び散る鉄片＝砲弾を蜂《はち》の巣に穿《うが》つ——爆炎《ばくえん》が地上を眩《まばゆ》く照らす。

二人の散開——フォロー。

鳳が急降下《きゅうこうか》――冬真を降《お》ろした。
「ここでお待ちになって」
冬真――愕然《がくぜん》／涙目《なみだめ》／強風が涙さえ吹《ふ》き飛ばしてゆく。
落下する以前に、地上を見るだけで魂《たましい》が砕《くだ》けそうな高所――
地上二百五十メートルのドナウタワーの尖塔《せんとう》。
それでも鳳の飛翔に付き合う方が恐《おそ》ろしく、がくがく震《ふる》えながらうなずく冬真。
鳳の微笑《びしょう》／飛翔――冬真に背《せ》を向け北上。
そして。
地上――パン屋のトラック。
その荷台の機械が作動開始――突如《とつじょ》として、目に見えぬ電子の爆風を吹き荒《あ》れさせた。
「なに……!?」
鳳――ふいに耳鳴り／無線通信にノイズ。
沈黙《ちんもく》――センサーの大半が無効化《むこうか》／手足に軋《きし》み／羽に重み。
まるで音も光もない泥沼《どろぬま》に放《ほう》り込《こ》まれたような感覚。
理解＝強力な電磁波《でんじは》。電磁気パルス《EMP》爆弾《ばくだん》などに類した兵器。
戦慄＝散開した仲間と連絡《れんらく》不能／再《ふた》び食らえば羽の機能《きのう》が失われて落下する可能性《かのうせい》大。

選択《せんたく》＝一瞬の判断《はんだん》——直進。

決断＝敵へ向かって、決して振《ふ》り返らずに飛翔。

信頼《しんらい》＝電磁兵器を察知した仲間が訓練通りフォローしてくれるはず。

信頼＝仲間は縦列《じゅうれつ》の先頭にいる自分が敵を要撃すると信じているはず。

信頼＝羽が機能を失っても、優秀《ゆうしゅう》な接続官《コーラス》たちが一瞬で再転送《さいてんそう》してくれるはず。

信念＝自分は決して振り返らない。二度と——あのオルフェウスが犯《おか》した過《あやま》ちのように。

振り返ってしまうことで、大切な存在《そんざい》を喪《うしな》うなどということは、絶対《ぜったい》にしない。

果敢に掃射《ダダダダダダダダダダ》＝迫り来る砲弾を撃墜《ダダダダダダダダダダダダダダダダ》。

飛び散る炎《ダダダダダダダダダダ》＝過ぎ去った悲劇《ダダダダダダダダダダダダダダダ》。

甦る記憶《ダダダダダダ！》。

過去《かこ》。

父と母——「由緒《ゆいしょ》正しい」家系《かけい》。

生粋《きっすい》のドイツ民族主義者《しゅぎしゃ》。

遺伝病《いでんびょう》を抱えて生まれた鳳を溺愛《できあい》しつつも「悲劇《ひげき》」と呼《よ》んだ。

当時——ヒトの遺伝子解析《かいせき》に「アンサリXYプライズ」という高額《こうがく》の賞金がかけられ、
世界の研究者が白熱。遺伝子研究が医学に応用《おうよう》されるも、世界的な「遺伝子差別」が高まっていた。

鳳の弟と妹＝健康。長女の存在は隠《かく》され続けた。だが鳳が物心つき始めた頃《ころ》、その存在が明らかになり――父は政府《せいふ》の重要ポストを失った。

事実――不明。

本当に遺伝子差別で職《しょく》を失ったのか、単に父が無能だったのかは分からない。

だがそれ以来、鳳の両親は、あるカルト教団《きょうだん》に没頭《ぼっとう》するようになってしまった。

教団の主張《しゅちょう》――遺伝病を抹殺《まっさつ》すべきとする「ナチス優生学《ゆうせいがく》」は正しい。

ただし遺伝子の欠損《けっそん》は「人が持つミクロ物質《ぶっしつ》エネルギーの別空間の現《あらわ》れであるオーラ」によって修復《しゅうふく》可能。

そのためには断食《だんじき》など過酷《かこく》な修行《しゅぎょう》が必要。

教団員――多くの遺伝病を持つ子供《こども》／親が熱烈《ねっれつ》に修行に励《はげ》む。

結果――何人もの子供が餓死《がし》。

公安局の捜査《そうさ》――教団に解散命令。

教団員は従《したが》わずに抵抗《ていこう》＝武装《ぶそう》＝ウィーンの森に秘密《ひみつ》の「砦《とりで》」を作って立て籠《こ》もる。

そのときの鳳の目に映《うつ》っていたもの＝狂《くる》った大人たち／鳳の病気が理由で、餓死寸前《すんぜん》にされた弟・妹。

ある夜——鳳は「砦」を抜《ぬ》け出した。

弟と妹を助けてくれる大人を求めて逃《に》げたのだ。けれども暗い森の中で鳳は振り返った。

弟と妹のことが心配で、「砦」に戻《もど》ってしまった。

同じとき——教団を捜査する公安員たちがすぐそばまで来ていたことも知らずに。

同じとき——狂った大人たちはついに「最後の救済《きゆうさい》」として教団員を一か所に集め、
長々とした祈《いの》りのあとで、大量のロケット燃料《ねんりよう》に火をつけようとしていたことも知らずに。

泣きながら「砦」に戻った鳳を、燃《も》え盛《さか》る炎《ほのお》と爆風《ばくふう》が出迎《でむか》えた。

父母は塵《ちり》に。弟と妹は、後日、炭化した顎《あご》の骨《ほね》のかけらが発見された。

鳳は全身負傷《ふしよう》——瀕死《ひんし》。

児童福祉局《ふくしきよく》で機械化され、労働児童育成コース行きに。

狂った炎——今でもはっきり思い出せる。

自分があのとき振り返らず助けを求めていれば、止められたかもしれなかった。

けれども過去を思い出す自分は、決して過去の思いの産物ではない。

一人だけ生き残ってしまった自分——そのことを嘆《なげ》く思いも今は過去のものだ。

はっきりとした区別——意識《いしき》。

狂ってしまう前の父様が、自分に教えてくれたこと。

今ここにいる自分は、今この瞬間を生きる「物化」された自分なのだから。

轟音《ごうおん》——砲撃《ほうげき》の音がすぐそばに迫《せま》った。

河面《かわも》に鎮座《ちんざ》する真っ黒い砲台が、肉眼《にくがん》でも見える。

掃射《そうしゃ》——ほとんど目の前で砲弾《ほうだん》を破壊《はかい》した。

吹《ふ》き荒れる炎と鉄片《てっぺん》の嵐《あらし》の中を真っ直《す》ぐに飛び抜けてゆく。

降下《こうか》——近づくほどに自分の体が小さくなっていくような錯覚《さっかく》。

あまりに巨大《きょだい》な存在。鳳の上半身がそのまま入りそうな大口径。まるで黒いビルが凍結《とうけつ》したような姿《すがた》。

掃射——砲台全体を覆《おお》う分厚《ぶあつ》い氷の装甲《そうこう》を撃《う》ち抜けない／破壊してもすぐ復活。

弱点＝ただ一つ。

砲口に刻印《こくいん》＝『プリンチップ株式会社《Princip Inc.》』

鳳の口から迸《ほとばし》る言葉にならぬ声——吶喊《とっかん》。

その眼前《がんぜん》で砲口の闇《やみ》が鳳を向く——砲撃。

凄《すさ》まじいまでの至近距離《しきんきょり》で音速を超《こ》える砲弾と機銃掃射《きじゅうそうしゃ》が激突《げきとつ》した。

閃光《せんこう》と轟音によって一瞬《いっしゅん》で視界《しかい》を失い、音が消え、斧《おの》のように機甲を切り裂《さ》く爆圧《ばくあつ》の中を飛び抜けながら、鳳は、果敢《かかん》にして問答無用の勢《いきお》いで、右腕《みぎうで》ごと機銃を砲口の中に突《つ》っ込んだ。

「ご奉仕《ほうし》させて頂《いただ》きますわぁ——っ!!」

叫喚とともに砲身内部へ掃射=無数の火線が砲台内部へ躍り込《ダダダ》む。

跳弾の嵐がシステムを切り裂く／カプセルを穿つ／脳を吹き飛ばす《ダダ》。

ぎっしり詰め込まれた砲弾に食い込《ダダダダダダダダダダダダダダダダダダダダダダダダダダダダダダダダ》む。

爆裂《ばくれつ》——巨大《きよだい》な金槌《かなづち》で叩《たた》かれたように、氷塊《ひょうかい》が木っ端《ぱ》微《み》塵《じん》に砕《くだ》け散った。

河面から鋼鉄《こうてつ》の破片《はへん》が混《ま》じった濁流《だくりゅう》のような黒炎《こくえん》が噴《ふ》き出し、砲口が、血のような炎と爆圧を吐《は》いて、鳳の右腕をもぎ取った。

武器と右腕を失って、宙に放《ほう》り出される鳳——強烈な爆風を立て続けに浴びた羽が急激《きゅうげき》に機能《きのう》を低下。

十数メートルの高さから落下——歯を食いしばる鳳。

その視界の隅《すみ》に——鋭角的《えいかく》に滑空《かっくう》してくる青い火。

鳳が宙《ちゅう》に差し出す左手へ、四つの関節を持つ長い腕が伸《の》ばされ、しっかりとつかんだ。

「ドキドキしたー鳳ぁ!?」

笑い——乙。

河の下流から飛んでくる黄色い輝《かがや》き——雛。

「変なトラックがいてボクをいじめようとしたからぁ、やっつけたよぉ、鳳ぁ」

鳳──微笑《びしょう》／信頼《しんらい》に応《こた》えてくれた仲間たちへの感謝《かんしゃ》を込めて。

「ありがとう……乙さん、雛さん」


BVTビル会議室──電波妨害《ぼうがい》で乱《みだ》れるモニターの画像《がぞう》。

ノイズ──ふいに映像《えいぞう》が元に戻《もど》った。最も頑丈《がんじょう》な砲身だけを残して瓦解《がかい》した砲台の様子を、その場にいる全員が目の当《ま》たりにする。

脱力《だつりょく》して座席《ざせき》にへたり込むゴットフリート内務《ないむ》大臣。「や、や、やった……」

制服組《せいふくぐみ》／軍服組の歓声《かんせい》──呆然《ぼうぜん》となるエゴン。

ヘルガの淡々《たんたん》とした報告《ほうこく》。

「通信回復《かいふく》……MSS要撃《ようげき》小隊が目標を撃滅《げきめつ》。もし地上部隊がいれば、電磁波《でんじは》による攻撃《こうげき》を未然に防《ふせ》げたはず。どうか地上部隊の復帰をご検討《けんとう》下さい、局長」

エゴン──苦しげ。

「だ、だが、一部署《いちぶしょ》に、警備《けいび》計画の逸脱《いつだつ》を許《ゆる》すわけには……」

「いいえ。バタフライ効果《こうか》ですわ」

「なに？」

「蝶《ちょう》のはばたきが、海を越《こ》えた大陸で台風を起こす……同じシステムを用いても、ちょっとした前提《ぜんてい》の違《ちが》いから重大な結果の違いが出ることの、喩《たと》えです。私どもMSSは逸脱するのでも、無闇《むやみ》と武装化《ぶそうか》するのでもなく、蝶のはばたきのように微力ながらも確《たし》かな働きをもって、都市の警備計画を遂行《すいこう》する所存《しょぞん》です」

ヘルガ——立て板に水の演説《えんぜつ》。

全員の注目を浴びるエゴン——怒《いか》りで息を詰《つ》まらせながら。

「し……慎重《しんちょう》に、検討《けんとう》する」

「ありがとうございます、局長」

ヘルガの微笑《びしょう》——艶《あで》やかに。

近づいてくる三つの輝《かがや》き——尖塔《せんとう》で震《ふる》える冬真に安堵《あんど》の笑《え》み／その顔が急に強《こわ》ばる。

「お待たせしましたわ、冬真さん♪」

鳳——右腕が肩《かた》からもげてなくなっている。

「腕が……」

「ご心配なく。この方が体重が軽くなって運びやすいんですの」

差し出される左手——冬真が慌《あわ》てて握《にぎ》る。鳳にしがみつく。

鳳の全身の機甲——戦闘《せんとう》の過酷《かこく》さを物語る損傷《そんしょう》——亀裂《きれつ》だらけ。

一か所だけ柔《やわ》らかな感触《かんしょく》——頬《ほお》に当たる鳳の胸《むね》。

思わず顔が赤らんだ。その頭上で鳳の声がした。

「冬真さんと、お二人には、頑張《がんば》ったご褒美《ほうび》にクイズの答えをお教えしますわ♪」

冬真＋乙＋雛の回答。

「クイズって……A？」「あー、B？」「Cでしょぉ」

「うふふふ、なんでしょう？」

鳳——やたら嬉《うれ》しげ。

「正解《せいかい》は乙さんっ、B——っ‼　でした——っ‼」

着地——整地されたプラーターの森の一角。

ふと、降下《こうか》の不安を紛《まぎ》らわすために、鳳が自分に話しかけてくれていたことに気づいた。

「Bって……振《ふ》り返ったから？」

「その通り、ですわ♪」

鳳＝にっこり——ふわりと宙《ちゅう》に舞《ま》い上がる。

「さ、この道を真っ直《す》ぐ、振り返らずにお進みになって。そうすれば、ニナさんとバロウ神父様がいるビルに着きますわ」

「あの……」

礼を言う間もなく、冬真が見上げるよりも、もっと高い場所へ。

はばたき——踊《おど》るように。

紫《むらさき》・青・黄の輝《かがや》きが、晴れた青空の彼方《かなた》へ飛び去っていった。

第三話　ドラゴンフライ・ガール

クイズです♪　クイズです♪
魚座《うおざ》は、双魚宮《そうぎよきゆう》とも呼《よ》ばれ、二匹《ひき》の魚の尾《お》がリボンで結ばれた姿《すがた》で描《えが》かれます。
このリボンはいったい何のためでしょう？
A☆二匹を生贄《いけにえ》にする飾《かざ》り
B☆二匹が悪いことをした罰《ばつ》
C☆二匹が離《はな》れないための命綱《いのちづな》

I

《答えはど——れ、ですかしら——っ♪　乙《ツバメ》さん、雛《ヒビナ》さん？》
鳳《アゲハ》の無線通信——声なき電子のささやき《ウィスパー》。
夜の山岳《さんがく》地帯——そのどこかにいる二人——返答なし。
「はー、きれーな月。あそこまで飛んでいきてー」
一キロ東——乙。
月光を呑《の》んで光る、青い尖鋭《せんえい》な鋼鉄《こうてつ》の四肢《しし》——〈転送〉済《ず》みの特甲《トッコー》。
四つの関節を持つ長大な腕《うで》／逆三角《ぎゃくさんかく》を描《えが》く尖《とが》った脚《あし》／背《せ》に青い巨大《きょだい》なトンボの羽。
断崖《だんがい》に腰《こし》かけ、可憐《かれん》な唇《くちびる》にくわえたロリポップをガリガリ齧《かじ》り、大気圏《たいきけん》の彼方を眺望《ちょうぼう》。
「…………」
二キロ南西——雛。
丸っこいフォルムの鋼鉄の四肢——全身で危険度《きけんど》をアピールする警告黄色《アンバー・ライト》。
その背で黄色に輝く鋭《するど》いスズメバチの羽。
両耳にヘッドホン&腰に旧式《きゅうしき》アイポッド——暗闇《くらやみ》の恐怖《きょうふ》をかき消す管弦《かんげん》楽曲＝大音量。
大きな樹《き》の根本にうずくまり、心の中で呪詛《じゅそ》＝怖《こわ》いよ怖いよ暗いの怖いよ暗いところはもう飛ばなくていいって言ったくせに鳳のバカバカ嘘《うそ》つきおたんこなす死んじゃえ。
《お・ふ・た・り・と・も》
鳳——丘《おか》の上／右手に馬鹿《ばか》でかい機銃《きじゅう》を掲《かか》げ／ズガシャッ、とドラム弾倉《だんそう》を装填《そうてん》。
《あたくしの訓練用の標的《シースシャイベ》になるお覚悟《かくご》ですかしら？》
《Bす》《Cです》
乙＋雛——即答《そくとう》。
《反応《はんのう》は迅速《じんそく》に。実戦でないからといって気を抜《ぬ》いてはなりません》
鳳——鮮《あざ》やかな紫《むらさき》の光沢《こうたく》を放つ、優雅《ゆうが》なフォルムの鋼鉄の四肢／背に紫のアゲハチョウの羽／右手に超特大《ちょうとくだい》の兵器＝十二・七ミリ超伝導《ちょうでんどう》式重機関銃《じゅうきかんじゅう》をかざし、さらに無線通信。
《**冬真**《トウマ》さんの答えはどれですの？》
三キロ南——岩山のふもとに停車中の大型車。
キャンピング・トレーラー並《な》みの設備《せつび》——MSSの通信車両＝その観測室。
「へ……？」
冬真——黒い学童服／柔《やわ》らかな金髪《きんぱつ》／碧《あお》の睛《ひとみ》／まだ立ち上がったばかりの子鹿《こじか》の風情《ふぜい》——いきなり通信機《インカム》越《ご》しに鳳に呼びかけられ、びっくりして顔を上げる。

「あ、えっと……Aの生贄？」

《さあ、どれでしょう♪》

やたら嬉《うれ》しげな音声——車内に設置《せっち》された幾《いく》つものモニターの一つ＝遠くにいる鳳と機銃が小さく映《うつ》っている。

《**神父様**は、どれだと思いますの？》

「私は既《すで》に答えを知っていてね、お嬢《フロイライン》さん」

モニターをチェックする**バロウ神父**——司祭服／優《やさ》しい微笑《びしょう》＆深い皺《しわ》。

「ここは解答者《かいとうしゃ》のために、ヒントを。二匹の魚は、姉と弟で——」

《ダ・メ・で・す、神父様！　それ以上言ってはいけませんわ。**ニナ**さんはどーれ、ですかしら？》

「ふむ……なるほど」

携帯《けいたい》電話を操作《そうさ》する**ニナ**——氷像《ひょうぞう》のように直立不動／純白《じゅんぱく》のスーツ／凜《りん》とした美貌《びぼう》。

「今、携帯電話で答えを検索《けんさく》した」

《それはルール違反《いはん》です!!》

「速《すみ》やかな情報収集《じょうほうしゅうしゅう》と解析《かいせき》が私の役目でな」

ニナ——小さく微笑《びしょう》。

「答えは演習《えんしゅう》の後だ。準備《じゅんび》はいいか、〈紫の火《アメテュスト》〉、〈青の火《ザーフィア》〉、〈黄の火《トパス》〉」
《いつでも♪》《うーす》《Cだもん》
ニナの確認《かくにん》――観測準備の完了《かんりょう》／待機中のスタッフからOKの合図。
バロウ神父が静かに／冬真が真剣《しんけん》に、モニターを見つめる。

ニナの号令。《これよりMSS要撃《ようげき》小隊〈焱の妖精《フォイエル・スプライト》〉の演習を開始する！》
丘の上――ふわりと舞《ま》い上がる鳳。
断崖《だんがい》――浮《う》き浮きと宙《ちゅう》へ跳《と》ぶ乙。
林――にわかに飛び出す雛。
飛翔《ひしょう》――丘を越《こ》え、谷を渡《わた》り、木々の間を縫《ぬ》い、夜の闇《やみ》を引き裂《さ》くように。
紫《むらさき》・青・黄の輝《かがや》き――僅《わず》か数秒で時速百キロ超に到達《とうたつ》。
さらに加速――複雑《ふくざつ》な地形を難《なん》なく飛び抜ける。

「もう最初の目標地点に来た!?」
冬真の驚嘆《きょうたん》――モニター＝激《はげ》しく変化する観測数値《すうち》。
「見事だ……三人とも自在《じざい》に〈燐晶羽《フェデール》〉を使いこなしている」

バロウ神父――重い呟《つぶや》き。

「すごい。虫の羽をモデルにした機材が、こんなにも高性能《こうせいのう》だなんて」

冬真――興奮気味《こうふんぎみ》。

「もともと昆虫《こんちゅう》の羽ほど多元的な能力を獲得《かくとく》した生体構造《こうぞう》はない」バロウ神父――穏《おだ》やかな声で解説《かいせつ》。「それは本来、体温を調節し、また光や音や温度を感知し、あるいは敵《てき》への威嚇《いかく》や擬態《ぎたい》を行う器官だった。それがいつしか高度な飛行能力までも獲得したのは、驚《おどろ》くべき神の御業《みわざ》というほかない」

モニターの数値が証明《しょうめい》する高い能力――〝生体力学現象《げんしょう》〟

羽を上下に動かすのではなく、8の字を描《えが》きながら羽全体を裏返《うらがえ》し、揚力《ようりょく》を発生。柔軟《じゅうなん》に羽が動くためヘリコプターなどの尾翼《びよく》は一切《いっさい》不要。どんな飛行機も実現不可能《じつげんふかのう》な、ホバリング・運搬《うんぱん》飛行・垂直離着陸《すいちょくりちゃくりく》・姿勢制御《しせいせいぎょ》・旋回《せんかい》運動など、超高度な飛行能力を発揮《はっき》。

ニナ――さらに解説。

「また、どんな飛行機体も、失速すれば必ず墜落《ついらく》する。だが虫はその羽の能力ゆえに突風《とっぷう》の中でも自在に飛行することが可能。まさに、決して失墜しない、究極《きゅうきょく》の飛行体だ」

《うっひょぉーっ、ドキドキしてきたぁーっ!》

乙──凄《すさ》まじい高速飛行。

羽がセンサーとなって周囲の地形を把握《はあく》──尖《とが》った岩の狭間《はざま》を、瞬《またた》く間に飛翔。

ニナの通信。《これより〝ハエ《フリーゲ》〟の群《むれ》を飛ばす。各員、連携《れんけい》して追い立てろ》

乙の前方──小さな輝きが次々に出現《しゅつげん》。

ブンブン音を立てる飛行体──三人の〈羽《フエデール》〉の開発時に生まれた副産物。

小型の〈羽《フエデール》〉を装備《そうび》した円盤《えんばん》が、待機していたスタッフが操作《そうさ》する射出機《しゃしゅつき》によって打ち出され、鳳・乙・雛の前方を飛び回り、仮想敵《フエイカー》の役をなす。

《敵を探知《スパイク》！　さーぁ、乙さん、雛さん！　目標群を追尾《ついび》！　予定空域《くういき》で二人交互《こうご》に挟撃《サンドイッチ》訓練を二回ずつ！　良いですわね！》

鳳──〈紫の火《アメテュスト》〉

敵群に後方から切迫《せっぱく》／機銃《きじゅう》を構《かま》え／狙い／掃射《ダダダ！》＝ペイント弾《だん》。

《ボクをいじめないでぇーっ！》

雛──〈黄の火《トパス》〉

泣き声／右腕《みぎうで》の武器《ぶき》を掲《かか》げる／火炎放射《かえんほうしゃ》＝オレンジ色のスプレー。

《ドキドキするっしょー！》

乙──〈青の火《ザーフィア》〉

かじり終わったロリポップの棒《ぼう》をぷっと捨《す》て、ハエの群に向かって突撃滑空《とつげきかっくう》。

両腕・両脚《りょうあし》から飛び出す灼刃《ヒート・ブレード》＝訓練用なので灼熱《しゃくねつ》しないまま。

ハエの一匹を撃墜《ヒット》――鋼鉄《こうてつ》の刃《やいば》で叩《たた》き割《わ》る。

ニナの声。《直接攻撃《ちょくせつこうげき》はするな〈青の火《ザーフィア》〉。これは演習《えんしゅう》だ。〈紫の火《アメテュスト》〉の指示《しじ》に従《したが》え》

だが乙は、すかさず次の一匹に接近《せっきん》すると、トンボの顎《あご》のごとき両腕を開き、問答無用で木っ端《ぱ》微《み》塵《じん》に打ち砕《くだ》いた。

《二つ目の〝ハエ《フリーゲ》〟の破壊《はかい》を確認《かくにん》》

通信車両――別室にいる情報官《じょうほうかん》より報告。

ニナ――氷の剣《けん》のごとき鋭《するど》い表情／その手に握《にぎ》った携帯《けいたい》電話が、みしっと軋《きし》む。

ふいに、lululu という響《ひび》きがスピーカーから聞こえ、驚いて顔を上げる冬真。

「乙の羽の歌声だ」

バロウ神父――モニター上で音源《おんげん》を特定。

人間の耳には聞こえない低周波＝観測機を通して増幅《ぞうふく》され、やっと聞こえる、かすかな羽の歌声。

「羽が音を出しているんですか？」

「揚力《ようりょく》を増《ま》し、より高速で複雑《ふくざつ》な飛行を可能にするための機能だ」

バロウ神父——モニター操作／乙の体内情報／脈拍《みゃくはく》・脳波《のうは》を追跡《トレース》。

「瞑想状態《めいそうじょうたい》……？　いや……まるで悪夢《あくむ》にうなされているようだ……」

突然《とつぜん》、ビーッという音が発生。

モニターに光点——乙が〝攻撃不可の標的〟を、すなわち地上に設置《せっち》された一般市民を示すターゲット群を、まとめて粉砕《ふんさい》したことを示《しめ》す音だった。

《何をしているのですか、乙さん!!》鳳の怒声《どせい》。

《あーあ》雛の呆《あき》れ声。

どちらも乙には聞こえず／届《とど》かず／地上すれすれの超《ちょう》低空飛行で丘に飛び出していた。

まるで青い輝《かがや》きを放つ砲弾《ほうだん》のように、設置されたターゲットを次々に打ち砕いてゆく。

「もっとドキドキさせてよーっ！」

迸《ほとばし》る笑い声——だがその胸《むね》の鼓動《こどう》は決してドキドキなどしない。

ただ機械化された心臓《しんぞう》のペースメーカーが、チクタク・チクタク・チクタクと精確《せいかく》に時計のような音を立てるだけ。

その胸＝音の奥《おく》で、何かが首をもたげ、にやりと笑うイメージが、ふいに乙の脳裏《のうり》に閃《ひらめ》いた。

　それは大きなワニ——いつからか乙の胸の奥に住みついた〃時計を呑んだワニ《クロックダイル》〃だ。

〃そのままドキドキし続ければ〃

　とワニが言う。

〃パパとママに会えるかもしれんぞ〃

　乙は従った——自分が何の声を聞いているのかも考えず。

　加速——目の前が真っ青に透《す》き通る、異様《いよう》な興奮《こうふん》状態。

　すぐ背後《はいご》から自分を脅《おびや》かすものが迫《せま》っているとでもいうような超高速飛行。

　みるみる迫るハエの射出機《しゃしゅつき》——大きくその右腕を振《ふ》りかぶった。

　慌《あわ》ててスタッフが退避《たいひ》——乙が切迫。

　その手刀＝右手首が、杭打ち器《バイルバンカー》のように前方に向かって飛び出し、ハエの射出機の側面を貫通《かんつう》。

　だが灼熱《しゃくねつ》機能はオフになっていることから対象を溶断《ようだん》できず、真っ直《す》ぐ飛び抜《ぬ》けようとして右腕全体が引っ掛《か》かり／ひん曲がり／衝撃《しょうげき》とともに四つの関節がバラバラに分解《ぶんかい》されて宙《ちゅう》を舞《ま》った。

　拍子《ひょうし》に乙の全身が前のめりに失速／前方へ向かってキリモミ——瞬時《しゅんじ》の判断《はんだん》で、迫る地面を左足で蹴《け》る。

角度が悪く足首が砕《くだ》け飛ぶ／右膝《みぎひざ》が岩地に激突《げきとつ》／素早《すばや》く残った左腕で頭部をカバー。

墜落《ついらく》──手足が折《お》れ跳《と》ぶ衝撃。

地面を転がること二百メートル余《あまり》──もうもうと砂塵《さじん》を巻《ま》き上げ、やっと停止していた。


「た……大変だ！」

冬真──乙の墜落を確認し、慌てて通信車両から飛び出していく。

「生身の損傷《そんしょう》は確認されていない」

バロウ神父の呟《つぶや》き──深い溜《た》め息《いき》。

「乙の……例のあれかね？」

ニナ──ようやく携帯《けいたい》電話を握《にぎ》りしめる手から力を抜いて。

「……おそらくは」

通信車両から三百メートルほど離《はな》れた地点──ハエの射出機の一つに、乙のもげた腕《うで》が突《つ》き刺《さ》さっている。

周辺──照明／飛散した乙の機甲《きこう》の破片《はへん》／集まってくる訓練スタッフの大人たち。

そして担架《たんか》に乗せられた乙。

「だ、大丈夫《だいじょうぶ》⁉　乙さん……」

息せき切って駆《か》けつけた冬真が、ぎくりと凍《こお》りつく。

「へーき、へーき。大したことないっしょ」

笑う乙——右腕／両脚《りょうあし》が、砕け／もぎ取られ／左腕しかない欠損した姿《すがた》。

羽だけが、背《せ》から両脇《りょうわき》へ柔《やわ》らかく伸《の》びている。

その姿に、冬真の中の何かが衝撃を受けた。

それは、人間には手足があるのが当たり前という、逆《さか》らいがたい常識《じょうしき》だ。

しかしそうではない。考えるまでもなく、ない者もいる、という事実の方が、よっぽど当たり前であり常識なのだ。

その冬真の背後から、バロウ神父が現《あらわ》れ、乙に歩み寄《よ》った。

ペンライトの灯《あか》りで、乙の手足＝機甲の損傷を見る。

そのせいで、乙に手足がないということが余計《よけい》にあらわになったが、バロウ神父も乙もスタッフの大人たちも、まるで気にしていないようだった。

バロウ神父がペンライトをしまった。

「問題ない。衝撃を防《ふせ》ぐための、通常《つうじょう》の壊《こわ》れ方だ。よく咄嗟《とっさ》に地面から自分を守ったね。帰ったら念のため精密検査《せいみつけんさ》をしよう。痛《いた》みは？」

乙が顔を横に振る。

「元に戻《もど》っていい？」

「ああ。還送《かんそう》を実行しなさい」

乙の唯一《ゆいいつ》無事な左手が宙《ちゅう》に差し伸べられた。

〈還送〉――転送塔《てんそうとう》にアクセス／その手足がエメラルドの輝《かがや》きとともに粒子状《りゅうしじょう》に分解／一瞬で置換《ちかん》／羽が消え、傷《きず》一つ無い普通の手足に戻った。

通常の制服《せいふく》＋手足に戻り、スカートを翻《ひるがえ》らせながら担架から飛び降《お》りる／伸びをする。

「んー。ドキドキしたー！」

「馬鹿《ばか》おっしゃい」

ぴしっと叩《たた》きつけるような声――鳳。

ぎくっとなる乙――つかつかと歩み来る鳳＝通常の制服＋手足。

その背後《はいご》――同じく通常の姿に戻った雛が、肩《かた》をすくめながら追随《ついずい》。

乙の目の前で、ぴたりと足を止める鳳――腕組み／無表情《むひょうじょう》／美しいまでに引き締《し》まった顔／左目の傷／まばたきせぬ深紫《ディープ・パープル》の瞳にみなぎる異様《いよう》な迫力《はくりょく》。

沈黙《ちんもく》――鳳は無言／乙も無言。

乙が耐《た》えきれなくなったように、そっぽを向き、もごもご呟く。

「別に……二回も敵《てき》に勝ってんじゃん。こんな訓練、ほんとは必要ねーっしょ……」

「それを判断《はんだん》するのはあなたではありません」

鳳——雷《かみなり》のように相手をすくませる声音《こわね》／迫力。

「一般市民《いっぱんしみん》を示《しめ》すターゲットまで破壊《はかい》するような人が、一度や二度の実戦で勝ったくらいで、訓練が必要ないなどと、どうして言えるのでしょうね」

「別に……」

口ごもる乙——そのまま言葉を失い、むっつり押《お》し黙《だま》る。

雛は距離《きょり》を取って退避《たいひ》／何となくはらはらする冬真／バロウ神父は静かに傍観《ぼうかん》／ニナは目もくれずスタッフに後始末を指示《しじ》／大人たちはみな仕事に取りかかっている。

叱《しか》られて周囲から取り残されたような乙——やがてまたぽつっと呟く。

「だって……」

「あやまんなさい」

鳳——断固《だんこ》とした一言／まるきり幼《おさな》い弟妹《きょうだい》を叱りつける長女の姿。

「だって……」

また呟き——だが続きが出て来ない。胸《むね》の奥《おく》の、何か抗《あらが》えないものに、従《したが》うしかなかったのだと言いたいが、説明するすべが分からず、黙りこくることしか出来ない。

ふと、鳳が溜め息をついた。

急に雰囲気《ふんいき》を和《やわ》らげる／困ったような微笑《びしょう》／相手の内心を代弁《だいべん》してやるように、優《やさ》しく言った。

「実戦に勝って、浮《う》かれるのも分かりますわ。だって、それだけの戦闘《せんとう》を経験《けいけん》したのですもの。でも、だからといって訓練を疎《おろそ》かにしない心こそ、わたくしたちを守る、何よりの鎧《よろい》であり武器《ぶき》なのですわ。誰《だれ》のためでもない、あなたを守るための」

一転して柔らかに諭《さと》す鳳――冬真の方が素直《すなお》に感心。

だが乙は、そのいかにも長女的で全《すべ》て分かったような口ぶりに、逆《ぎゃく》にかちんと来た。反《はん》抗《こう》する理由が何なのかも分からず言葉が口をついて出た。

「一般市民なんて……仕事中だったら、何人殺したって良いんだろ」

ぎょっとなる冬真／さらに縮《ちぢ》こまる雛／バロウ神父は傍観／ニナがちらりと乙を見る。

鳳――呆《あき》れ顔。

「何をおっしゃるの」

乙――うつむいて。

「だって本当っしょ」

冬真が咄嗟《とっさ》に振《ふ》り返る――ゆっくりとうなずき返すバロウ神父。

「……戦闘中の彼女たちは法務上《ほうむじょう》、弾丸《だんがん》と同等の存在《そんざい》だ。彼女たちが殺傷《さっしょう》した対象は、流れ弾に当たったとみなされ、彼女たちの誰も、責任《せきにん》は追及《ついきゅう》されない」

絶句《ぜっく》する冬真──だが鳳は平然としている。

「無闇《むやみ》に市民を巻《ま》き込《こ》むような、性能の悪さを自慢《じまん》する気ですかしら？　その前に大切な手足を壊《こわ》したことを反省なさい」

乙──止まらない反抗態勢《たいせい》。

「どうせ偽物の手足じゃん。代わり《スペア》だって沢山《たくさん》あるっしょ」

鳳──言いふくめるように。

「あなたの命は一つです。それを守るための手足を──」

「オレだってスペアはいるっしょ。鳳が前に組んでたやつらみたいに」

すっと鳳の表情が消えた。

冬真──呆然《ぼうぜん》。スペア。予備《よび》。代替品《だいたいひん》。そんな言葉を人の命に当てはめて良いわけがないという、この上なくまっとうな気持ちが胸をつく。

バロウ神父もニナも何も言わない。鳳に全てを任《まか》せている。

乙──止まらない／止められない／意地になって言い放った。

「オレなんて、鳳の死んだ仲間のスペアっしょ。スペアが誰かを殺したって誰が気にすんの。スペアが死んだって――」

鳳の淡々《たんたん》とした声。

「あやまんなさい」

雛が天罰《てんばつ》を恐《おそ》れるようにびくっとなる。

乙――きっとなる／大きく息を吸《す》う／大声で叫《さけ》ぶ。

「どーせ、鳳だって人殺しじゃんかっ！」

唖然《あぜん》となる冬真。

鳳――突然《とつぜん》、にっこりと微笑《びしょう》。

ぎゅっと右拳《みぎこぶし》を握《にぎ》り、大きく振りかぶった。

「せーの♪」

そして、冬真が目をまん丸にするのも／乙が叫ぶのも／雛があわわとなるのも、一切構《いっさいかま》わず――凄《すさ》まじい速さで右ストレート。

ガッツーン、と良い音がした。

II

昼過《す》ぎ／ミリオポリス第一区《インネレシュタット》――ウィーン旧市街《きゅうしがい》と呼《よ》ばれる昔ながらの街。

大通りを進む、〈ミリオポリス公安高機動隊《MSS》〉の公用車——黒塗《くろぬ》りのベンツ。

後部座席《ざせき》に二人の女性《じょせい》——MSS長官ヘルガとニナ。

「乙《ザーフィア》さんが、そんなことを……鳳《アメテュスト》さんも大変ね」

ヘルガ——愛らしい小顔／アップにした金髪《きんぱつ》／公安局の制服《せいふく》／小柄《こがら》だがバラの花のような存在《そんざい》感。

「乙に例の兆候《ちょうこう》が見られた件《けん》はいかがしますか？」

「彼女のあれは特甲《トッコー》児童に必要な、強迫《きょうはく》観念の一つよ……そうたやすく消せるものではないわ。彼女たちに生きた弾丸としての自覚があるなら、その責任《せきにん》は、引き金を引く大人である私が背負《せお》うだけよ、ニナ」

ヘルガ——穏《おだ》やかな声。

神妙《しんみょう》にうなずくニナ。

「それにしても……本当にスペアがあったら、少しは気が楽になるのかしらね。たった三人しかいない私たちの切り札……今は、一人として失うわけにはいかないわ」

「はい……ヘルガ長官」

停車——〈憲法擁護テロ対策局《BVT》〉ビルの駐車場《ちゅうしゃじょう》。

車を降《お》りてエレベーターへ——十五階。

会議室に入るヘルガとニナ――敬礼《けいれい》。

着席している情報監督官《じょうほうかんとくかん》／情報官たち。

中央に座《すわ》る黒ずくめの男＝BVT局長エゴン・ポリ――痩躯《そうく》／眼鏡《めがね》の奥《おく》に神経質《しんけいしつ》な目／黒いカマキリを連想。

壁《かべ》に巨大《きょだい》モニター――撮影班《さつえいはん》による複数《ふくすう》のリアルタイム映像《えいぞう》。

ドナウ川沿岸《えんがん》の車工場――展開《てんかい》する特殊《とくしゅ》部隊／通信車両／封鎖線《ふうさせん》が、映《うつ》し出されている。

エゴン局長――手振《てぶ》りでヘルガとニナに着席を促《うなが》す。

「現在《げんざい》、我《わ》がBVTが誇《ほこ》る〈特殊憲兵部隊《コブラ・ユニット》〉の機甲《きこう》部隊が展開中だ。諸君《しょくん》の外部顧問《こもん》トマス・バロウ神父の分析《ぶんせき》で、事前に敵《てき》の工場が特定された。これで、大型兵器の三度目の出現《しゅつげん》はない」

「何よりです、局長」

ヘルガ――ニナとともに、ゆったりと腰《こし》かけながら。

「ところで、なぜBVTの情報監督官までお集まりに？　てっきり我がMSS地上戦術《せんじゅつ》班《はん》のミリオポリス復帰《ふっき》について、前向きな御返答《ごへんとう》が伺《うかが》えるかと思っておりましたが……」

「この作戦が、諸君らMSSの部隊増強《ぞうきょう》が不必要であるということの証明《しょうめい》ともなろう」

「必要という証明になる可能性《かのうせい》もあると？」

「その減《へ》らず口が今日限《かぎ》りになるという証明だ」

エゴン――こめかみに怒《いか》りの青筋《あおすじ》／威《い》圧《あつ》／相手の言葉を一蹴《いっしゅう》するように。

「情報官らに出席してもらったのは他《ほか》でもない。MSS長官および副官である両名には、重大な情報操作《そうさ》の嫌疑《けんぎ》がかけられているからだ。よって、ただ今より作戦と平行し、事情《じじょう》聴取《ちょうしゅ》を行う。両名にこれを拒《こば》む権利《けんり》はない。結果次第《しだい》では、この場で諸君らの即逮捕《そくたいほ》もありうるということを、肝《きも》に銘《めい》じておきたまえ」

ニナ＝無表情――ヘルガ＝艶《あで》やかに微笑。

ミリオポリス第二十六区《ラッフルズシティ》――ドナウ川沿岸。

遠くの対岸では、シンガポールから文化委《い》託《たく》された石像《せきぞう》が、平和そうに口から水を噴《ふ》いている。獅《し》子《し》の頭に魚の体――マーライオン。

河《かわ》のこちら側では、小さな工場を特殊部隊が包囲／市民の退避《たいひ》／突入準備中《とつにゅうじゅんびちゅう》。

一角にMSSの通信車両――通信官たちおよび冬真とバロウ神父が待機中。

「はー、良い天気ぃー」

工場から百メートルほど離《はな》れたビル――屋上の柵《さく》に座《すわ》る乙。

左顔面に青い痣《あざ》／口にロリポップ／ほっぺに絆創膏《ばんそうこう》＝魚座《うおざ》の印＝いつものおまじない。

昨夜——鳳にぶん殴《なぐ》られ／だらだら鼻血を流すも、ただひたすら無言。

今日——作戦開始時に鳳が絆創膏《おまじない》をほっぺに貼《は》るときも、目を合わさずむっつり。

「どうせ大人がいっぱいいて出番ねーし、ふけちまおーぜ、雛ぁ」

乙＝反省の色——なし。

「鳳に撃《う》たれるよぉ」

膝《ひざ》を抱《かか》えて柵にもたれている雛——小さな鼻に絆創膏《おまじない》＝山羊座《やぎざ》の印／ヘッドホンをしたまま読唇術《どくしんじゅつ》で返答。

「それより鳳にあやまったらぁ、乙ちゃん」

「やーだよ」乙＝身を翻《ひるがえ》して屋上に着地。「雛が行かねーんならオレ一人で……」

「どこへ行く気ですの？」

雛＝びくっと硬直《こうちょく》——乙＝立ち止まる／むっつり。

屋上出入り口——腕組《うでぐ》みする鳳＝じろっと半眼《はんがん》。

叱《しか》るかと思いきや、くすっと苦笑《くしょう》／優《やさ》しい口調に。

「様子を見に来てみれば……命令違反《いはん》で処罰《しょばつ》されますわよ。配置に戻《もど》りなさい」

穏《おだ》やかに諭《さと》す長女的態度《たいど》——それが、むしろ乙の理由無き反抗態勢《はんこうたいせい》を急激《きゅうげき》に促進《そくしん》。

いらいら任《まか》せの言葉が口をつく。

「……スペアっしょ」

「まだそんなことを――」

「ほんと、やーだね。鳳の死んだ弟妹のスペアなんて」

乙＝条件反射《じょうけんはんしゃ》的に発言／暴言《ぼうげん》。

鳳＝さっと表情《ひょうじょう》を失う／言葉を失う／怒《いか》り／あるいは、どこか傷《きず》ついたような顔。

雛＝とばっちりを恐《おそ》れ、うずくまって目をそらす。

そのとき――ずしん、と地上で重い音。

工場へ歩み来る、クレーン車並《な》みの鋼鉄《こうてつ》の巨体《きょたい》。

二つの腕《うで》・四つの脚《あし》／その背にまたがる操縦者《そうじゅうしゃ》のカプセル＝まるでラクダのこぶ。

〈特殊憲兵部隊《コブラ・ユニット》〉が所有する軍用機体――正式名称《めいしょう》〝ケンタウロス《ツエンタウアー》〟。

別名〝フンコロガシ《コット・ロールト》〟×四機が、工場の敷地《しきち》内《ない》へ侵入《しんにゅう》――包囲。

「怖《こわ》ぁい……」

雛＝機体への率直《そっちょく》な感想。

鳳／乙――無言で向き合ったまま。

「くれぐれも持ち場を離《はな》れてはなりません」

鳳＝機械的に言って、きびすを返す／去る。

乙＝置き去りにされたように、むっとしたままガリガリとロリポップを齧《かじ》り続ける。

BVTビル――会議室。

モニターに映し出されるケンタウロスたち＝機械仕掛《じか》けの馬と人間が一体化した鋼鉄の騎士《きし》――と言うには、かなりダンゴムシっぽい姿《すがた》。

「都市のマスターサーバーの管理下で、三か所のBVT管轄《かんかつ》の格納庫《かくのうこ》に、合計十六機のケンタウロスを緊急配備《きんきゅうはいび》した。もはやMSSの戦闘部隊《せんとう》は必要ない」

エゴン――勝ち誇《ほこ》ったような笑《え》み。

「そもそも、MSS地上戦術班を都市外へ派遣《はけん》させたのは君自身だ、ヘルガ長官。彼らには当地での任務《にんむ》がある。今さら戻せというのは虫が良すぎる話だ」

ヘルガもニナも無言――エゴンが情報官《じょうほうかん》らを見やる。

「では、モーリツ・ライト情報監督官《かんとくかん》より、MSSにかけられた嫌疑《けんぎ》について説明してもらおう」

監督官がゆっくり起立。ふっくらした頬《ほお》／右目に丸い電子眼鏡《めがね》／頭に青い除菌帽《じょきんぼう》／ゆったりとした法衣《ほうえ》のような除菌服――まるで裁判官《さいばんかん》のサイバー版《ばん》パロディ。

太い指でキーを操作《そうさ》――モニターの一部にウィンドウ＝通信設備《せつび》のデータを表示《ひょうじ》。

「データ規制《きせい》プログラムが使用された痕跡《こんせき》の一覧《いちらん》です。明らかにMSS側からの規制で、開示不可《ふか》となったデータには、敵《てき》の兵器に関する捜査《そうさ》情報もふくまれておりました」

エゴン――後を続けて。

「BVTの下部組織《そしき》にすぎんMSSが、一方的に規制を敷《し》き、情報を独占《どくせん》した証拠《しょうこ》だ。これは重大な越権行為《えつけんこうい》であるばかりか、MSSが敵の活動を助ける工作をした証拠にもなりかねない」

「私どもが敵のスパイである……と」

ヘルガ――やっと口を開く／穏やかな微笑《びしょう》。

「まさに密室《みっしつ》裁判ですわね。望むところですわ、局長」

そこへ別の情報官の声。「突入準備《とつにゅうじゅんび》が完了《かんりょう》しました」

モーリッツ監督官――淡々《たんたん》と無表情。

エゴン――ヘルガを睨《にら》みすえたまま、うなずいた。

「……突入だ」

III

けたたましい音とともにケンタウロスが突進していった。

上腕《じょうわん》の拳《こぶし》に内蔵《ないぞう》された振動型雷撃器《しんどうがたらいげきき》が、厳重《げんじゅう》にロックされた工場の扉《とびら》にヒット。

轟音《ごうおん》——鉄の扉が吹《ふ》っ飛んだ。

同時に、銃《じゅう》を持った特殊《とくしゅ》部隊員たちが、入り口と窓《まど》から一斉《いっせい》に侵入《しんにゅう》を開始。

その様子を、通信車両のモニターで見つめるバロウ神父・冬真・MSS情報官ら。

一階＝無人——バロウ神父の呟《つぶや》き。

「地下だろう。何かが大量に電力を消費《しょうひ》している」

映像《えいぞう》＝瞬《また》く間に工場内を制圧《せいあつ》する特殊部隊員ら。

地下へ——一機のケンタウロスを先頭に扉を破壊《はかい》／侵入。

にわかに唸《うな》るような音。

ずらりと並《なら》んだ、巨大《きょだい》な電磁石式《リニア》のカタパルトデッキ×複数《ふくすう》——まるで古代の射出機《しゃしゅつき》。

デッキの上に積み重ねられた、鋭《するど》い形状《けいじょう》の巨大な物体が、ガチリと音を立ててカタパルトに装填《そうてん》された。

「なんだ、あれは⁉」

特殊部隊員の声——ケンタウロスを先頭に、射出機へ素早《すばや》く接近《せっきん》。

そして待ちかまえていたようにデッキがそれを発射——猛然《もうぜん》と飛来した。

激突《げきとつ》——ケンタウロスの上腕を瞬時《しゅんじ》に切断《せつだん》——外へ飛び出した。

屋外——通信車両へ歩み寄《よ》ろうとしていた鳳が、はっと宙《ちゅう》を仰《あお》ぐ。
ビルの屋上——呆気《あっけ》に取られる乙＋雛。
い、それ＝ヨットのマストほどもある鋼鉄《こうてつ》の刃《やいば》——さながら宙を舞《ま》う巨大な短剣《ダガー》。
後部に翼《つばさ》／ジェット噴射《ふんしゃ》——工場の壁《かべ》を貫《つらぬ》いて空中へ。
同型のものが立て続けに射出され、群《むれ》となって空へ躍《おど》り出る。

「〈ステュムパロスの群鳥《むれどり》〉だ……！」

通信車両——バロウ神父の切迫《せっぱく》した声。

「高度な編隊《へんたい》プログラムによって自律《じりつ》飛行する強襲《きょうしゅう》飛行機体……。これほどの数を用意していたとは……」


ＢＶＴビル——会議室。

席を蹴《け》って立ち上がるニナ。「ただちに要撃《ようげき》を——！」

「不要だ！　ケンタウロス機甲隊《きこうたい》、今すぐ鎮圧《ちんあつ》しろ！」

叫《さけ》ぶエゴン——ヘルガを振《ふ》り返る／睥睨《へいげい》。

「支局《しきょく》にすぎんＭＳＳの越権《えっけん》について、ヘルガ長官の言い分を聞いておこうか」

「守るためですわ……この都市と、そして我々《われわれ》の組織《そしき》全体を」

ヘルガ＝一点の曇《くも》りもない微笑《びしょう》——データディスクを取り出し、座席《ざせき》の端末《パソコン》に差し込《こ》む。

「これが、その証拠です」

モニターに新たなウィンドウが出現《しゅつげん》——暗号解読《かいどく》のデータ群。

エゴン＝不快《ふかい》／不審《ふしん》。

「……なんだ、これは？」

「私どもが発見したスパイプログラム……全《すべ》てBVT本部に仕掛《しか》けられたものです」

ぎょっとなって跳《と》び上がる情報官《じょうほうかん》ら——エゴンの怒声《どせい》。

「何を馬鹿《ばか》な!!」

「いかなる言語にも翻訳《ほんやく》しえない言葉を発する〈テューポーンの黒い舌《した》〉……かつてプリンチップ社が開発し、七年前のクーデターで猛威《もうい》を振るったスパイプログラムの名です。発見不可能《ふかのう》とさえ評《ひょう》されるそれを解析《かいせき》できるのは公安局マスターサーバー〈晶《バク》〉のみ」

エゴン——握《にぎ》り拳《こぶし》を机《つくえ》に叩《たた》きつけて。

「でっち上げだ!!」

「解析結果をもとにBVTのシステムをお調べ下さい。なお侵入経路《しんにゅうけいろ》は有線でも無線でもなく、電気コードです。電力回路から直接《ちょくせつ》、情報を読み、外部へ流す仕組み……ですわね？　モ、モ、モ、モーリッツ・ライト情報監督官どの？」

エゴン——ぞくっとなった顔で振り返る。

いまだ無表情のままのモーリッツ監督官《かんとくかん》が、冷ややかな眼差《まなざ》しをヘルガに向けている。

ゆっくりと立ち上がり、その場にいる面々を見渡《みわた》すヘルガ。

「先ほど私が密室裁判《みっしつさいばん》と申し上げたのは、被告《ひこく》としてではありません。原告として、そこにおられる監督官を、漏洩罪《ろうえいざい》の容疑《ようぎ》で訴《うった》えるためですわ……局長」

ドナウ川沿岸《えんがん》——屋外にて棹立《さおだ》ちになる三機のケンタウロス。

その腕《うで》＝ガトリング砲《ほう》——空飛ぶ短剣の群《むれ》を迎撃《げいげき》。

地下にいるケンタウロスが、射出機に向かって連射。

崩壊《ほうかい》——射出機に仕掛けられていた爆薬《ばくやく》が点火した。

大爆発——工場の屋根がめくれ返って炎《ほのお》が噴《ふ》き出し、ビル屋上の乙が歓声《かんせい》を上げた。

「すっげーっ！」

そのそばで雛が怯《おび》えた顔でうずくまる。

「うぇ……」

ケンタウロスが建物の屋根に登って敵《てき》を迎撃——だが、いきなり砲火が停止。

全機能《ぜんきのう》停止——次々に残りのケンタウロスたちがひざまずき、動かなくなった。

「どうなってる!?」特殊部隊員らの困惑《こんわく》。

そしていまや空を覆《おお》い尽《つ》くさんばかりに増《ふ》えた短剣の群から、一体が急降下《きゅうこうか》。

停止したケンタウロスに迫《せま》る——その腹《はら》に突《つ》き刺《さ》さる。

寸前《すんぜん》で逃《に》げ出していたパイロット——その背後《はいご》で短剣が自爆。

閃光《せんこう》——爆炎《ばくえん》——ケンタウロスの手足が吹《ふ》き飛び、胴体《どうたい》が燃《も》え上がった。

敵＝空飛ぶ機雷《きらい》の群——燃《も》え盛《さか》る爆炎《ばくえん》。

それらを見つめる乙の胸《むね》の奥《おく》で、**チ**、**ク**、**タ**、**ク**・**チ**、**ク**、**タ**、**ク**と音が響《ひび》き、また、あの**ワ**、**ニ**が現《あらわ》れようとしていた。

ＢＶＴビル——会議室。

「ケっ……ケンタウロスが!?　何が起こった!?」

愕然《がくぜん》となるエゴン——うろたえる情報官たち。

微動《びどう》だにしないヘルガ・ニナ——そしてモーリツ監督官。

モニター——ケンタウロスの最後の一機が抵抗《ていこう》も出来ず、複数《ふくすう》の短剣に貫《つらぬ》かれ爆砕《ばくさい》。

「……ＢＶＴの緊急《きんきゅう》回線から、配備《はいび》された全ケンタウロスに活動停止プログラムを流し込んだのだ」

ぼそりと声――モーリツ監督官。

エゴン――息を詰《つ》まらせる／声を絞《しぼ》り出す。

「モ……モーリツ監督官……？」

「全員、動かないように」

懐《ふところ》から手を出すモーリツ監督官――拳銃《けんじゅう》／エゴンに狙《ねら》いをつける。

ニナの即応《そくおう》――素《す》早《ばや》く銃を抜《ぬ》き／構《かま》え／モーリツ監督官の頭部を狙う。

「無駄《むだ》な抵抗《ていこう》はよせ！」

「きっ、貴様《きさま》っ！　それでも生粋《きっすい》のオーストリア人か！」

エゴン――銃を向けられながら絶叫《ぜっきょう》。

「愚《おろ》か者が！　国家反逆罪《はんぎゃくざい》で即逮捕《そくたいほ》だ！　一生を連邦刑務所《れんぽうけいむしょ》で送るがいい！」

「逮捕……？　それは無理だ。私という存在《そんざい》は、もうここにはいない、いない」

モーリツ監督官の不気味な笑《え》み――もう一方の手で、頭の除菌帽《じょきんぼう》を外す。

エゴンと情報官ら――絶句《ぜっく》。

ニナとヘルガ――眉《まゆ》一つ動かさず。

モーリツ監督官――無毛＝額《ひたい》・耳の後ろ・後頭部が消失＝脳《のう》のない男の笑み。

「七年前のクーデターで、真に国家を憂《うれ》える者は死に、血まみれの怠惰《たいだ》に染《そ》まった日《ひ》和見《よりみ》主義者《しゅぎしゃ》どもだけが生き延《の》びて権力《けんりょく》を手にした……。今日、その報《むく》いをもたらすべく私は生きた。新たな全体主義の担《にな》い手として、この国の迎合《げいごう》主義者どもに鉄槌《てっつい》をもたらすために」

モーリッツ監督官――エゴンを見つめ／引き金を絞り／言った。

「死ぬがいい」

高らかに響《ひび》き渡《わた》る銃声――弾《はじ》かれたように背《せ》をそらし、よろよろと後ずさるエゴン。

「な……」

エゴンの目が、呆然《ぼうぜん》とヘルガへ向けられる。

ヘルガ――その手にいつの間にか握《にぎ》られた銃――引かれた引き金／硝煙《しょうえん》の臭《にお》い。

ごぼっと、モーリッツ監督官《かんとくかん》が血を吐《は》いた。

首に二発――延髄破壊《えんずいはかい》＝その場にくずおれた。

「な……な……」戦慄《せんりつ》から醒《さ》めぬエゴン。

沈黙《ちんもく》する部屋に響く、苛烈《かれつ》な声――ヘルガ。

「ただちに第一態勢《たいせい》へ移行《いこう》よ、ニナ！　待機中の全接続官《コーラス》に〈晶《バク》〉のフル稼働《かどう》を指令！

〈焱の妖精《フォイエル・スプライト》〉による要撃《ようげき》を開始する！」

IV

空を覆《おお》い尽《つ》くすべく飛び交《か》う短剣の群。

それの一体――内部にカプセル＝髄液《ずいえき》＝脳《のう》。

その意識は個人《ワタシ》であることをやめ、機械の群《ワタシ》として目覚めている。

個《こ》が全体、全体が個である存在《ワタシ》となるための犠脳《ぎのう》。

個の拡散《かくさん》――新たな自我《じが》の獲得《かくとく》＝究極《きゅうきょく》の全体主義。

使命に生きる者が、正しい報復《ほうふく》をもたらすために。

何も恐《おそ》れはしない――全ては同胞《どうほう》たちのため。

さあ行こう――この命を全《まっと》うするために。

滅《ほろ》びが群となって襲《おそ》いかかるときが来た。


《要撃開始！　犠脳体兵器の連携《れんけい》を断《た》ち、同空域《どうくういき》からの侵攻《しんこう》を許《ゆる》すな！》ニナの指令。

乙――歓声《かんせい》を上げて屋上から思いきり跳躍《ちょうやく》。

「**転送を開封《かいふう》!!**」

乙の体をエメラルドの輝《かがや》きが包み、一瞬《いっしゅん》で置換《ちかん》――青い鋼鉄《こうてつ》の四肢《しし》とトンボの羽を持つ特甲《トッコー》機体と化す。
鋭《するど》い輝きに満ちた青い火——猛然《もうぜん》と飛翔《ひしょう》を開始。
「待ってよぉ、乙ちゃーん」
背後《はいご》から雛——黄の火。
鳳が先行して機甲化《きこうか》——上空から指示《しじ》。
《さ——ぁ、お仕事ですわよ!! 乙さん、雛さん！ 旋回《せんかい》運動中の敵群《てきぐん》を三方から追撃！
要撃地点に追い込《こ》みますわ！》
乙——魚の群に食いつくサメのごとく迫撃《はくげき》。
猛《もう》スピードで交錯《こうさく》——手足の灼刃《ヒート・ブレード》機能をいかんなく発揮《はっき》＝すれ違《ちが》いざまに両断《りょうだん》。
敵が爆炎《ばくえん》を上げるより遥《はる》か以前に離脱《りだつ》。急襲《きゅうしゅう》能力《のうりょく》において全地球規模《きぼ》で勝てるものなどいないトンボの羽が、さらに揚力《ようりょく》を求めて Lulululu と人間には聞こえない歌声を発する。
僅《わず》かに遅《おく》れて鳳と雛が追撃を開始。
敵の即応《そくおう》——群を三分割《ぶんかつ》＝直進する群・左旋回する群・右旋回する群。
うち、右旋回した群が降下《こうか》——速度を増《ま》す。
食らいつく乙——急降下／反転／九十度のL字ターン。

非常識《ひじょうしき》なほどの超高速《ちょうこうそく》・超高度な追跡《ついせき》飛行。

速度を上げて横転《ローリング》――背面飛行から水平飛行へ一瞬《いっしゅん》で戻《もど》る。恐《おそ》るべき空戦機動で群のど真ん中を突《つ》っ切りながら体を回転させ、問答無用の超近接《ちょうきんせつ》空戦戦闘《せんとう》。

小隊の〝迫撃手《モータル》〟――その真骨頂《しんこっちょう》。

切断《せつだん》／溶断《ようだん》／両断――飛行する短剣の群を一挙両断、立て続けに起こる爆炎《ばくえん》。

《乙さん！　ルートに戻りなさい！》

鳳の声――だが乙の心には届《とど》かない。追い立てるべき群の進行を塞《ふさ》ぎ、別ルートへ旋回させ、返す刀で先頭の機体を切り裂《さ》き、輝かしい炎《ほのお》に見入り／ぞくぞくし／笑った。

「ドキドキするっしょーっ!!」

激《はげ》しい叫《さけ》び――だがその胸《むね》は決してドキドキなどしない。

機械化された胸の鼓動《こどう》――正確《せいかく》に時を刻《きざ》む音＝チクタク・チクタク・チクタク。

その時計のような音が体の中から迫《せま》ってきて、ふいに、胸の奥《おく》に住みついた、あの凶暴《きょうぼう》な〝時計を呑《クロックダイル》んだワニ〟のイメージとともに、炎の記憶が甦《よみがえ》ってきた。

最初に思い出すのはシートベルト。

そして飛行機。

乙――八歳。

その日、パパとママに挟《はさ》まれて飛行機の座席《ざせき》に座《すわ》っていた。仲が良さそうな親子。

けれどもパパは言った。〝パパとママは別々の場所で暮らすことになったんだ〟

そしてママは言った。〝どちらと住みたいか、あなたが選んで良いのよ〟

二人の冷たい声。二人は喧嘩《けんか》をしたわけではなかった。ただパパにはパパの仕事があって、ママにはママの夢《ゆめ》があった。どういう仕事であり夢であったか、もう思い出すこともできない。でもそれらが、そのとき座っていた座席のシートベルトみたいにパパとママを縛《しば》り付けてお互《たが》いの手も握《にぎ》れないようにしてしまったことだけは覚えてる。

飛行機――乙がパパとママのどちらと暮らすか決めるまで、親戚《しんせき》に預《あず》けるための旅。

パパとママと自分がバラバラに別れて、みんなが独《ひと》りぼっちになるための空の旅。

最悪の旅。

機体がガタガタ揺《ゆ》れて、急に斜《なな》めになったり。

フライトアテンダントが忙《せわ》しげにどこかと連絡《れんらく》を取ろうとしたり、〝大丈夫《だいじょうぶ》です〟〝当機の安全は〟といったことを、不自然なくらい冷静に口にしていたりした。

そんな中、乙はむっつり押《お》し黙《だま》っていた。

他人の前ではパパとママが普通《ふつう》の夫婦《ふうふ》みたいに振《ふ》る舞《ま》っていることが悲しくて。

そして急にシートベルトを外すと、座席から飛び出したのだ。

そんな場所に座っているからいけないんだ。そんな風に縛られてるくらいなら外せば良いんだ。そうすればパパとママも本当はお互いのことが好きで、乙もパパとママのことが好きで、また三人一緒《いっしょ》に暮《く》らせるんだ――

そう言いたくてたまらなくて、でもどうしようもなくて、パパとママの制止《せいし》の声も聞かずに通路に飛び出したとき。

飛行機の窓《まど》の外で、真っ赤な炎《ほのお》が噴《ふ》き上がっていた。

耳が痛《いた》くなるほどの音――そこら中で悲鳴が上がり、何より自分の心臓《しんぞう》がドキドキ激《はげ》しい音を立て、パパとママが何かを言っているのに何も聞こえなくなってしまった。

ぐわん、という感じで世界が斜めになった。

乙は宙《ちゅう》に投げ出され、四方から轟音《ごうおん》が迫《せま》り――そして、衝撃《しょうげき》が来た。

その瞬間《しゅんかん》、乙は、飛行機事故《じこ》の中でも、最悪の死がどのように訪《おとず》れるのかを目《ま》の当たりにした。高速で飛来する機体が山岳《さんがく》にぶつかった衝撃とともに、速度と圧力が、腹《はら》に巻《ま》かれたシートベルトを刃物《はもの》と化しめ、乗客の肉体を、一斉《いっせい》に、真っ二つに切断したのだ。

そのとき、乙は死に包まれ、死に救われた。

切断された乗客たちの体が宙に飛び出し、その肉と骨《ほね》とはらわたが、機体の壁《かべ》に叩《たた》きつけられる乙のクッションとなったのだ。

暗転——そして再《ふたた》び乙が目覚めたとき、その体はまさに奇跡的《きせき》に生存《せいぞん》していた。

背骨《せぼね》は折《お》れ、胃袋《いぶくろ》は裂《さ》け、肺の血管は破裂《はれつ》していたが、それでも生き残った。

また、さらに奇跡的なことに、一帯に雨雲が押し寄《よ》せ、激《はげ》しい炎を消し去ってくれた。

墜落《ついらく》した夜から、救助されるまでの十時間以上——乙は死体の山の中にいた。

パパとママを探《さが》し、やがて朝陽《あさひ》が射《さ》してきたとき、きらきら光るものを見た。

千切れて転がった二本の腕《うで》——その右手と左手が、しっかり握り合っていた。

光るものは左手の指輪だった。ママの指輪。パパとママの手。

乙は動くことも声を出すことも出来ず、ただ二人の手を見つめていた。

唯一《ゆいいつ》の生存者《せいぞんしゃ》＝乙は、救助され、機械化され、ただちに労働児童育成コース行きに。

炎＝ドキドキする心臓の鼓動《こどう》——その向こう側には今も、あの座席《ざせき》に座《すわ》ったパパとママがいて、通路に出た乙に向かって何かを言っている。

二人が何と言っていたか、知る方法は一つしかない——とワニが言う。

速度を上げろ。**炎**を起こせ。何もかも**真っ二つ**にしろ。

本当に死ぬほど**ドキドキ**した、あの**墜落**の瞬間のように。

そうすればもう一度、**パパとママに会える**かもしれないぞ——

《止まれ、〈青の火《ザーフィア》〉！　〈紫の火《アメテュスト》〉、それ以上〈青の火《ザーフィア》〉を先行させるな！》
ニナの鋭《するど》い叫《さけ》び――鳳の歯がみ／敵群《てきぐん》に機銃掃射《きじゅうそうしゃ》を浴びせながら、相手を呼《よ》び続ける。
《乙さん！　止まりなさい、乙さん！》
ふいに無線通信＝雛。《ねえ鳳ぁ。あの子たち、乙ちゃんをいじめる気だよぉ》
《なんですって？》
《乙ちゃんが追いかけてるんじゃなくて追いかけさせてるの。あの子たちの一人に乙ちゃんが近づいたら爆発《いじめる》するつもりだよぉ。そうしろって、一番大きな子が言ってるからぁ》
《一番大きな子？》
鳳の探査《たんさ》――該当《がいとう》なし／どれも全く同じ形状《けいじょう》。
だが雛がそう言うなら、そうなのだ。
敵はいわば空飛ぶ爆弾《ばくだん》であり、そして雛は天才的な爆弾魔《ま》だった。
《今言った敵を教えてちょうだい、雛さん》
鳳の要請《ようせい》――素早《すばや》く敵を追撃しながら、雛が脳裏《のうり》の映像情報《えいぞうじょうほう》を送信。
標的役である〝あの子たちの一人〟および〝大きな子〟を確認《かくにん》。
《あとねあとね、大きな子の頭の中だけやっつけたらぁ、ボクがその子になったりとか出来るかもぉ》雛＝妙《みょう》に楽しげ。

鳳――ルートおよび要撃地点を再設定《さいせってい》／作戦立案――そして、言った。
《あたくしが、乙さんを使って、大きな子を仕留《しと》めますわ。その後は、あなたに任《まか》せますわよ、雛さん》

止まらない／止められない突撃滑空《とつげきかっくう》――青の火＝乙。

激《はげ》しい旋回《せんかい》を繰《く》り返す敵の群《むれ》に食らいつきながら、ワニの声を聞いていた。

あの飛行機がなぜ墜《お》ちたか――ワニは言う。あれは事故《じこ》じゃない。五人の男たちがパイロットを殺し、自分たちで操縦《そうじゅう》して、ミリオポリスに突《つ》っ込もうとしたのだ。

あの伝説の９１１――ツインタワーみたいに。だが飛行機の燃料《ねんりょう》もろくに計算せず、このままでは墜ちると慌《あわ》てた挙げ句、本当に墜ちたのだ。

あるいはもう一つの噂《うわさ》――ハイジャックされた飛行機が都市へ接近《せっきん》することを恐《おそ》れた軍が、多数の乗客ごと、極秘に撃墜したのだ。

そういうやつらがパパとママを奪《うば》い、同じような種類の人間がこうして繰り返し現《あらわ》れ、乙に炎《ほのお》を見せ続けるなら、いっそ炎を自分のものとして相手に叩《たた》きつけてやればいい。

もし炎がパパとママに会うための扉《とびら》なら――その鍵《かぎ》を自分の手に握《にぎ》りしめ、まっしぐらに突っ込んでいけばいい。そう、ワニは言う。

乙はその通りにした。真っ直《す》ぐ真っ直ぐ、敵の群に飛び込んでゆく。

ふいに減速《げんそく》する個体——乙の攻撃射界《キル・ゾーン》に入ってきた。

それが、雛の言う〝あの子たちの一人〟であることなど考えもせず、乙は燃《も》え盛《さか》る刃《やいば》を振《ふ》り上げ、猛然《もうぜん》と追いすがった——そのとき。

《いい加減になさい!!》

もんのすごい怒鳴《どな》り声が脳裏に轟《とどろ》いた。

敵の群と乙が、ほぼ直進コースに入った、その真正面に、突如《とつじょ》として鳳が出現《しゅつげん》。

先回り——待ち伏《ぶ》せした鳳が、敢然《かんぜん》と機銃を構《かま》え／狙《ねら》う。

正確《せいかく》に、撃《う》つべきものだけを探査／意識《いしき》にとらえ——そして引き金を引いた。

閃光《ダダダ!》——正確無比《むひ》な一連射《れんしゃ》。

その灼熱《しゃくねつ》する弾丸《だんがん》が、止まらない／止められない乙に向かって飛来した。

体を固定するものなど皆無《かいむ》の、きわめて不安定な滞空状態《ホバリング》において、確《たし》かな意志《いし》を込めて引かれた引き金／放たれた弾丸——鳳の超精密《ちょうせいみつ》射撃。

そして次の瞬間《しゅんかん》、超高度な空中機動を可能《かのう》とするトンボの羽が、ものの見事に撃ち抜《ぬ》かれ、木っ端《ぱ》微塵《みじん》に吹《ふ》っ飛んだ。

急激《きゅうげき》な失速《ストール》——乙の目が真ん丸に見開かれ／宙《ちゅう》に投げ出され／落下した。

体の自由が利《き》かず、まるであの墜落事故《ついらくじこ》の瞬間に再《ふたた》び放《ほう》り込まれたような無重力の中。

にわかに〝あの子たちの一人〟が自爆——数体が誘爆《ゆうばく》。

爆圧《ばくあつ》と炎の嵐《あらし》が吹《ふ》き荒《あ》れ、その爆風に追いやられるようにしてさらに失墜／落下加速の中に叩き込まれる乙の脳裏に、またもや、すんごい声が轟いた。

《手を出しなさい!!》

びくっとなって条件《じようけん》反射的に頭上へ差し出した乙の右手を、炎の雲を突き抜けて現れた鳳の左手が伸《の》び——とらえ／握りしめた。

しっかりと——固く。

敵《てき》の群が、身動きの取れなくなった鳳と乙を狙って、すかさず旋回。

だが鳳はそれらに目もくれず、後続してくる別の群へ向かって、巨大《きよだい》な機銃《きじゆう》を掲《かか》げ／構え／狙い定め——叫《さけ》んだ。

「ご奉仕《ダダダダダダダダダダダダダダダダダ!》しますわよ——っ!!」

一連の閃光《せんこう》が、群の中の一体を正確に貫《つらぬ》いた。

弾丸が機体を穿《うが》ち／内部のシステムを引き裂《さ》き／カプセルと脳《のう》を粉々に吹き飛ばす。

だが群は止まらず——既《すで》に与《あた》えられた命令《プログラム》に従《したが》って行動／襲撃《しゆうげき》続行。

迫《せま》り来る敵の尖端《せんたん》が刃の群となって、鳳の機銃／右上腕部《みぎじようわんぶ》を切断《せつだん》。

空中で身を翻《ひるがえ》す鳳——右足で、飛来する相手の尖端を蹴《け》り飛ばした。

衝撃《しょうげき》で足首がバラバラに崩壊《ほうかい》——反動で退避《たいひ》。

だが、すぐに周囲を旋回する何体もの敵が、二人を包囲。

輪を描《えが》いて飛行する敵の群——二人もろとも自爆する気だと知れた、その直前。

ふらふらと失墜する〝大きな子〟の腹《はら》に、ミツバチのようにぺたっと張《は》りついた雛が、
鳳の空けた弾痕《だんこん》に手をかけて引き裂《さ》き、内部に両腕を突っ込んでいた。

その両手の指が工作機械に変貌《へんぼう》——ふんふんこれこれこんな感じでボクのものになっちゃうんだよね、と自由落下の真っ最中に配線を改造《かいぞう》——プログラムを流し込み／偽《にせ》の指令を最優先事項《さいゆうせんじこう》として設定《せってい》／群を形成する全《すべ》ての個体へ発信。

敵全群が、ぴたりと一時停止。

失速——失墜。

全個体《ぜんこたい》が、次々に、真っ逆《さか》さまになって下降《かこう》を開始。

鳳と乙を取り囲んでいた個体も真下へ尖端を向け、次々にドナウ川に飛び込むと、水中で自爆し、マーライオンも驚愕《きょうがく》の水しぶきを立て続けに上げたのだった。

V

ドナウ川沿岸《えんがん》——川縁《かわべり》／工場付近。

鳳がぐいっと乙の体を引き上げ、壊《こわ》れた右腕で抱《だ》き支《ささ》えながら、ゆっくりと舞《ま》い降《お》りた。

鳳の左足／乙の両足が、穏《おだ》やかに着地《ランディング》——コンクリートの堤防《ていぼう》の上。

だが鳳は乙を離《はな》さず、その両手に力をこめ、片足《かたあし》で立ったまま、かすかに震《ふる》えている。

乙——防御態勢《ぼうぎょたいせい》＝首をすくめ／身を固くし／怒鳴《どな》られるかぶん殴《なぐ》られるか蹴飛ばされるかと身構《みがま》えたところへ——訪《おとず》れたのは、小さなささやき声。

「……どーせ、偽物《にせもの》じゃん。スペアじゃん。なんてこと、平気で言ってんじゃないっしょー……ですわ」

鳳らしからぬ口調／こもったような声に、乙はびっくりして別の意味で言葉を失った。

「殺して良いじゃん。死んで良いじゃん。なーんてこと平気で言っちゃって、結局あ、あ、あなたが自分をどうして良いか分からない、だめだめな言い訳《わけ》っしょー……ですわ」

澄《す》ましたような口調／けれども震える声音《こわね》／乙を抱く腕《うで》に優《やさ》しく力がこもった。

「誰《だれ》かが誰かの代わりになれるなんて、そんなことあるわけないっしょー……ですわよ。いっぺん、あなたの手足を作るために、どれだけの人がどんな思いを込めてくれてるか、知ってみろー……ってんですわ」

乙は無言で顔も上げず、自分の方が手も足も無事なくせに、羽が破《やぶ》れた自分を抱きしめてくれる相手に身を任《まか》せていた。なんだかそうしなきゃいけないような、そうするのが当然なような、不思議な気持ちで。

「なーにが……死んでも誰が気にすんだよーっ、ですか。このあたくしに向かって……」

ふいに鳳がしゃくり上げ——そしていつもの、あの怒鳴り声がきた。

「あやまんなさいっ！　あなたがスペア呼《よ》ばわりした人たちにっ！　あなたを育ててくれたご両親にっ！　あなた自身にっ！　あやまんなさいっ！　このあたくしにっ！　あなたが死んでしまうなんて考えたら、怖《こわ》くて怖くて悲しくてどうしようもないのにっ‼」

ほとんど泣き声——どっちが年上だか分からない情《なさ》けない声。

「一人になっては駄目《だめ》……絶対《ぜったい》に駄目。あたくしたち、いつでも三人一緒《いっしょ》よ。決して、誰か一人が背負《せお》ったり、誰か一人に任せたりしてはいけないの……お願い、分かって」

けれども乙はやっぱりあやまることも出来ず、何も言えず、じっとしていた。ぽろぽろ零《こぼ》れる涙《なみだ》が乙の首筋《くびすじ》にポタポタ落ちてきて、あったかくて、もっと何か言って欲《ほ》しくて。

ただ鳳の大きな胸《むね》に顔を押《お》しつけて、黙《だま》ってその優しい声を聞いていた。

MSS通信車両――車内モニター。

川縁に降り立った鳳と乙――そのそばに雛がふわふわ降りてくる。

冬真――床《ゆか》にひざまずいて神に祈《いの》りっぱなしだった姿勢《しせい》のまま脱力《だつりょく》。

「よ、良かった……三人とも無事で……」

バロウ神父――モニターを見つめながら微笑《びしょう》。

「答えはC……だな」

「え？」

きょとんとなる冬真――ふと思い出す。

クイズ＝魚座《うおざ》のリボン。

「C……命綱《いのちづな》？」

「そう。あるとき天空にいるオリンポスの神々を、大地ガイアから生まれたテューポーンという怪物《かいぶつ》が襲《おそ》った。かの雷霆降《らいていふ》らすゼウスでさえ苦戦するほどの強大な怪物だ」

バロウ神父――穏《おだ》やかに／諭《さと》すでもなく／ゆっくりと懐《なつ》かしい話でもするように。

「その怪物に突然《とつぜん》襲いかかられたアフロディーテとエーロースの姉弟《きょうだい》は、咄嗟《とっさ》に互《たが》いの身をリボンで結び、魚に化けて河《かわ》へ飛び込んだ。決してお互いが離れてしまわないように。それが魚座……どんな危機《きき》においても決して離れない、固い絆《きずな》を象徴《しょうちょう》する星座だ」

バロウ神父が見つめるモニターに、冬真も目を向けた。

互いを抱《だ》きしめ、支《ささ》え合う手足――たとえ壊《こわ》れていても、それが機械仕掛《じか》けにすぎないとしても、決して偽物には見えなかった。何一つとして、偽物などなかった。

BVTビル――会議室
携帯《けいたい》電話を握《にぎ》った手を下ろすニナ。

「要撃《ようげき》に成功……妖精《スプライト》たちは三人とも無事です」

うなずき返すヘルガ――そこへカチリと撃鉄を上げる音。

エゴン――死んだ男の手から銃《じゅう》を取り上げ、真っ直《す》ぐヘルガに向けている。

「なぜスパイプログラムの存在《そんざい》を私に連絡《れんらく》しなかった。事前に警告《けいこく》できたはずだ。そのために、BVTは厳重《げんじゅう》な緊急連絡態勢《きんきゅうれんらくたいせい》を――」

「作らされていたのです、局長」

「……なに？」

「モーリツ監督官《かんとくかん》が言ったではありませんか。緊急回線を通してケンタウロスの停止プログラムを流したと。その回線システムの構築《こうちく》もふくめ、私たちはみな、それぞれの組織《そしき》を――互いの反目を作らされていたのです」

ヘルガ――自分に向けられる銃ではなく、真っ直ぐにエゴンの目を見つめ返して。

「あなたが私に銃を向けていること自体、敵《てき》が仕組んだ演出《えんしゅつ》に過《す》ぎないとしたら？」

「馬鹿《ばか》な。それがMSS長官としての言い分か？　独走《どくそう》の強弁《きょうべん》を――」

「いいえ。かつてともに学んだ、国際刑法学《こくさいけいほうがく》研究メンバーの一人……その後輩《こうはい》としての言葉ですわ。エゴン先輩」

エゴン――沈黙《ちんもく》＝銃を向けたまま。

「MSSの地上戦術班《せんじゅつはん》を都市外へ派遣《はけん》したのは、まさにケンタウロスを襲ったような情報《じょうほう》汚染《おせん》を避《さ》けるため。敵のスパイプログラムの網を除去《じょきょ》し次第《しだい》、MSSはBVTとの情報連絡を密《みつ》に取る方針《ほうしん》です。今後は互いに情報を共有できるでしょう」

ヘルガ――にこっと微笑。

「また、今回はっきりしたことが一つ……局長は、敵のスパイではないということ」

エゴン＝青筋《あおすじ》。「当たり前だ！」

微笑を消すヘルガ――毅然《きぜん》とした表情に。エゴンに向かって、退室《たいしつ》の敬礼《けいれい》。

「かつてともに国を守るすべを学んだメンバーが、いつか組織を超《こ》えて、再《ふたた》び絆《きずな》を取り戻《もど》せることを信じております」

きびすを返すヘルガ／ニナ――二人の退去を見送り、やがてエゴンが銃を下ろした。

VI

翌々日《よくよくじつ》——夜の山岳《さんがく》地帯を飛び交《か》う紫《むらさき》・青・黄の輝《かがや》き。
鳳の無線通信——溌剌《はつらつ》と。《位置につきましたわね！　本日の訓練を開始しますわよ！》
《うぃーす》《はあーい》
乙＋雛——呑気《のんき》に応答《おうとう》。
《訓練といえども気を抜《ぬ》いてはいけません。良いですか、乙さん。決して——》
《三人一緒《いっしょ》、絶対《ぜったい》一人は駄目《だめ》っしょ》
乙——そのぶっきらぼうな返答に、鳳が黙《だま》る。
《何度も言わなくたって……オレだって分かるっての》
むすっとした感じの乙のいらえ。
《それなら……けっこうですわ》
澄《す》ました調子の鳳——その実、乙のこの上なく素直《すなお》な返事に、うるっとなっている。
その様子を、モニター越《ご》しに見ている冬真——思わず微笑えましい気分になる。
ニナの通信——鋭《するど》い指令。《訓練開始！》
にわかに飛び立つ紫・青・黄の輝き——猛然《もうぜん》と加速。

鳳の号令。《さーぁ、仮想敵《フェイカー》が来ますわよ！　予定空域《くういき》で挟撃《サンドイッチ》、良いですわね！》

青い火――乙＝瞬《またた》く間に予定コースを無視《むし》。

《っひょーー！　ドキドキしてきたーっ!!》

飛び交《か》う〝ハエ《フリーゲ》〟の群に向かって、最短距離《きより》で突撃滑空《とつげきかっくう》。

雛がびっくりして退避《たいひ》――乙は構《かま》わず〝ハエ《フリーゲ》〟を破壊《はかい》し、そのまま射出機《しゃしゅつき》に切迫《せっぱく》。

内なる衝動《しょうどう》のままに猛然と飛来――かと思うと、横殴《よこなぐ》りに飛んできたペイント弾《だん》の掃射《そうしゃ》にぶち当たり、くるくる回って慌《あわ》てて着地していた。

「な……なにすんだよぉー……」

全身どどめ色になった乙の情《なさ》けない声。

「それはこちらのセリフです!!」

鳳――いつでもまたペイント弾を発射する気で機銃《きじゅう》を構《かま》えたまま、乙の目の前で着地。

「あんなに言ったのに、まだ分からないんですか、乙さん!!」

乙――あっけらかんと。

「だって、どうせ危《あぶ》なくなったら鳳が助けてくれるっしょ？」

鳳――ひくっと頰《ほお》が引きつる。

「な、な、なんですって？」

雛が宙《ちゅう》でびくっと身を縮《ちぢ》こめる。

その様子を通信車両のモニター越《ご》しに見守るニナ・バロウ神父・冬真たち——揃《そろ》って神妙な顔に。

「鳳、言ったじゃん。オレがどんなに速く飛んでっても、鳳たちがオレを一人にしないって。絶対《ぜったい》に」

乙——心に一点の曇《くも》りもない晴れやか宣言《せんげん》。

「だからーオレ、いっぱいドキドキして良いし、好きに飛んで良いってことっしょー！」

鳳は、しばし乙のその笑顔《えがお》を見つめ、やがて深々と溜め息をつくと、ズシャンと音を立てて機銃を地面に落とした。

ぎゅっと右拳《みぎこぶし》を握《にぎ》りしめる——大きく振《ふ》りかぶる。

「せーの♪」

ガッツーン、と良い音がした。

第四話　ハニー・ボム・ハニー

クイズです♪　クイズです♪
「混乱《こんらん》」を意味する英語はパニック《panic》。では、
その語源《ごげん》となった星座《せいざ》は、どれでしょう?

A☆蟹座《かにざ》
B☆天秤座《てんびんざ》
C☆山羊座《やぎざ》

Ⅰ

《さーぁ、答えはどーれ、ですかしら？　**乙**《ツバメ》さん、**雛**《ヒビナ》さん？》

鳳《アゲハ》の声なき電子のささやき《ウイスパー》——顎骨《がっこつ》に移植《いしょく》された通信機。

ミリオポリス第十九区《デーブリング》——ドナウ運河《うんが》沿《ぞ》いに並《なら》ぶゴミ焼却場《しょうきゃくじょう》&浄水場《じょうすいじょう》。

配置についた少女B+C——返答なし。

「超《ちょう》ダンジョンっしょー、これ！　ドキドキすんねー！」

乙《ツバメ》——小隊の制服《せいふく》＝青いスカート／ニーソックス／エナメル靴《ぐつ》。可憐《かれん》な唇《くちびる》にくわえたロリポップをガリガリ齧《かじ》り、洞窟《どうくつ》のごとき**地下運河入り口**にて果敢《かかん》な仁《に》王立《おうだ》ち。

「…………」

雛《ヒビナ》——小隊の制服＝芥子色《からしいろ》のスカート／ストッキング／エナメル靴。完全自己《じこ》閉鎖中《へいさちゅう》——両耳にヘッドホン&腰《こし》に旧式《きゅうしき》アイポッド＝**下水道入り口**にて、小さな体をすくませて呪《じゅ》詛《そ》＝暗いよ臭《くさ》いよ気持ち悪いよこんなのひどいよ鳳のバカバカ呪《のろ》われて死んじゃえ。

二人ともいつもの絆創膏《ばんそうこう》＝おまじないを配給済《はいきゅうず》み。

乙＝ほっぺ＝魚座の印——雛＝鼻の頭＝山羊座の印。

《あ・な・た・た・ち》

鳳――小隊の制服＝紫《むらさき》のスカート／タイツ／黒靴。**浄水施設《しせつ》の屋上**にて仁王立ち――地上にいる二人を同時に視野《しや》に入れ、九ミリ拳銃《けんじゅう》にカチリと実弾装塡《じつだんそうてん》。
《下水の底に沈《しず》みたいですかしら？》
《Bっす》《Cです》
乙＋雛――即答《そくとう》。
《警戒《けいかい》待機中は常《つね》に緊張《きんちょう》を保《たも》つこと。ぼんやりしていては事態《じたい》に対応《たいおう》出来ませんわ》
鳳――銃にきちんと安全装置《そうち》をかけ、さらに通信。
《**冬真**《トウマ》さんの答えはどれですかしら？》
浄水場の敷地《しきち》の一角――雛が待機中の下水道入り口付近。
通信機材＋丸テーブル＋日よけパラソル＋複数《ふくすう》のMSS通信車両および電力 供給《きょうきゅう》 車両。
「えっと……」
冬真――パラソルの下で通信機を調整中／咄嗟《とっさ》に思案。
「Aの……蟹座？」
《どれでしょう♪》
なんとも嬉《うれ》しげな音声――さらに呼《よ》びかけ。

《水無月《ミナツキ》さんは？》

「ふふふ、僕《ぼく》かい？」

少年＝水無月――やたら丈長《たけなが》の白衣／はしばみ色《ヘイゼル》をした目&くせっ毛／取り澄《す》ました白鷺《しらさぎ》を連想させる姿《すがた》。同じくパラソルの下で通信機を調整中――公安専用《せんよう》の盗聴《とうちょう》コードを駆使《くし》して周囲の電波を不要に拾いまくりながら回答。

「そう。確《たし》かにＡＢＣと来れば男女の秘《ひ》め事と相場は決まっている。だが僕にはむしろ君のその類《たぐ》い希《まれ》なる豊胸《ほうきょう》を想起させられて仕方がない。よって敢《あ》えて僕はこの答えを選ぼう――Ｆカップ」

キラリ、と彼方《かなた》で何かが光り、次の瞬間《しゅんかん》、それが水無月の額《ひたい》を猛然《もうぜん》と直撃《ちょくげき》――ビシーッと激《はげ》しく鞭《むち》でも打ったような鋭《するど》い音を立てた。

「きゃん」

悲鳴――盗聴仕様の機材ごとひっくり返る水無月。

思わず驚《おどろ》きのけぞる冬真の前で、コーンとそれが跳《は》ねて転がった。

鳳の放った弾丸＝射撃《しゃげき》ではなく投げたもの。

《セクハラ変態《へんたい》通信官さんに天誅《てんちゅう》、ですわ》

傲然《ごうぜん》と怒《いか》りのみなぎる鳳の声――すぐに気を取り直して通信。

《シャーリーンさんは？》

「んあ？」

女——緑の目に眼鏡《めがね》／ほつれ気味の金髪《きんぱつ》／よれよれの白衣。

胸《むね》に身分証《みぶんしょう》＝『情報解析課《じょうほうかいせきか》課長シャーリーン・巫《カンナギ》・フロイト』

持参のビーチパラソル＆ビーチチェアに寝《ね》そべり、ぼんやり無表情《むひょうじょう》に女性用《じょせいよう》下着の通販《つうはん》雑誌《ざっし》を読みふける——リゾート感いっぱいの幽霊《ゆうれい》といったおもむき。

「あー……答えね。うん。あれだ。Dでしょ？　ね？」

《Cまでです！》

「うそうそ」

蠅《はえ》を払《はら》う牛の尾《お》のように手を振《ふ》るシャーリーン＝自堕落《じだらく》を絵に描《か》いたような仕草。

「ほら。知ってるからさ、答え。言っていいなら言うけどさ。いい？　言って」

《だ・め・で・す》

「ちぇ」下唇《したくちびる》を突《つ》き出すシャーリーン＝通信機《インカム》を口元に。「ニナとバロウ神父は？」

ミリオポリス第六区《マリアヒルフ》——薄汚《うすよご》れたビル＋商店＋アパート。

排気《はいき》ガスで枯死《こし》した並木《なみき》＋埃《ほこり》をかぶった放置車両——ミリオポリス一の貧困区《ひんこんく》。

寂《さび》れた街のそこかしこで、公安および私服警官《しふくけいかん》の車両が待機中。

「ふむ」ニナ――車内＝運転席にて携帯《けいたい》電話を操作《そうさ》。「今、ネットで答えを検索《けんさく》した」

《ルール違反《いはん》です!!》鳳＝憤然《ふんぜん》。

「最初の携帯電話世代らしい対応《たいおう》だ」バロウ神父――深い皺《しわ》&優《やさ》しい微笑《びしょう》。「私も答えを知っているので、ヒントを。パニックのスペルに気をつければ、ある神の名と――」

《神父様！　ヒントを出し過《す》ぎですわ！》

「突入《とつにゅう》の準備《じゅんび》が整った。答えは任務終了《にんむしゅうりょう》までお預《あず》けだ」

ニナ――携帯電話へささやきながら車の外へ。

一方の手に銃《じゅう》――ひび割《わ》れだらけのマンションを見上げる。

《神父様も突入に参加なさいますの？》

「私は安全になってからにさせて頂《いただ》くよ、お嬢さん《フロイライン》」

バロウ神父――通信機《インカム》を頭に固定／防弾《ぼうだん》ガラス越《ご》しに視線《しせん》／通信。

ニナと警官隊がマンションに突入――出入り口を制圧《せいあつ》。

目的の部屋のドアを粉砕器《ふんさいき》で破壊《はかい》――武装《ぶそう》した警官隊が雪崩《なだれ》れ込《こ》む。

《いたぞ！》《動くな！》警官たちの声――突入から一分弱。

ニナの通信。《制圧終了。バロウ神父、目的の人物を発見しました。意識《いしき》不明。頭部に

《摘出手術《てきしゅつしゅじゅつ》の痕跡《こんせき》あり》

「四人目の犠脳者《ぎのうしゃ》か……」

バロウ神父＝重い表情《ひょうじょう》・重い声——外へ出る。

警官隊の間を通り、エレベーターにて目的の階に。ドアが吹《ふ》き飛んだ後の入り口をくって室内に入る。

寝室《しんしつ》——古びた部屋。

異様《いよう》に真っ白な最新の医療用《いりょうよう》ベッド／点滴《てんてき》／生命維持《いじ》装置。

さらに大がかりな機材——ネットに接続中《せつぞくちゅう》であることを示《しめ》すランプ＝無数のコードがの

たくり、ベッドで眠《ねむ》る男の頭部へつながっている。

男——濃《こ》い髭《ひげ》／削《そ》げた頬《ほお》／半眼《はんがん》。

無毛の頭＝額《ひたい》の後ろから後頭部が消失／傷口《きずぐち》を覆《おお》う人工皮膚《ひふ》。

脳を丸ごと失った男の、こめかみから延髄《えんずい》にかけて銀色の機械＋無数のコード。

「〈シュリンクスの葦笛《あしぶえ》〉……催眠誘導《さいみんゆうどう》とともに仮想現実《かそうげんじつ》を体験させる装置だ」

バロウ神父の呟《つぶや》き——重い足取り／重い溜《た》め息《いき》。

「脳のない人間が、どのような夢《ゆめ》を見るというのか……」

ニナ——携帯電話の画像《がぞう》で男の顔を照合。

「ケマル・グルダー、三十六歳。〈戦闘部隊《トイフアー・ムカテイラ》〉に所属《しょぞく》。最初の犠脳者シェネル・シェン亡《な》き後、一連のテロを指揮《しき》。ただし電話もメールも郵便《ゆうびん》も追跡できず。今まで通信手段《しゅだん》が不明でしたが……」

「独自《どくじ》のサーバーにおける仮想現実空間を通して、仲間たちと会っているのだろう」

うなずくニナ──携帯電話のスピーカー機能《きのう》をオンに。

「シャーリーン。この男の意識と、サーバーを確保《かくほ》したい」

《あー、駄目《だめ》っぽい》シャーリーンのだらんとした声。《〈晶《バク》〉が、そっちの男が沈《しず》んでる場所へのリンクを拒否《きょひ》ってんのよ。すんごい警告。例のスパイプログラムだね》

バロウ神父──男の接続機材を見つめて。

「〈テューポーンの黒い舌《した》〉だ……解析《かいせき》を試みれば情報汚染《じょうほうおせん》にさらされる」

ニナ──携帯電話の主回線を切り替《か》え。

「いかがしますか、ヘルガ局長?」

「物理的・電子的に現場《げんば》を封鎖《ふうさ》。しかるのち独立閉鎖型《どくりつへいさ》の解析機材を設置《せっち》よ、ニナ」

ミリオポリス第一区《インネレシュタット》──富裕《ふゆう》な市民や観光客でにぎわう観光名所。

国立オペラ座《ざ》そばのホテルのカフェ──悠然《ゆうぜん》とした様子で携帯電話にささやく女。

バラの花のような存在感《そんざい》＝MSS長官ヘルガ・不知火《シラヌイ》・クローネンブルグ。

「問題は、彼が犠脳者であること。敵《てき》は既《すで》に活動を始めているわ。私たちの足下で」

《やはり先日の〈群鳥《むれどり》〉は囮《おとり》……？》

「BVT機甲隊《きこうたい》の配置を防ぎ、治安の目を地下からそらすための陽動よ。バロウ神父が敵兵器の解析を行っていなければ危《あや》うかったわ」

《では、例の地図を入手し次第《しだい》、妖精《スプライト》たちによる先行要撃《ようげき》を開始します》

「来たわ」ヘルガ――オペラ座から通りを渡《わた》ってカフェに入る男を確認《かくにん》。「舞台《ぶたい》は地下よ。通信設備《せつび》のチェックを万全にね」

《了解《りょうかい》》

ニナ＝通信アウト。

ヘルガ＝微笑《びしょう》――歩み来る男へ。

「ごきげんよう、利根《トネ》先輩《せんぱい》」

「その名で呼《よ》ぶな。私はもう成人した」

男＝呆《あき》れ顔――文化委託《いたく》された漢字名《キャラクター》は二十五歳《さい》の成人時にミドルネームに。

椅子《いす》を引こうとしたウェイターを手振《てぶ》りで止めてエスプレッソを注文。

てきぱきと自分で椅子を引き、座《すわ》り心地《ごこち》をやたら細かく微調整《びちょうせい》しつつ着席。

長身瘦軀《そうく》／いかにもエリート風の銀縁眼鏡《ぎんぶちめがね》／何に対しても大真面目《まじめ》にこだわる技巧派《ぎこうは》の瘦《や》せ蜘蛛《ぐも》といった様子の男——MPB副長フランツ・利根・エアハルト。

ヘルガ＝細説。

「文化委託制度を受け入れた最初の世代にして、ともに学んだ国際刑法学《こくさいけいほうがく》研究メンバーとしての親愛ですわ、先輩」

「ならば従《したが》おうか。昔からお前の親愛に逆《さか》らうと隠《かく》れた棘《とげ》に刺《さ》されるからな、不知火《シラヌイ》」

「それはBVT直轄《ちょっかつ》たる〈ミリオポリス憲兵大隊《MPB》〉副長としての人物分析《プロファイル》ですの？　勇猛《ゆうもう》を誇《ほこ》る隊において、随一《ずいいち》の頭脳派《ずのうは》と評《ひょう》される〝蜘蛛の巣フランツ〟様」

「〈ミリオポリス公安高機動隊《MS》〉長官にまで出世した後輩に関する個人《こじん》的な経験則《けいけんそく》だ」

男——ウェイターが運んだエスプレッソのカップの取っ手を精確《せいかく》に右九十度に調整／敬《けい》礼《れい》でもするような仕草で一口／右眉《みぎまゆ》を僅《わず》かに上げて美味《うま》さを表現《ひょうげん》。

ついで小さなケースを懐《ふところ》から出し、テーブル上を滑《すべ》らせる。

「MPBがマリファナ業者摘発《てきはつ》で押収《おうしゅう》した、地下下水道の立体地図だ。密売《みつばい》グループが作成し、放棄《ほうき》されたトンネルを連中が勝手に改修《かいしゅう》工事したものまで正確に再現《さいげん》されている」

ヘルガ——遠慮無《えんりょな》くケースを入手。

「今や都市の地下道は公式・非公式《ひこうしき》を合わせて全長三百キロにもおよぶ広大な蟻《あり》の巣……

御協力《ごきょうりょく》を感謝《かんしゃ》いたしますわ、利根先輩」

「大掃除《そうじ》は歓迎《かんげい》だ。地下はMPBも使う」

「ですが管轄外の組織《そしき》へ情報提供《じょうほうていきょう》したことで、先輩が上層部《じょうそうぶ》から叱責《しっせき》されるのでは？」

協力させておいて心配顔のヘルガ――淡々《たんたん》とした様子で肩《かた》をすくめる男。

「連中には貸《か》しがある。先日の政治《せいじ》的な戦闘《せんとう》で、うちの中隊長が負傷《ふしょう》したからな」

男――ふいに声を低めて。

「それと……。おそらくBVTは、お前たちMSSの独走《どくそう》を認《みと》める方針《ほうしん》だ」

「情報のみ与《あた》え、武力支援《ぶりょくしえん》は行わず……肝心《かんじん》な局面で見殺しにする。上層部に従わない組織を孤立《こりつ》させるための常套手段《じょうとうしゅだん》ですわね」

「分かっているならいい。くれぐれも今のBVTには何も期待するな。我々《われわれ》MPBも他の組織を武力面で支援する余裕《よゆう》はない。絶望《ぜつぼう》的に停滞《ていたい》した局面において、最も効果《こうか》を発揮《はっき》するのは、少数精鋭《せいえい》による電撃《でんげき》的な状況突破《じょうきょうとっぱ》と――」

「マスメディアを通して大衆《たいしゅう》の支持《しじ》を得ること……。そのための特甲児童《トッコー》……ですわ」

「未来ある子供《こども》が戦う姿《すがた》というのは、大衆の興味《きょうみ》を大いに惹《ひ》くものだ」

男――カップの中身を飲み干《ほ》す／眼鏡《めがね》を指で押《お》し上げる／起立する。

「前線に駆《か》り出された彼女らを必ず生還《せいかん》させることが……我々《われわれ》の大いなる責任《せきにん》だ」

ヘルガ――男を見上げて微笑《びしょう》。

「だんだんエゴン先輩に似《に》てきましたわ、利根先輩」

「七年前の彼に似たいものだ。政党政治に取り込まれた今の彼を見るのは辛《つら》い」

男――代金とチップを丁寧《ていねい》に揃《そろ》えてカップの脇《わき》に置く／目礼／退去《たいきょ》。

「大いなる責任……血まみれの怠惰《たいだ》をぬぐい去るには、まだ、足らないのでしょうね」

ヘルガの呟き――起立。

店の外へ――通りで待機していたＭＳＳの公用車に乗り、入手したケースの中身を車内端末に入れて確認《かくにん》／ＭＳＳ本部へ転送。

運転手に車を出させる――同時に携帯電話をコール。

「おはようございます、**エゴン局長**」

第一区《インネレシュタット》――〈憲法擁護テロ対策局《ＢＶＴ》〉ビルの最上階――来賓室《らいひんしつ》。

壁《かべ》に巨大《きょだい》モニター＋重厚《じゅうこう》長大な調度品＋全組織への直通端末。

部屋に響《ひび》くヘルガの声。

《ＭＳＳ要撃小隊の配置が完了しました。いつでも実行可能《かのう》です》

モニター前に立つ黒ずくめの男――**ＢＶＴ局長エゴン・ポリ**。

「よかろう。実行を許可《きょか》する。ただしBVT機甲隊《きこうたい》および特殊部隊《とくしゅ》は、情報汚染《じょうほうおせん》を調査中《ちょうさ》ゆえ出動不可。派遣《はけん》できるのは現在諸君《げんざいしょくん》らの指揮下《しきか》にある警察隊《けいさつたい》のみだ。健闘《けんとう》を祈《いの》る」

《ありがたい御言葉《おことば》ですわ。では、ただちに要撃態勢《たいせい》に入ります》

ヘルガの艶《あで》やかな笑いをふくんだ返答——通信アウト。

エゴン——背後《はいご》を振《ふ》り返り、休めの姿勢《しせい》。

「……これで、よろしいでしょうか？」

ソファに座《すわ》る三人の男たち——それぞれの胸《むね》に、未来党員《みらいとういん》バッジ／議員バッジ／階級章。

党員バッジ——むっつりと苛立《いらだ》たしげ。

「今後は警察隊の派遣も取りやめたまえ」

エゴン——戸惑《とまど》い気味。

「ですが万が一、優良《ゆうりょう》な市民に被害《ひがい》が及《およ》べば、党の信頼《しんらい》にも……」

議員バッジ——薄《うす》ら笑い。

「党の信頼？　これは本部の意向をないがしろにした一部組織の独断専行《どくだんせんこう》だよ、局長」

階級章——威圧《いあつ》的な眼差《まなざ》し。

「今後、彼らMSSを一切《いっさい》、支援《しえん》してはならん。独走《どくそう》の代償《だいしょう》がいかなるものか、彼ら自身に証明《しょうめい》させてやるがいい」

エゴン——うなずく／沈黙《ちんもく》／振りかざした腕《うで》のやり場を失ったカマキリが、不満を隠《かく》して元の姿勢をとるように、じっとモニターを見つめる。

II

ミリオポリス第十九区《デープリング》——浄水場《じょうすいじょう》。

「だって絶対《ぜったい》そう。太陽だって黄色くって。やめた方が良いのに。おかしいのに」

地下入り口前にて、布張《ぬのば》りの折りたたみ椅子《スツール》にちょこんと座る雛——ぶつぶつ呟《つぶや》くその声に、ふと冬真が気づいて歩み寄《よ》る。

「どうしたの？」

雛——ぼうっとした目／ふと焦点《しょうてん》が合う／びくっとなって冬真を見る。

「なに？」

「今……何か言ってたから」

「ボク、何か言った？」

「あの……」冬真＝困惑。「ボク、、……？」

「違《ちが》うよ」

雛——気弱げ／ヘッドホンをしたまま読唇術《どくしんじゅつ》で返答。

「きっと違うボクだよ」

「違うボク？」

冬真＝深まる困惑――その肩《かた》をぽんぽんとおもむろに叩《たた》く手＝水無月。

「ふふふ、埒《らち》が明かないな、冬真くん？」

「な、なんだよ……」

「ここは一つ、僕《ぼく》が解明《かいめい》してやろうじゃないか」

水無月――丈《たけ》が大きすぎる白衣の裾《すそ》を引きずるようにして、雛の前に立つ／指さす／あからさまな糾弾《きゅうだん》の姿勢《しせい》。

「いいか！　女の子のくせにボクなどと男子の一人称《いちにんしょう》で自らを呼《よ》び慣《なら》わすなど、大変けしからん！　そう冬真くんは仰《おお》せだ」

「い……言ってないよ、そんなこと！」

冬真――慌《あわ》てて自弁《じべん》。

「ただ、ちょっと意外に思っただけで……」

「ほら。つまり冬真くんは、自分をボクと呼《よ》ぶ女の子は非常識《ひじょうしき》だ！　そう仰《おっしゃ》っている」

「言ってないって！」

「ボク、男の子だもん」

　冬真＋水無月――沈黙《ちんもく》。

雛――縮《ちぢ》こまる／肩身が狭《せま》そうに／上目遣《うわめづか》いに無言で二人を見返す。

「ぷはっ！」水無月――水に潜《もぐ》っていたような息継《いきつ》ぎとともに沈黙から回復《かいふく》。「なんと、これは全く予想外にして見事なまでの論理《ろんり》的な帰結じゃないか、冬真くん！」

「え、え……？」冬真＝ついていけず。

「つまり雛くん……そう、あえて雛くんと呼ばせて頂《いただ》こう。雛くんはつまり、自分は男の子であるからして男子的一人称はオーケーと、そう我々《われわれ》に反論《はんろん》しているのだ」

「はあ……」冬真＝呆《あき》れ顔。

「だって男の子だもん」雛＝冬真にすがるような目を向けている。

「我々も雛くんの主張《しゅちょう》を認《みと》めるにやぶさかではない。そうだろう冬真くん。君も神に仕える身なら承知《しょうち》のはず。ローマ法王さえ避《さ》けられない例のある一点を確《たし》かめさえすれば」

「法王？」冬真＝怪訝《けげん》。

「ふぇ？」雛＝きょとん。

「法王選出会議《コンクラーベ》で選ばれた法王が受けねばならない儀式《ぎしき》。男性《だんせい》たることを示《しめ》すべく穴《あな》の空いた椅子《いす》に座り、その脚《あし》と脚の間にあるものを枢機卿《すうききょう》が確かめるという、あの儀式さ」

「……なんでそんなこと知ってるの、君」

「何するの？」雛＝意味が分からず。

「つまり」水無月＝尊大《そんだい》に腰《こし》に両手を当てて雛を睥睨《へいげい》――ぼそっと。「パンツ脱《ぬ》げ」

「は？」愕然《がくぜん》となる冬真。

「え……？」目を真ん丸にして凍《こお》りつく雛。

「なんだなんだ？　スカートなどはいた君が男子と主張するからには相応《そうおう》の覚悟《かくご》があると思えば……ふっ、口先だけの男子主張女子なんて、しょげしょげのがっかりだね」

「ちょ、ちょっと、やめなよ君、そんないじめみたいなこと……」

「脱ぐもん」

ぴょこんと立ち上がる雛――意地の塊《かたまり》になったような真っ赤な顔／涙目《なみだめ》。

唖然《あぜん》となる冬真――かさにかかる水無月。

「ふふん。格好《かっこう》つけちゃってまあ。無理無理無理」

だが雛は怒《おこ》ったように思い切って両手でスカートの裾《すそ》をつかむと、ぐいっと重たいものでも引っ張《ぱ》るように捲《まく》り上げた。

可愛《かわい》らしい黄色と白の縞模様《しまもよう》が現《あらわ》れ、少年二人が何かに打たれたように一時停止。

「ま、待った……！」我《われ》に返る冬真――を、押《お》しとどめる水無月。「よし、行け！」

雛が下着の縁《ふち》に手をかけて僅《わず》かに腰を屈《かが》めるお着替《きが》えポーズになったそのとき。

「ふんっ」

背後《はいご》から水無月の首に長い腕《うで》が巻《ま》きつき、見事なまでに容赦《ようしゃ》なく絞《し》めた。

「ふきゅっ」

オチる水無月＝白目——その襟首《えりくび》をつかむ手。

のんべんだらりと待機していたシャーリーン——ぼそぼそ気怠《けだる》げに。

「くれぐれも鳳には内密《ないみつ》に。この馬鹿《ばか》が殺されると、私の責任《せきにん》になるから。あと、もうすぐ要撃《ようげき》開始ね。準備《じゅんび》しといてね」

「は、はい」

気圧《けお》される冬真——シャーリーンは水無月を引きずって通信車両の中へ。

雛——腰を屈めたまま／自爆《じばく》的意地＋半ば脅迫《きょうはく》的 表情《ひょうじょう》／冬真を上目遣いに見返す。

「……脱ぐよ？」

「い、いい、いいです、脱がなくていいです」

なおも緊張《きんちょう》を解《と》かない雛——だがやがてゆっくりと自爆スイッチを放棄《ほうき》するように下着から手を離《はな》し、スカートを元通り下ろすも、涙を浮《う》かべて主張を堅持《けんじ》。

「だって男の子だもん」

冬真＝深々と安堵《あんど》の吐息《といき》——つい口が滑《すべ》る。

「女の子なのは嫌《いや》なの？」

雛＝〝ちゃんと信じてる？〟と咎《とが》めるような涙目。

「女の子は危《あぶ》ないよぉ？」

「危ない……？」

「だって悪い怪物《かいぶつ》に襲《おそ》われるのはいつも女の子でしょぉ？　映画《えいが》でも漫画《まんが》でもぉ？」

「怪物は怖《こわ》いよ。でも誰《だれ》も助けてくれないでしょ。女の子はいつもとっても危ないの」

確信《かくしん》のこもった切実な訴《うった》えに、なんとなく同意する冬真。

「そ、そうなのかな」

「そ、そうなんだ……」

雛――こくんとうなずく／ふいに、ひそひそ声。

「ねえ……太陽、黄色くない？」

「え？　た、太陽……？」

「黄色いと危ないの。夕焼けに似《に》てるときが一番。ブンブンて音も。ほらぁ。蜂《はち》がいっぱい雛の周りを飛んで、**危ない**、**危ない**、って言ってるみたいな感じがしない？」

冬真――危ないのは君の方なんじゃないかな、とは言えず。

「大丈夫《だいじょうぶ》だよ、きっと……」

にわかに無線通信——鳳の声が、雛の脳裏《のうり》／冬真の通信機《インカム》越《ご》しに響《ひび》く。
《さ——あ、乙さん、雛さん！　お仕事ですわーっ♪》
「うぇ……」
目に見えてびくつく雛の応答《おうとう》。
《ねぇ鳳ぁ。ここ、やめた方が良いよぉ。何か変だよぉ》
高笑い——乙。《雛ってばビビっちゃってー、どーせ暗いとこが怖いだけっしょ》
宥《なだ》める鳳。《バックアップは万全《ばんぜん》ですわ。さ、あたくしたち三人で、何がおかしいか確《たし》かめに行きましょう、雛さん》
《うん……》
しゅんとなる雛＝怯《おび》えながらも地下への入り口を向く。
冬真——ちょっと意外な驚《おどろ》きに胸《むね》を打たれる。鳳や乙のように勇ましい子ばかりでなく、雛のように恐怖《きょうふ》を抱《いだ》きながら任務《にんむ》に従事《じゅうじ》している者もいるのだという事実を初めて知る。
「あの……きっと大丈夫」
冬真——咄嗟《とっさ》に自分の鼻に指を当ててみせる。
「ほら……」
雛の鼻——いつも鳳がしてくれる絆創膏《おまじない》＝山羊座《やぎざ》の印／勇気・優《やさ》しさ・喜びのための。

その感触《かんしょく》を確かめるように指でさすり、雛は、恐怖に耐《た》えるための感情のないぼうっとした目で冬真を見つめ、小さくうなずいた。

「……うん」

冬真＝ちくっと蜂に刺《さ》されたような胸の痛《いた》み――申し訳《わけ》ない気持ち。

これから危険《きけん》に飛び込《こ》むのは自分ではなく、自分よりも年下の雛なのだという思い。

それが顔に出る前に、雛はすっと宙《ちゅう》へ手を差し伸《の》べた。

「**転送を開封《かいふう》**」

唸《うな》るような音――雛の手足をエメラルドの幾何学《きかがく》的な輝《かがや》きが包む。

粒子状《りゅうしじょう》に分解《ぶんかい》される手足／僅《わず》か二秒弱で完全置換《ちかん》――機甲化《きこうか》――起動。

その背《せ》に生えた、黄色いスズメバチの羽が、鋭《するど》い音を立てて飛翔《ひしょう》行動を開始。

「……男の子だもん」

だから何とかなる、というようなかすかな呟《つぶや》きとともに小さな体が宙に浮《う》いた。

たちまち猛然《もうぜん》と加速――地下道へ飛び込んでいった。

冬真――黄色い輝きが地下の闇《やみ》に消えるのを見届《みとど》け、急いで通信車両へ走る。

通常《つうじょう》よりも大きなトレーラー型の車内に、通信機器＋モニター＋配置についた通信官＆

シャーリーン。

モニターの向こうにガラス張《ば》りの空間＝内部に台＝その上――水無月。

祈《いの》りを捧《ささ》げるように膝《ひざ》をついた姿《すがた》／上半身は裸《はだか》／両手をだらりと脇《わき》に垂《た》らしている。

その背に、なんと緑色の輝き――キリギリスの羽。

細かく振動《しんどう》／四つの羽がキチキチと微細《びさい》な音を立てている。

「羽が……」

「あー。見るの初めて？」振《ふ》り返るシャーリーン。「一応《いちおう》こいつも特甲児童《トッコー》でね。戦闘向《せんとうむ》きじゃないから後方に回されたの」

「彼も飛べるんですか？」

《かもね》

水無月の声＝通信機《インカム》越しの電子音声――ガラス箱の中の本人は、目を閉《と》じてまるで眠《ねむ》っているよう。

《飛ぼうなんて気が知れないけれどね。飛んでいるあの娘《こ》を、この羽で追跡《ついせき》している方が、ずっと良いさ》

音を立てて震《ふる》える緑の羽――ガラス箱に充満《じゅうまん》する電子情報《じょうほう》を自在《じざい》に奏《かな》でる水無月。

その脳《のう》を端末と化さしめ、マスターサーバー〈晶《バク》〉にリンクする接続官《コーラス》の本領発揮《ほんりょうはっき》＝鳳たちの行動を追跡《トレース》／要請《ようせい》に応《おう》じて本部に貯蔵《ちょぞう》された各種兵器を転送。
冬真の着席――戦闘の記録を補助《ほじょ》。
モニターでは地下の立体地図を、紫《むらさき》・青・黄の輝きが猛スピードで飛翔中。
シャーリーン――ふんぞり返った自堕落《じだらく》な姿にもかかわらず凄《すさ》まじい速度でキーボードを乱打《らんだ》／鳳たちへ通信。
「五十メートル下がるごとに通信用電波のパワーを上げるけど、地下五百メートル以下はダメね。電力を食い過《す》ぎてこっちの車両が五分しか持たないから。それじゃ、まずは敵兵《てきへい》器《き》の潜伏《せんぷく》予測《よそく》地点を潰《つぶ》していこうか」
《了解《りょうかい》ですわ》
鳳――通信車両を起点に東へ三キロ圏内《けんない》の地下道を飛行。
B1＝地下一階フロア――右手に超伝導《ちょうでんどう》式十二・七ミリ重機関銃《じゅうきかんじゅう》／紫に輝くアゲハチョウの羽をひるがえして暗闇《くらやみ》を飛行／羽がセンサーとなって周囲の地形を把握《はあく》。
《超ダンジョン攻略《こうりゃく》っしょー!!》
乙――西へ三キロ圏内の地下運河《うんが》を飛行。
巨大《きょだい》な坑道《こうどう》――B1から一挙にB3へ下降《かこう》。両手足に灼刃《ヒートブレード》機能／青いトンボの羽をはばたかせ、コンクリートの洞窟《どうくつ》・巨大なダクトを弾丸《だんがん》のように飛び抜《ぬ》ける。

《…………》

雛――南へ三キロ圏内の下水道を飛行。

右手に火炎放射器《ファイアーブラスター》／左手に連結式爆雷《チェーンマイン》――剣呑《けんのん》な武器《ぶき》と一体化した体／相変わらずヘッドホンをつけたまま、おどおど飛翔。

B1からB2・B3へと降《お》りてゆくにつれ、上下の感覚がなくなってゆく。暗闇の中で、壁《かべ》も床《ゆか》も天井《てんじょう》も区別がつかなくなる。まるで無重力の迷路《めいろ》に放《ほう》り込まれたような気分とともに、雛の脳裏《のうり》でブンブンと危険《きけん》を告げる音がひっきりなしに響《ひび》いていた。

どうやってそれを言葉にすればいいのか――それは雛が常《つね》に抱《かか》える問題、誰《だれ》かに自分の感覚を説明するという果てしない難題《なんだい》だった。単に「変だ」「怖《こわ》い」と告げても、なぜそうなのかという根拠《こんきょ》が明確《めいかく》でなければ、誰も本気で聞いてはくれない。

なんでだろう。こんなにもはっきりと分かりすぎるくらい、今は決して分からない危険が隠れているのに。なんでみんなこれを感じないの？　このままだと逃げられなくなって、みんな怖い怪物にやられちゃうのに。

III

暗い地底——汚水《おすい》をかきわけて進むそれが、ふと身動きをやめた。
分厚《ぶあつ》い地面を貫《つらぬ》いて届《とど》く、声なきささやき《ウィスパー》——その残響《ざんきょう》。
来た——それの中ではっきりと意識《いしき》が起こった。
複雑《ふくざつ》な構造《こうぞう》の脚部《きゃくぶ》／扁平《へんぺい》な鋼鉄《こうてつ》の体／その内部＝カプセルに満ちる髄液《ずいえき》＝脳。
もはや人間であった記憶《きおく》は、暗闇を這《は》う機械としての新たな自我《じが》に溶《と》け込んでいる。
あるのは明確な使命。
工作を完遂《かんすい》し、予想通り来襲《らいしゅう》した愚《おろ》かな敵たちを迎《むか》えようとする意志《いし》。
この暗黒が、我々《われわれ》の領土《りょうど》であることを告げ知らせるために。

《はん？》
西二キロ地点・B4フロア——乙。
ふいに減速《げんそく》／空中でホバリング——広大な地下トンネルの合流地点。
そこに、下階へ向かう道があるはず——が、なし。
脳裏で地図を映像化《ビジュアライズ》——道があるはずの場所に、巨大な岩のようなコンクリートの壁。
《行き止まりだぜ、鳳ぁ》
《……おかしいですわね》

東三キロ地点・B3フロア――鳳。
同じく空中でホバリング／周囲のコンクリートやパイプが激《はげ》しく抉《えぐ》り取られた痕跡《こんせき》。
壁にぽっかりと開いた、巨大な穴《あな》。
《こちら紫火《アメテュスト》。地図上では存在《そんざい》しないはずの新たなトンネルを発見。地形が地図と符合《ふごう》せず。敵の工作の可能性《かのうせい》大ですわ》
《やっと敵の痕跡を発見だね》
シャーリーンの即応《そくおう》――地図を現実《げんじつ》の地形のものに更新《こうしん》。
《乙っちのいる方が新しい工作跡《こうさくあと》みたいだね。その調子で工作跡とその順番を特定して、敵の行動を判明《はんめい》させて、狩《か》り出そう》
《了解《りょうかい》ですわ。雛さんの方は何か異常《いじょう》は？》
鳳の通信――返答なし。
《雛さん？》
《壁があるってことは何か隠《かく》したいってことっしょー？》
乙――四つの関節を持つ長大な腕《うで》から、ガシャッ、と青く灼熱《しゃくねつ》する刃《やいば》が出現《しゅつげん》。
閉《と》ざされた岩に向かって身構《みがま》える。
《さー、行っくよぉー》

《お待ちなさい。雛さんの応答が――》
鳳――ふいにガサガサ響く音に、はっとなる。
素早《すばや》くトンネルを振《ふ》り返る／機銃を掲《かか》げ／構《かま》え――狙《ねら》う。
銃口の先で、ざわめく群《むれ》。
《うっわっ！　壁《かべ》が崩《くず》れたぞ鳳ぁっ！》
乙――叩《たた》き斬《き》ろうと構えた壁がにわかに変貌《へんぼう》。
ガサガサとうごめく無数の何か――子犬ほどの大きさ。
コンクリート片《へん》で擬態《ぎたい》／左右四対《つい》の脚《あし》／ハサミに似《に》た工作機械。
さながら機械の小蟹《こがに》たち。
《ビンゴ》シャーリーン――鳳たちの羽を通して情報解析《じょうほうかいせき》。《やっぱバロウ神父が言ってたヘーラーの大蟹》だ。そいつらを作りだしてる親蟹を探《さが》して叩かないとね》
《攻撃《こうげき》して来ませんの？》
鳳――気味悪そうに。
《うう……甲殻類《こうかくるい》は苦手ですわ、あたくし》
《煮《に》ると美味《うま》いよ》
シャーリーン――小蟹の数／動作／外部構造《こうぞう》を把握《はあく》。

《そいつらは爆弾《ばくだん》だね。親蟹の命令で移動《いどう》して、何かのきっかけで爆発するよ。撃《う》っても爆発するけど》
《きっかけって、なんですの？》
鳳──周囲の壁に広がる小蟹から遠ざかりながら。
《それが分かれば点火阻止《そし》が可能なんだけど。雛っちは？　あの子、得意でしょ爆弾》
《雛さん？　返事をなさい、雛さん》
《雛ぁ！　どこ行ったー⁉》
《あ、あの……》
通信に割り込《わりこ》む冬真──通信車両にてモニターを指さし、シャーリーンを振り返る。
《雛さんが……》
モニター──雛を示《しめ》す黄色い光点が物凄《ものすご》い勢《いきお》いで鳳と乙がいる地点から遠ざかるばかりか、通信困難《こんなん》な地下へ向かい、途中《とちゅう》から通信を断絶《だんぜつ》。
間もなく位置を知らせる信号さえ自ら停止──モニター上から消失。
シャーリーンの目が真ん丸に──キーを叩いていた手が宙《ちゅう》を泳ぐ。
「……逃《に》げた？」
《なんですって？》

鳳——通信域《つうしんいき》を拡大《かくだい》／羽を通して目一杯《めいっぱい》の電波を送信。
《どこにいるのですか雛さん!! 今すぐ返事を——！》
そして小蟹の一体が、ふいに天井《てんじょう》へ走り寄《よ》せた。
はっと振り返る鳳——その目の前で、小蟹が宙へ身を躍《おど》らせた。
くるくる舞《ま》いながら、ピン、と電子音を発する。
炸裂《さくれつ》——暗闇《くらやみ》が、にわかに真っ赤な口を開いて呑《の》み込もうとするかのような炎《ほのお》。
《ばあーっきゃろぉーっ！ 雛ぁーっ!!》
乙——絶叫《ぜっきょう》。
爆風をまき散らす小蟹たちから全速力で逃走《とうそう》。
トンネル——大小様々な流水口から、うじゃうじゃ小蟹が出現《しゅつげん》。
臆《おく》せず飛翔《ひしょう》——跳《と》びかかる一体を刃《やいば》で両断《りょうだん》／爆発する前に包囲を突破《とっぱ》。
西方二キロ地点——Ｂ３からＢ２フロアへ上昇《じょうしょう》／脱出《だっしゅつ》。
《雛さん!! 返事をなさい雛さん!!》
鳳——素早《すばや》く迂回《うかい》／撤退《てったい》／掃射《ダダダ！》・掃射《ダダダ！》。

四方から迫《せま》り来る小蟹の群《むれ》を牽制《けんせい》／狭《せま》い空間で激《はげ》しい爆圧《ばくあつ》にさらされるも必死に飛行。

東方三キロ地点——B2からB3フロアへ下降／脱出。

「……」

そして——雛。

南方二キロ地点——B6フロア。

目的地を目指し、暗闇を一目散に飛翔——さらに下降／下降／下降。

その心にあるのは、根拠が確かでなければ、きっと誰も聞いてくれないということ。

何を言っても信じてもらえなかった、あのときみたいに。

雛には分かっていた——自分が女の子である**危険**《きけん》を。

母に離婚《りこん》され置き去りにされて鬱屈《うっくつ》する**父**。雛に目をつけ始めた同じスクールバスの**上級生たち**。雛に不気味な目を向けるスクールバスの運転手の**おじさん**。彼らが、いかに**危険**だったか。全《すべ》て、雛には分かっていた。

ちょっとした気配／雰囲気《ふんいき》／目つき／動き／言動／変化／反応《はんのう》といったことから、具体的に何がどうなるか分からないが、隠《かく》された危険が確《たし》かにそこにあるということを正確《せいかく》に感じ取っていたのだ。たとえ誰にも信じてもらえなくても。

当時九歳《さい》だった雛は正しく行動した。

男の子の格好《かっこう》をして、自分が女の子ではないことを必死にアピール——だがすぐにバレた。というより誰も相手にしなかった。

そうする間にも危険は増大《ぞうだい》。誰にも信じてもらえない恐怖《きょうふ》に怯《おび》え、必死に助かる手段《しゅだん》を探《さが》し、そして意外なところでそれに出くわした。父を避《さ》けるために居座《いすわ》っていた図書館の無料視聴《しちょう》サービスで、偶然《ぐうぜん》、とても古い映画《えいが》を観《み》たのだ。

『ターミネーター』——未来から訪《おとず》れる怪物《かいぶつ》の映画。

それはまさに雛だった。

怪物に襲《おそ》われるヒロインは、未来が理由だと教えられて混乱《こんらん》する。

ヒロインを助ける男は、未来から来て全てを知っていると告げる。

そして怪物は、、、、未来を変えるためにヒロインを襲う。

危険の原因《げんいん》は全て未来にあり、それを知る者にしか解決《かいけつ》できず、誰かに説明しても全く、、、、、信じてもらえない。そんな、雛の雛による雛のためのと評《ひょう》すべき映画から、雛はあるものを知った。未来から来た男が、怪物と戦うため、ヒロインにその製造法《せいぞうほう》を教えるのだ。

パイプ爆弾《ばくだん》の作り方を。

怪物と戦うための武器《ぶき》——その制作《せいさく》手段を、雛は必死に探した。

図書館の本を調べ、父の名義《めいぎ》で軍隊から爆弾のマニュアルを取り寄《よ》せたが、難解《なんかい》すぎて意味が分からず、さらに学校に嘘《うそ》の病欠届《びょうけつとど》けを出し、父の端末《パソコン》でネット検索《けんさく》。悪戦苦闘《あくせんくとう》の検索の末に——ついにそれが出現《しゅつげん》した。

『プリンチップ《Princip》株式会社《Inc.》の自作爆弾のホームページにようこそ!!』

それはなんとも不思議なページだった。

どこの会社かも分からず閲覧《えつらん》するうち、画像《がぞう》がピカピカ点滅《てんめつ》し、ぼんやり意識《いしき》が薄《うす》れ、変な図や数字や記号が目の前を踊《おど》り始めたのだ。

そしてぷつんと意識が途切《とぎ》れ、はっと気づいたときには、朝だったはずの外の景色が、危険な黄色に満ちた夕焼けに包まれていた。

十時間以上も見続けていたはずのホームページはいつの間にか消えていて、幾《いく》ら検索し直しても、二度と見つけられなかった。だがそれは大した問題ではなく、重要なのは、いつの間にか作れるようになっていたということだ。未来から来る怪物と戦う武器《ぶき》を。

いったいどういう仕組みか分からないが、雛はそれ以来、何と何をどう組み合わせれば、それが作れるか自然と分かるようになっていた。

かくして光明は見出《みいだ》された。雛は家や学校にある全ての物を活用し、驚《おどろ》くほど短期間で、自分の助けとなるものを大量に製造した。

そして生き残るすべを求めて目覚めた、あの朝が来た。

時限式《じげんしき》パイプ爆弾の束をバッグの中に入れ、学校に向かい――

その途上《とじよう》、悲劇《ひげき》が起こったのだ。

学校から帰宅《きたく》するスクールバスが、突然《とつぜん》に急カーブをしたかと思うと、よりにもよって学校の数百メートル手前で、乗用車と激突《げきとつ》。

衝撃《しょうげき》が襲い、子供《こども》たちが悲鳴を上げ、運転手が頭を窓《まど》に打ちつけ、雛が通路に投げ出され、全部で七本のパイプ爆弾がバッグから躍《おど》り出て宙《ちゅう》を舞《ま》い――暴発《ぼうはつ》した。

内側から発生した爆風と炎《ほのお》によってバスは崩壊《ほうかい》／運転手十八名の子供が死亡《しぼう》。

雛は肉体に重大な障害《しょうがい》を負い、すぐに福祉局《ふくしきょく》の〈子供工場〉にて機械化――労働自動育成コース行きに。

また同日、雛の自宅にて爆弾が炸裂《さくれつ》――父が死亡。惨劇《さんげき》として大々的ニュースに。

後日、死亡した子供たちがマリファナを常習《じょうしゅう》する札つきの悪童であることが判明《はんめい》した。

バス運転手の家宅からは大量の児童ポルノが発見された。

雛の父の部屋の至《いた》るところに飾《かざ》られたナチスの鉤十字《かぎじゅうじ》と、何挺《なんちょう》もの拳銃《けんじゅう》が押収《おうしゅう》された。

犯人《はんにん》は雛の父と推定《すいてい》されるも特定出来ず。

それから数年後。雛が、機械化された手足の訓練中に、クレヨンで高性能《こうせいのう》の対人地雷《じらい》の設計図《せっけいず》を描《か》いたことで事態《じたい》が判明《はんめい》――ただし、九歳《さい》の子供に爆弾製造技術《ぎじゅつ》を催眠《さいみん》学習させるホームページなるものが本当に実在《じつざい》するのかどうかは、今も不明。

いずれにせよ雛にとって重要なのは、未来という名の動機である。確《たし》かめるすべがないそれに理解《りかい》を示《しめ》してくれたのは、たった二人だけ――MSS長官ヘルガと、鳳だけ。

だから、きっと鳳なら分かってくれるはず。

未来から来る怪物を倒《たお》す方法を。

やがて、暗闇《くらやみ》の中、雛は目的の場所に辿《たど》り着くと、ふわりと床《ゆか》に舞い降《お》りた。

暗い地底の闇に心まで呑《の》み込まれそうになりながらも、雛は歯を食いしばって両耳を覆《おお》うヘッドホンに手を当て――おそるおそる、それを外した。

IV

掃射《ダダダ！》・掃射《ダダダ！》・掃射《ダダダ！》――火の粉とともに迫《せま》る爆圧《ばくあつ》で損傷《そんしょう》を受けることを覚悟《かくご》／包囲を試みる小蟹《こがに》たちへ掃射《そうしゃ》しながら、なおも雛に呼《よ》びかけようとし――はたと鳳は気づいた。

なぜ、小蟹たちは正確《せいかく》に自分を追跡して自爆できるのか？

音響《おんきょう》ならばこの爆音で連鎖《れんさ》爆発を起こすはず。動作感知ならば動く仲間同士を攻撃《こうげき》し、温度感知ならば群《むれ》をなして炎に飛び込んでしまうだろう。

自分だけをこの地下で正確に特定する手段《しゅだん》はただ一つ。

通信だ。

それこそ雛が真っ先に遮断《しゃだん》したもの――この敵《てき》は、地上と地下をつなぐ強力な電波を感知し、追いかけ、爆発するのだ。

《敵の探知《たんち》手段が判明!! 通信です!! 目標を発見するまで全通信を停止!!》

《マジぃ!?》

乙――素《す》っ頓狂《とんきょう》な叫《さけ》び。

その声を鳳が遮断/通信車両とのコンタクトも全《すべ》てカット/自分の位置を知らせる信号もオフに。

飛翔《ひしょう》――素早く退避《たいひ》/背後《はいご》で最後の通信を感知した小蟹たちが炸裂――怪物《かいぶつ》の舌《した》のようにひらめく炎を必死にかわす。

暗黒の地下迷宮《めいきゅう》で完全孤立《こりつ》――敵の罠《わな》にそうとも知らず飛び込《こ》んでしまった。

本部との連携《れんけい》も不可《ふか》。仲間と合流することも困難《こんなん》。雛には分かっていた、い、い、いたのだ。

い、い、い、もし自分が敵なら、どうやって自分たちの連携を断《た》ち、孤立させ、撃退するか。

その声を真摯《しんし》に聞くものがいなかっただけで。

激《はげ》しい後悔《こうかい》の念――それを振《ふ》り払《はら》って思案。

敵は群だ。この広大な地下迷宮でたった三人。

連携を断たれた状態《じょうたい》で援護《えんご》もなく、どうやって本体を追い立てればいい？

ふいにどこからか断続的《だんぞく》に響《ひび》く音を感知——乙か雛かと思い、身を翻《ひるがえ》して飛翔。

広々とした空間——東方四キロ地点B5フロア。

かつての地下運河《うんが》の名残《なご》りに出るなり、あまりのことに、呆気《あっけ》に取られた。

暴動鎮圧用《ちんあつよう》のワイヤーで括《くく》られた小蟹たちが、あちこちでジタバタもがいている。

誰《だれ》がやった？　警察《けいさつ》？　味方？

第三者の存在《そんざい》が明らかとなったその直後——今度は、暗闇全体が震撼《しんかん》したかと思うほどの猛烈《もうれつ》な地響きが発生し、天井《てんじょう》が震《ふる》え、石くれが小雨《こさめ》のように降《ふ》ってきた。

始まった——敵の本体が、地下から都市を爆撃し始めたのだ。

敵は効果的《こうか》に連鎖爆発を起こして地下道を破壊《はかい》し、地区全体を一挙に陥没《かんぼつ》させ、自分たちごと壊滅《かいめつ》させるだろう。

もはや一刻《いっこく》の猶予《ゆうよ》もない。こうなれば力の限《かぎ》りこの広大な迷路《めいろ》を飛び続け、敵ごと生き埋《う》めになる覚悟《かくご》で要撃を敢行《かんこう》するほか——ない、と断定《だんてい》しかけたそのとき。

新たな音が昂然《こうぜん》と響き渡《わた》った。

暗い地下に突如《とつじょ》として輝《かがや》きが放たれたような音色。

神々《こうごう》しくも雄大《ゆうだい》なる管弦楽曲《かんげん》。

乙──地上付近のB1フロアにまで逆戻《ぎゃくもど》りしたところへ、地底から響き渡る音楽に仰天《ぎょうてん》。

「な……なんだぁ……？」

すぐさま羽のセンサーを駆使《くし》して音源《おんげん》を探査《たんさ》。

南方三キロ地点──B9フロア。

直観──おそらく通信の代わりに雛が呼《よ》んでいるのだ。

瞬時《しゅんじ》の判断《はんだん》／即応《そくおう》──速度を緩《ゆる》めず下降《かこう》──下降──下降。

敵《てき》との遭遇《そうぐう》を恐《おそ》れず、次々に下階へのトンネルを飛び抜《ぬ》けてゆく。

やがてB5フロアにまで降《お》りたとき、行く手に複数《ふくすう》の動くものを感知。

小蟹《こがに》の群と断定──灼熱《しゃくねつ》する刃《やいば》を掲《かか》げて突撃敢行《とつげきかんこう》。

「ドキドキするっしょぉーっ!!」

みるみる接近《せっきん》──小蟹より遥《はる》かにでかい、軽自動車並《な》みの大きさの何か。

暗がりで動くそれに向かって刃を叩《たた》き込んだ──かに見えたが、相手が乙の刃に合わせて大きな腕《うで》を突《つ》き出すや、何をどうされたのか、とてつもなく精密《せいみつ》な動きで、ふわっといなされ、抱《だ》き留《と》められていた。鋼鉄《こうてつ》と鋼鉄がぶつかったはずなのに、柔《やわ》らかいものにやんわりくるまれたような感触《かんしょく》だった。

きょとんとなる乙——その頭上から、ぶっきらぼうな、若《わか》い男の声が降《ふ》ってきた。

「大人しくしろ、坊主《ぼうず》。俺《おれ》は味方だ」

乙——条件反射《じょうけんはんしゃ》的に、むかっとなって反論《はんろん》。

「ぼ……坊主じゃないっしょぉ!?」

叫《さけ》びつつ、ふと目を丸くする／相手の言葉を不審《ふしん》そうに繰《く》り返す。

「……味方？」

ハイドン作曲『十字架上《じゅうじか》のキリストの最後の七つの言葉』＝大音量。

その音色を、雛が、己《おのれ》の羽を通して増幅《ぞうふく》＝大音響。

第四ソナタ『神よ、なんぞ我《われ》を見捨《みす》てたもうや？』のうめき。

周囲には海のようにひしめく小蟹の大群《たいぐん》——さながら地獄《じごく》の光景。

だが雛には分かっていた。

彼らの大半は一定以上の音響《おんきょう》が発生している間、センサーがオフになり、眠るのだ。

でないと一体が爆発《ばくはつ》した途端《とたん》、勝手に連鎖《れんさ》爆発が起こり、大して効果的ではない破壊になってしまうから。

ただし群《むれ》の中に必ず何体か、侵入者《しんにゅうしゃ》撃退用の個体《こたい》がいて、通信感知と同時に周囲の群に連鎖順序《じゅんじょ》を指定する。指定された個体は音響に構《かま》わず対象へ次々に跳《と》びつき、相手が自分たちより小さくなるまで爆発し続けるのだ。

むろん、どれが連鎖指定をする個体か、雛には分かっている。

音響で群を眠《ねむ》らせているうちに、その個体をそっとつかまえ、刺激《しげき》しないよう気をつけながら解体《かいたい》し、自分専用《せんよう》の連鎖指定スイッチに改造《かいぞう》していた。

そして、待った。敵《てき》の本体を。ここが敵の巣であることも分かっていた。

なぜなら小蟹たちを作り出すための電力供給《きょうきゅう》が必要だから。

でも大電力を抜いたらすぐにバレるから、あちこち地下ケーブルを工作し、小規模《しょうきぼ》な電力供給ケーブルを幾《いく》つもここに引いているのだ。雛はただ、そのケーブルを追っただけ。

かくして、第六ソナタ『果たされた！』が終わり、第七ソナタ『父よ、その手に私の霊《れい》を委《ゆだ》ねます』に差し掛《か》かったとき。

突如《とつじょ》として、すぐ向こうで汚水《おすい》が波立ち、ザバーッとそれが、姿《すがた》を現《あらわ》していた。

蟹というより、巨大《きょだい》なザリガニをプレス機で平べったくしたような異様《いよう》な姿。

汚水まみれの扁平《へんぺい》な体／腹《はら》に大量の小蟹を内蔵《ないぞう》／電力確保《かくほ》のための二本の角が不気味に収縮《しゅうしゅく》──ガサガサと音を立てて怪物《かいぶつ》がやって来るさまに、雛は気絶《きぜつ》しそうになりながらも必死に耐《た》えた。

怪物が大音響の音源を探《さが》してしきりに顔を左右にやり、ふと、コンクリートの堤防《ていぼう》の上／水道管の束の陰《かげ》で、羽を震《ふる》わせる雛に気づいた。

いきなり突進《とっしん》を開始――その瞬間《しゅんかん》、雛の手が、スイッチを押《お》した。

数十体の小蟹たちが、自分を生み出した親蟹の腹の下で一挙に炸裂《さくれつ》。

灼熱の火球――キリストが槍《やり》に貫《つらぬ》かれた衝撃《しょうげき》を再現《さいげん》したかのような黙示録《もくしろく》的大爆発。

爆風・炎《ほのお》・飛散する破片《はへん》の嵐《あらし》の中、自分だけは絶対安全という芸術《げいじゅつ》的計算によって位置取る雛は、爆音が収《おさ》まる前に陰から手を突き出した。

左腕《ひだりうで》の連結式爆雷《チェーン・マイン》を一挙投擲《とうてき》――濛々《もうもう》たる粉塵《ふんじん》と炎へそれが消え、さらに連鎖爆発。

ついで右手を突き出し、火炎放射器《ファイアーブラスター》を放射。

暗闇《くらやみ》が吹《ふ》き飛び、一面、赤いペンキでも塗《ぬ》ったような火の色に。

その一部始終で上がり続ける叫び。

「いじめないで、いじめないで、ボクをいじめないでぇーっ!!」

タンクが空に――そこら中で燃《も》え盛《さか》る炎／壁《かべ》のように立ちこめる粉塵。

手持ちの武器《ぶき》を使い尽《つ》くした雛が、思わず祈《いの》るように鼻の頭に指を伸《の》ばし――凍《こお》りついたようになった。

ない。飛行中か爆風のせいか、気づけば鼻に貼《は》られたはずの絆創膏《おまじない》がなくなっていた。

ふいに、炎の向こうで巨大なものがゆっくりと動き出した。

体がひしゃげて歪《ゆが》んだ大蟹。

その全身を覆《おお》うどろどろの汚《きたな》らしいもの＝汚水を固めた氷結装甲《ひょうけつそうこう》――爆撃《ばくげき》に耐久《たいきゅう》。

大蟹が角を振《ふ》り上げ、凄《すさ》まじい勢《いきお》いで雛に向かって突進を開始。

ひっ、と雛が悲鳴を詰《つ》まらせた。

襲《おそ》い来る敵／パニック――恐怖《きょうふ》のあまり体も頭も痺《しび》れたようになる。

がくがく震えながら後ずさったその頭上で、猛然《もうぜん》と叫《さけ》びが起こった。

「雛さんっ!!」

鳳――最大速度で急降下《きゅうこうか》。

びっくり顔の雛を左腕でかっさらうようにして抱《だ》き取り、すぐさま退避《たいひ》。

大蟹が水道管を引き裂《さ》き壁に激突――頭部がひしゃげながらも鳳と雛を追って顔を振り立て走り出したところへ、さらに突撃滑空《かっくう》する青い輝《かがや》き――乙。

「ドキドキしてきたねぇーっ!!」

灼熱《しゃくねつ》する刃《やいば》が一閃《いっせん》――大蟹の右脚《みぎあし》を二本切断《せつだん》。

大蟹がバランスを崩《くず》して汚水に倒《たお》れるも、氷結装甲を脚の代わりにして、すぐさま姿勢《しせい》を立て直し、素早《すばや》く脇《わき》のトンネルへ飛び込んだ。

迅速《じんそく》に三人の包囲をかわし、暗闇《くらやみ》に逃《に》げ込む——かに見えたとき。

突然の火線が激《はげ》しく要撃を開始。

トンネルに陣取《じんど》る第三者が放つ弾丸《だんがん》の雨を浴び、大蟹が身をよじるようにして後退《こうたい》。

汚水を跳《は》ね散らし、元の位置に戻《もど》った大蟹の背《せ》へ、雛を抱いたままの鳳が、機銃《きじゅう》を掲《かか》げ／構《かま》え／狙《ねら》い——掃射《そうしゃ》。

「ご奉仕させて頂きますわよ——っ《ダダダダダダダダダダダダダダダダダダダダダダダダダダダダダダダダダダダダダダダ!》!!」

特大の火線が乱舞《ダダダダダダダダダダダダダダダ!》／氷結装甲を粉砕《ダダダダダダダダダダダダダダダダダ!》。

装甲を復活させる余裕を与えず大蟹の背を貫通《ダダ!》／カプセル内の脳を破壊《ダダダダダダダダダダダダダダダダダダダ!》。

腹の小蟹にヒット《ダダダダダダダダダダダダダダダ!》。

轟音《ごうおん》——甲羅《こうら》が弾《はじ》け飛び、脚が頭が角が、宙《ちゅう》を舞《ま》った。

ガラガラと音を立てて崩《くず》れる天井《てんじょう》と大蟹の破片が、汚水にしぶきを立てて沈《しず》んでゆく。

鳳——腕の中で羽をたたんで縮《ちぢ》こまる雛とともに床《ゆか》に着地。

「怪我《けが》は？　雛さん？」

雛——鳳を見上げる。胸元《むなもと》で両手を握《にぎ》りしめる。泣きべそ。

「おっ……遅《おそ》いよぉっ!!　鳳ぁっ!!」

目を丸くする鳳──ふと微笑《びしょう》。

雛をもう一度優《やさ》しく抱《よ》き寄せ、その頭を撫《な》でる。

「ごめんなさい……雛さん。……ありがとう」

《要撃に成功。これより帰《き》還《かん》しますわ》

鳳の声──たちまちほっとなる通信車両の面々。

「良かった……」

モニターの前で懸命《けんめい》に祈《いの》りを捧《ささ》げていた冬真──深々と溜《た》め息《いき》。

「ねえねえ」シャーリーン＝冬真の袖《そで》を引っ張《ぱ》って。「知ってる？　Cだよ。答え」

「え……」

きょとんとなる冬真──思い出す。

「C……クイズの？」

「そ。答えは山羊座《やぎざ》ね。うん」

言いたくて仕方なかったらしいシャーリーン──得意顔。

「山羊座ってさ、牧神パーンが、怪物《かいぶつ》テューポーンに襲われたときに、逃げるために変身した姿《すがた》でね。パーンって慌《あわ》て者で有名でさ。でも、実はそうじゃなくてね。恐怖をもたらす神様だったんだね」

「恐怖を……？」

「本人にその気はなくても恐怖が伝染《でんせん》しちゃうんだ。無意識《むいしき》なテロって感じ」

シャーリーン――にここと／友達のことでも話すみたいな気軽な口調。

「そんでパーンは好きになった妖精《スプライト》にも恐怖を伝染させちゃってね。妖精はパニックに陥《おちい》って水に飛び込《こ》んで葦《あし》になっちゃった。パーンは悲しんでその葦で笛を作ってね。シュリンクスの葦笛ってんだけど、その笛の音を聞くと、みんな恐怖が消えて、安らかな眠《ねむ》りについたってさ。そんなわけで、恐怖と安心を司《つかさど》る牧神パーンが、パニックの語源《ごげん》」

《まるで僕《ぼく》らのようだね、ボス》

水無月の声――本人は目を閉《と》じたまま／鳳たちが帰還するまで接続中《せつぞくちゅう》。

《恐怖と安心。それが僕らのビジネスってわけさ》

「ま、そーいうこと。あんたのビジネスは軽犯罪《けいはんざい》とセクハラだけどさ」

シャーリーン――モニターを見て。

「おや、前線部隊がお帰りだ。空と地上と、セットで」

地下から姿を現《あらわ》す輝き――紫《むらさき》・青・黄。

その後ろから現れる者達――第三者たる軍用機体。

軽自動車並《な》みの大きさ／二つの腕《うで》＆四つの脚＆背に丸い操縦者《そうじゅうしゃ》のカプセル＆大きな角。

正式名称《めいしょう》〝ケンタウロス《ツェンタウァー》・AII型《アー・ツヴァイ》〟――別名〝カブトムシ《ケーフェル》〟×十六機が続々と地上へ。

そこへニナが運転する車が到着《とうちゃく》。

バロウ神父が外へ――漆黒《しっこく》の機体に目をみはる。

「なんと。いつの間にMSS地上戦術班《せんじゅつはん》を……」

「MPBから提供《ていきょう》された地図を頼《たよ》りに、ひそかに地下を移動《いどう》……」

ニナ――さらに到着する公用車を見やる。

「全《すべ》て長官の指示《しじ》です」

車からゆっくりと歩み出るヘルガ――にこやかに二人に微笑《ほほえ》みかける。

「やっと揃《そろ》ったわね。私たちMSS……その主力メンバーが」

BVTビル――来賓室《らいひんしつ》。

そのモニター――三人の機械仕掛《じか》けの妖精《スプライト》たち／十六の機体／車両から現れる通信官たち／ニナ・バロウ神父・ヘルガ。

勢揃《せいぞろ》いしたMSSの主力メンバーたちの姿。

呆然《ぼうぜん》となっているエゴン。

「ま、まさか……か、勝手に、地上戦術班を復帰《ふっき》させるとは……」

党員《とういん》バッジ=苛々《いらいら》。

「なんと。独走《どくそう》を許《ゆる》した手前、とがめ立てもできんではないか」

議員バッジ=薄《うす》ら笑い。

「さすが国法研の才媛《さいえん》ヘルガ。見事なお手並《てな》みだね。しかし所詮《しょせん》は少数部隊……どこまでやれるか見物だ」

階級章=尊大《そんだい》。

「今後も、彼らの独走を黙認《もくにん》したまえ、エゴン局長。彼らには、せいぜい、力尽《ちからつ》きるまで戦ってもらおうではないか」

「は……」

エゴン——三人の未来党員幹部《かんぶ》を見つめる目が、ちらりとモニターへ。

遠く映《うつ》るヘルガの姿に、羨《うらや》むとも咎《とが》めるともつかぬ光が目に浮《う》かび——そして消えた。

第五話　シティ・オブ・フェアリーテール（前編）

クイズです♪　クイズです♪
全《すべ》ての悪の心が封印《ふういん》されていた
パンドラの箱が開かれたとき、
最後に現《あらわ》れたのは「希望」の心。
ではなぜ、この「希望」は最後
まで出て来なかったのでしょう？
A☆目が見えなかったから
B☆怖《こわ》がりだったから
C☆眠《ねむ》っていたから

I

《さー、答えはどーれですかしらーっ？　乙《ツバメ》さん、雛《ヒビナ》さん？》

鳳《アゲハ》の声なき無線通信《ウィスパー》——小さなビルの屋上にて警護中《けいごちゅう》。

ミリオポリス第十四区《ペンツィング》——小綺麗《こぎれい》な通りを挟《はさ》んだ、向かいの小さなモスクでは、宗教《しゅうきょう》連絡《れんらく》会議の真っ最中。

その近辺にて警戒《けいかい》待機中の二人——返答なし。

「オレ、初めてケータイもらっちった！　すんげー機能《きのう》っしょー、これ！」

並木《なみき》道《みち》のベンチに座る乙《ツバメ》——小隊の制服《せいふく》＝青いスカート。可憐《かれん》な唇《くちびる》にくわえたロリポップをガリガリ齧《かじ》り、自分専用《せんよう》のPDA＝携帯《けいたい》用小型端末《たんまつ》を操作《そうさ》。

各種コンテンツ企業《きぎょう》のページにアクセス／山のようにゲームをダウンロード。

「…………」

ビルとビルの暗い隙間《すきま》にうずくまる雛《ヒビナ》——小隊の制服＝芥子《からし》色のスカート。

いつも通り自己《じこ》閉鎖中《へいさちゅう》——両耳にヘッドホン＆腰《こし》に旧式《きゅうしき》アイポッド。

地面にしゃがみ込んで工作キットを並《なら》べ、支給《しきゅう》されたばかりのPDAをバラバラに分解《ぶんかい》／中身を確認《かくにん》／組み立て。鳳のバカバカもし爆弾《ばくだん》や毒や盗聴器《とうちょうき》や洗脳装置《せんのうそうち》が組み込まれていたら大変なのに怖《こわ》いのに知らない人が作ったものなんて絶対《ぜったい》信用できないのに。

二人とも絆創膏《おまじない》を支給済《ず》み――乙＝ほっぺ／雛＝小さな鼻の頭。

《お・ふ・た・り・さ・ん♪》

鳳――PDAの複数《ふくすう》通信をオン／強制《きようせい》通話＝傲然《ごうぜん》とした怒《いか》りの声。

「そのPDA《ケイタイ》に、あたくしにだけ操作可能《かのう》な自爆装置《オプション》をつけますわよ」

「Bっす」「Cです」

乙＋雛――PDAに向かって即答《そくとう》。

《警護中は周囲に気を配ること。そんなんじゃ、いざというときに対応《たいおう》できませんわ》

鳳――小隊の制服＝紫《むらさき》のスカート／PDAの通信対象を切り替《か》え、優《やさ》しく質問《しつもん》。

「冬真《トウマ》さんはどれですの？」

通りに停車中の通信車両から出てきた冬真――懐《ふところ》にPDA／通話用イアフォンを左耳に装着《そうちゃく》。ちょうど警戒に疲《つか》れて気晴《きば》らしに出たところへ呼《よ》びかけられ、ぎくっとなる。

「え、えっと……A？　目が見えなかったから？」

《さあ、どれでしょう♪》

PDA越《ご》しの声＝やたら嬉《うれ》しげ――さらに同時通信で呼びかけ。

《ニナさんは？》

「少し待て」

通信車両の隣《となり》に立つニナ――PDAではなく旧式の携帯電話でネット検索《けんさく》。

「ふむ……予言神プロメテウスが世界中の悪を封《ふう》じ込めたという箱、正確《せいかく》には壺《つぼ》であるそれは、パンドラという名の女が所持したことからパンドラの箱と呼ばれ……」

《ニナさん！　ルール違反《いはん》ですっ！》

「速《すみ》やかな情報《じょうほう》収集《しゅうしゅう》が私の仕事でな」

ニナ＝淡々《たんたん》と――道路を振《ふ》り返る。

「地上戦術班《せんじゅつはん》が到着《とうちゃく》した。クイズの答えは仕事の後だ」

《くれぐれも答えを言ってはいけませんわよ、ニナさん》鳳＝憤然《ふんぜん》と念押《ねんお》し。

「了解《りょうかい》した」

ニナの応答――と同時に、獣《けもの》が低く唸《うな》るような音が通りに響《ひび》いた。

冬真がニナのそばに来る／道路を振り返る／ぎょっとなる。

軍用機体――滑《なめ》らかな漆黒《しっこく》の巨体《きょたい》／背《せ》に丸い操縦席《そうじゅうせき》／頭に鋭《するど》い角。

二つの腕《うで》&四つの脚《あし》を折《お》り畳《たた》み、脚の付け根の装甲《そうこう》タイヤで移動《いどう》。

正式名称《めいしょう》〝ケンタウロス《ツェンタウァー》・AII型《アー・ツヴァイ》〟――またの名を〝カブトムシ《ケーフェル》〟×二台が到着。

「怖《こわ》いのが来たぁ……」

雛——怯《おび》えた顔をビルの隙間《すきま》から覗《のぞ》かせる。

「うほっ、すっげー！」

乙——元気良くベンチから立つ／駆《か》ける／跳《と》ぶ——機体頭部に軽《かろ》やかに着地。

「ねー、オレにもこれちょーだいっ！」

機体から声が飛ぶ。

「坊主《ぼうず》、危《あぶ》ないぞ」

乙＝むかっ——スカートの裾《すそ》をつまんでヒラヒラさせる／女の子であることを顕示《けんじ》。

「坊主じゃねーっしょぉ!? ほらぁ！」

「坊主じゃない……？」

機体の背が装甲を開く——若《わか》い男が姿《すがた》を現《あらわ》す。

地上戦術班の制服《せいふく》——精悍《せいかん》な顔／切れ長の黒眼《くろめ》／頭を覆《おお》う真っ白な布《ぬの》／後ろで束ねた長いコルク色の髪《かみ》——憮然《ぶぜん》とした顔つきの、若々しい虎《とら》の風情《ふぜい》。

男が真顔で乙を見つめる——ぼそりと言い直す。

「小僧《こぞう》」

「こぞ……」

乙＝絶句――むかつき顔でわめく。

「なにこのあんちゃん、頭おかしーっしょ」

「あんちゃん……」

男＝さらに憮然。

「可愛《かわい》いお嬢《フロイライン》さんに失礼だぞ、日向《ヒナタ》」

笑いをふくんだ穏《おだ》やかな声――もう一台が装甲を開く。

もう一人の若い男が機体から降《お》りる――戦術班の制服／瑠璃色の瞳《サファイア・ブルー》／滑らかな長髪《ちょうはつ》のブロンド／引き締《し》まった白皙《はくせき》のおもて――青い瞳《ひとみ》をした、しなやかな豹《ひょう》を連想。

ニナと冬真の方へ歩み寄《よ》り、優雅《ゆうが》に敬礼《けいれい》――親しげな微笑《ほほえ》み。

「地上戦術班、予定通り到着……だ、潮音《シオン》。全十六機を各区域《くいき》に配置。いつでも動ける」

無愛想《ぶあいそう》にうなずくニナ。

「局長は屋内で会合中だ。別命あるまで待機。それと……成人前の名で私を呼《よ》ぶな」

文化委託《いたく》された漢字名《キャラクター》は二十五歳《さい》の成人時にミドルネームに――だが男は微笑んで言った。「ともに戦いにおいて名乗り合った名だ。もうしばらく大切にしても良かろう」

ニナは無言――ぷいとそっぽを向く。相手を嫌《きら》っているというより、それが互《たが》いに慣《な》れ親しんだ仕草という感じに冬真には思えた。つまりそれだけ古くからの知り合いなのだ。

男が冬真に微笑みかける――すっと手を差し出す。

「そういえば、この街に帰還《きかん》したばかりで、お互いの紹介《しょうかい》がまだだったね」

「あ……はい」

冬真――相手の悠然《ゆうぜん》とした振《ふ》る舞《ま》いに見とれながら手を握《にぎ》り返す。

「冬真・ヨハン・メンデルです」

「**ホルスト・御影《ミカゲ》・ブレネンデリーベ**、〈ミリオポリス公安高機動隊《MSS》〉地上戦術班《せんじゅつはん》の専任《せんにん》士官だ。階級は少尉《しょうい》だが、それに見合った待遇《たいぐう》を与《あた》えられたことは、まだ一度もないな」

いたずらげなウィンク――手を離《はな》してもう一台の機体を指さす。

「あれは副長の**ロルフ・日向《ヒナタ》・アナベル**。階級は伍長《ごちょう》だが働きは准尉《じゅんい》なみだ。実戦ともなれば私より有能《ゆうのう》かもしれん」

乙とにらめっこしていた男＝日向がこちらを向く。

「買いかぶりすぎだ。お前はそうやって人をおだてて働かせるんだ、御影」

「へー、あんちゃん強いんだ」乙＝感心。

「あんちゃんじゃない。日向だ、坊主」

「だーから、坊主じゃねーっしょー!?」

「ははは。隊員同士、早速《さっそく》うちとけ合っているな」御影＝鷹揚《おうよう》な笑い。

「そ……そうかな」冬真＝疑《うたが》わしげ。

「おや、あんな所に麗《うるわ》しの要撃《ようげき》小隊長がいるな」

頭上を仰《あお》ぐ御影——手を振る。

小さなビルの屋上で、鳳が笑って手を振り返すのが見える。

それで、どうやら鳳はこの面々と顔なじみらしいということを冬真は察した。

ふとニナが振り返る。

「どうした、雛？」

「……」

雛——ビルの隙間《すきま》から半身を出し、警戒心《けいかいしん》のこもった顔でこちらを見ている。

「もう一人の要撃小隊員か」

御影が雛へ歩み寄る——気さくに手を差し出す。

「君のファイルは拝見《はいけん》させてもらったよ、お嬢《フロイライン》さん」

「ボク、男の子だもん」

雛＝いつもの主張《しゅちょう》——小さな肩《かた》をすくめて警戒を堅持《けんじ》。

「知らない人と話しちゃ駄目《だめ》だもん」

「これは失礼、雛くん」

あっさり同意する御影——差し出していた手を懐《ふところ》へ。
「では、これを見せれば信用して頂《いただ》けるかな?」
PDAを取り出す=液晶《えきしょう》パネルを展開《てんかい》——本体の何倍も画像範囲《がぞうはんい》が広がり、何人か並《なら》んで撮《と》られた写真が映《うつ》し出される。
「……鳳だ」
目を丸くする雛——その言葉で、冬真も思わず近寄《ちかよ》ってそれを見た。
一枚《まい》の記念写真=MSSの制服《せいふく》を着て、こちらを見て立っている七人の男女。
小柄《こがら》な女性《じょせい》——MSS長官ヘルガ。
ニナ——腰《こし》まである長い髪《かみ》/冬真が一度も見たことがないスカート姿《すがた》。
御影——短い髪/どこか悲しげな微笑《びしょう》。
日向——同じく短い髪/頭部から額《ひたい》へ斜《なな》めに走る疵痕《きずあと》=今かぶっている白い布《ぬの》はそれを隠《かく》すためだと知れた。
鳳——今よりまだ幼《おさな》い顔/短い髪/にっこりとした微笑《ほほえ》み/綺麗《きれい》な、傷《きず》のない左目。
そして、二人の少女——まるで鳳を守るように、それぞれの手を鳳の肩に置いている。
おかっぱの赤毛にミント色の目/そして男の子のように短い金髪に萌黄《もえぎ》の目。
名も知らぬ少女たちに、冬真は少し、どきっとなった。

以前、オフィスの鳳のデスクで見た写真と、同じ少女たちだったからだ。

咄嗟《とっさ》に、彼女たちについて訊《き》こうとしたが、その前に御影がPDAを操作《そうさ》していた。

「他《ほか》に、こんなのもある」

どこかのファッション雑誌《ざっし》の表紙を写した画像——冬真＋雛が、同時に声を上げた。

「ニナさんだ」「ニナだ」

綺麗に着飾《きかざ》ったニナ——今より若《わか》い／髪が長い／冬真の知らない初々《ういうい》しい笑顔。

御影——秘密《ひみつ》を共有しようとするささやき声。

「知る人ぞ知る、彼女の過去《かこ》の職業《しょくぎょう》だ。かつてトップモデルとして映画《えいが》業界にも……」

すたすたとやって来るニナ——無言で御影のPDAを引ったくる／目にも止まらぬ素早《すばや》い指さばき／一瞬で画像を完全デリート——怖《こわ》い顔で本体を返す。

「じきに会議が終わる。余計《よけい》なことをしていないで持ち場につけ」

「了解《りょうかい》だ、潮音《シオン》」

悠然《ゆうぜん》と敬礼《けいれい》する御影。

ニナは何も言わず、むっつりときびすを返して通信車両へ入って行ってしまった。

「甘《あま》いな」

御影——いささかも動じずPDAを操作／先ほどと同じ画像が出現《しゅつげん》。

「バックアップは基本《きほん》だろう？」

冬真＋雛——ニナの怒《いか》りが怖くて無言。

「信用して頂けたかな？　私と君は、今より以前から、同じ組織《そしき》に属《ぞく》していたわけだ」

雛——まだ警戒《けいかい》を残しつつ、こくっと小さくうなずく。

「さっきの写真……鳳のそばにいた人たちのこと、知ってるのぉ？」

「もちろんだ」

御影が先ほどの画像を再《ふた》び呼《よ》び出してみせる。

「赤い髪をした方は螢《ホタル》……こちらは皇《スメラギ》。どちらも鳳のチームメイトだった」

「鳳がリーダー？」

「いいや。この螢がリーダーだ」

雛——画面から目を離《はな》し、御影を見上げて。

「なんで死んだの？」

「……聞いていないのか？」

また小さくうなずく雛。

「乙ちゃんも知らないって言ってた」

その様子に冬真はちょっと驚《おど》いた。てっきり乙と雛は知っていると思っていたのだ。

鳳が頼《たよ》りにしていた仲間たち——今は天国《そら》から見守っているという二人の少女のこと。

「私も……詳《くわ》しいことは知らなくてね。ある任務《にんむ》でのことだったと聞いている」

その声の沈《しず》んだ響《ひび》きから、冬真は、御影が何かを隠《かく》していると感じた。

あるいはそれは公言できない秘密の任務だったのかもしれない。

今のように公然と働けるようになる前は、鳳たちの存在《そんざい》自体が秘密だったのだと、冬真は師《し》であるバロウ神父から教えられていた。

「いつか、鳳の口から聞けるだろう」

御影はPDAをしまい、冬真と雛の肩《かた》を優《やさ》しく叩《たた》いた。

「今も昔もMSSの信念は変わらない。互《たが》いの力をチームに捧《ささ》げ、ともに戦おう」

にこやかな調子でそう言うと、御影は機体の方へ去っていった。

冬真はふと、ビルの屋上から鳳がこちらを見ているのに気づいた。

目が合うと、鳳はにこっと笑った。

冬真や雛が、地上戦術班《せんじゅつはん》という新たな仲間と、手を握《にぎ》り合えて嬉《うれ》しいというようだった。

かつて失われた仲間——その悲しみの影《かげ》が、その微笑のどこかに薄《うす》く漂《ただよ》っているように、冬真には感じられていた。

II

モスク内——会議所。

各宗派《しゅうは》＝キリスト教や仏教など何十人もの指導者《しどうしゃ》たちが集《つど》い、情報《じょうほう》と意見を共有。

「それぞれが情報を提供《ていきょう》してくれたことを、ここにいる全《すべ》ての師たちに感謝《かんしゃ》したい」

席を立つ**バロウ神父**——司祭服／白髪《はくはつ》＆灰《はい》色の目＆深い皺《しわ》／老オークの樹《き》の風情《ふぜい》。

「これ以上、我々《われわれ》の教義《きょうぎ》が争いの理由にされるのを防《ふせ》ぐためだ……」

老指導者《イマーム》——静かな声。

「宗教が紛争《ふんそう》の種になるのではない。紛争が、宗教を火に変えるのだ。火を起こそうとする者は、いつでも、宗教とも政治《せいじ》とも関係のないところで利益《りえき》を得ようとする。どうか我らの同胞《どうほう》に、慈悲《じひ》ある対応《たいおう》を」

「承知《しょうち》しております」

ヘルガ——制服《せいふく》／バラの花のような存在《そんざい》感——席を立ち、列席者たちへ誓《ちか》うように敬礼《けいれい》。

「さらなる悲劇《ひげき》を阻止《そし》するため、我々ＭＳＳが全力を尽《つ》くします」

不安と期待が入り交じる宗教者たちの視線《しせん》を受けながら退室《たいしつ》——モスクの外へ。

「私は本部へ戻《もど》ります。もうしばらくのご助力をお願いいたしますわ、神父様」

「ニナと行動すれば良いかね？」

「はい。では、五分後にモニターで」

ヘルガ――通りに停《と》められた公用車に乗り込《こ》む。

走り出す車――それを、バロウ神父とともに近隣《きんりん》の住民が通りから見送っていた。

トルコ系《けい》やアジア系の住民たち――軍用機体の登場で、警戒《けいかい》のこもった彼らの視線を浴びつつ、バロウ神父は通信車両へ。

「お帰りなさい、神父様」

冬真――そばにニナ／奥《おく》に通信解析官《かいせきかん》たち。

「お嬢《じょう》さん方は？」

バロウ神父――冬真が用意してくれた座席《ざせき》に腰《こし》を下ろす。

「別車両で移動《いどう》します」

ニナ――壁《かべ》のマイクで全隊員に指示《しじ》。

「移動だ。〝カブトムシ《ケーフェル》〟は当区域《くいき》の哨戒《しょうかい》ののち合流。これより局長の情報説明を中継《ちゅうけい》する。コードCで受信しろ」

低いエンジン音――通信車両が通りを離れて走り出すとともに、壁の大モニターが複数《ふくすう》のファイルを展開《てんかい》／さらにウィンドウ――ヘルガの顔が映《うつ》し出される。

中継――鳳たちや御影たちにも同じファイルと画像《がぞう》が届《とど》いていることが確認《かくにん》された。
ヘルガ――手に電子書類／通信マイク。
「先日、肉体の死亡《しぼう》が確認された、第四の犠脳者《ぎのうしゃ》ケマル・グルダー……彼が接続《せつぞく》していた仮想《かそう》空間は、既《すで》に破棄《はき》されていたものの、ログの一部が残存《ざんぞん》。その解析結果と、先ほどの宗教《しゅうきょう》会議における情報提供により、一連の犠脳体兵器の部品密輸《みつゆ》において、連絡役《れんらくやく》を果たしていた人物たちが判明《はんめい》したわ」
モニター――表示される名前／潜伏予《せんぷくよ》測《そく》地点／血縁者《けつえんしゃ》のデータ。
「ただし重要なのは彼らではなく、彼らが連絡を取っていた人物……。兵器とその密輸計画を過激派《かげきは》グループに与《あた》えた男……すなわち、あのリヒャルト・トラクルよ」
ヘルガの声が低くなる――ニナやバロウ神父、解析官たちが、その名前に反応《はんのう》し、一様に緊張《きんちょう》を帯びるのを感じて、冬真は思わずそのデータを凝視《ぎょうし》していた。
リヒャルト・トラクル――男／年齢不詳《ねんれいふしょう》／出身不詳／本名不詳。
国際《こくさい》指名手配犯《てはいはん》――関与《かんよ》したとされるテロ・誘拐《ゆうかい》・内乱《ないらん》の膨大《ぼうだい》なリストが続々と現《あらわ》れ、冬真は啞然《あぜん》となった。
「史上最大の武器《ぶき》商人にして、都市型テロの発案者《コンセプトマン》……。その活動はヨーロッパ・アジア・アフリカにまで及《およ》び、またその背景《はいけい》には、幽霊企業《ダミーきぎょう》を装《よそお》ったテロ支援組織《しえんそしき》……プリンチップ社の存在《そんざい》があるとみなされているわ」

さらにデータ開示――プリンチップ株式《かぶしき》会社。

かつてオーストリア皇太子《こうたいし》夫妻《ふさい》を暗殺し、第一次世界大戦を引き起こしたサラエボの青年ガブリロ・プリンチップの名を冠《かん》する幽霊《ダミー》企業。その存在・組織構成《こうせい》は全て不明。

どこからともなく大量の兵器を製造《せいぞう》・供給《きょうきゅう》――テロ組織のみならず犯罪傾向《はんざいけいこう》のある一般《いっぱん》市民にも武器を与え、各地の都市に混乱《こんらん》と恐怖《きょうふ》をもたらす。

「リヒャルト・トラクルは、いわばプリンチップ社のエージェントよ。彼を通して、様々なプリンチップ社製《せい》の兵器やテロ計画が世界各地にばらまかれているわ。彼の逮捕《たいほ》こそ、今や世界中の諜報《ちょうほう》機関の最重要目標であり、私たちＭＳＳの悲願よ」

みしり＝ニナがマイクを握《にぎ》りしめる音が、冬真の耳にも届いた。

そばにいる大人たちだけでなく、ここにはいない鳳や御影たちも、同様に緊張と戦意を高めるのが感じられた。

敵――一連の事件《じけん》の黒幕《くろまく》。

これまでも、冬真はその目で信じがたい戦いの光景を見てきたが、今の緊張はそれとは根本的に違《ちが》った。本当の脅威《きょうい》は、破壊《はかい》的な兵器を手にして迫《せま》る者達ではないのだ。

兵器を用意し、それを誰《だれ》かに握らせることが出来る人物こそ、全ての脅威の背後に存在する、真の脅威なのだった。

「過激派組織の連絡役たちは、間違いなくリヒャルト・トラクルと接触《せっしょく》しているわ。彼らの逮捕こそ、新たな犠脳体兵器の出現阻止《しゅつげんそし》と同時に、リヒャルト・トラクルの具体的な情《じょう》報《ほう》を得る、最大のチャンスとなるでしょう」

ヘルガ――日頃《ひごろ》の艶《あで》やかな笑みが消え去った、苛烈《かれつ》なまでの意志《いし》を秘《ひ》めた表情。

「全隊員に通達。これより三十時間以内に当該《とうがい》人物たちを確保《かくほ》。犠脳体兵器の製造《せいぞう》工場を特定し、これを制圧《せいあつ》。これ以上の悲劇《ひげき》を阻止するための、これは最低条件《じょうけん》よ。いいわね」

「了解《りょうかい》！」ニナ＋解析官《かいせきかん》達の斉唱《せいしょう》。

「り……了解」冬真――やや乗り遅《おく》れて。

バロウ神父は無言――厳《きび》しい顔。ちらりと冬真を見るや、目を閉《と》じて何やら考え込んでしまった。もともと一般市民の冬真が、事件に関《かか》わり過《す》ぎたことを懸念《けねん》しているのだ。

むろん冬真もそのバロウ神父の思案を察している。

自分の身の安全を考えると、それはとても有り難《がた》いはずだった。

けれども、なぜかバロウ神父が無言でいてくれることに冬真は安心していた。

自分がこの場にいることを許《ゆる》すニナに、感謝《かんしゃ》さえしていた。

こんな危険《きけん》な場所にいるというのに。

なんでだろう——我《われ》ながら不思議だった。

ミリオポリス第十八区《ヴェーリング》——ゴミゴミした街並《まちな》み／住宅地《じゆうたくち》／工業団地《だんち》。

御影が率いる〝カブトムシ《ケーフェル》〟たちが、当区域《くいき》の出入り口である道路にて警戒《けいかい》待機。

潜伏予測地点の二百メートル手前で通信車両が停車。

車両後部から飛び立つ〝ハエ《フリーゲ》〟の群《むれ》——羽の生えたカメラつき円盤《えんばん》。

手の平サイズのそれが、遠隔操作《えんかくそうさ》で画像《がぞう》を通信車両に送信。

解析官らが飛ばす〝ハエ《フリーゲ》〟のうち二機を冬真が担当《たんとう》——画面を見守る冬真の背後で、ふと、ニナがバロウ神父に言った。

「以前の訓練の際《さい》、冬真が、画像の送信プログラムの不備《ふび》を指摘《してき》してくれたお陰《かげ》で、一度に飛ばせるカメラの数を増《ふ》やすことが出来ました」

冬真は顔が赤らむのを覚えた。

「す、すいません、余計《よけい》なことを……」

「いや。さすが神父様が見込んだ人材です」

ニナ——完全に冬真を隊員とみなすように。

「犠脳体兵器の分析でも、大いに助けてもらった」

バロウ神父の静かな返答――本来それだけが冬真やバロウ神父の仕事だというように。

「目標の建物です」

通信官の一人が言った。

それで、ニナとバロウ神父の会話が打ち切られ、冬真は何となくほっとした。

元はレストランらしい建物――看板《かんばん》も壁《かべ》も塗装《とそう》が剝《は》がれ、電気さえ通っていない廃墟《はいきょ》。

「あれは？」

ニナの表情が険《けわ》しくなった。

目標の建物の前に、一台の車が停《と》められていた。

青い車体に『POLIZEI』の文字――警察《ポリツァイ》のパトカー。

「現地《げんち》警官が何をしている？」ニナ――素早《すば》く指示《しじ》。「車のナンバーから警官の情報を入手。中の人間に見つからないよう屋内に〝ハエ《フリーゲ》〟を侵入《しんにゅう》させろ。状況《じょうきょう》が分かり次第《しだい》、突入《とつにゅう》する。小隊および戦術班《せんじゅつはん》、準備《じゅんび》は良いか」

《いつでも》凛《りん》とした応答《おうとう》＝鳳。

《同じく》悠然《ゆうぜん》とした応答＝御影。

「カメラが中へ」

解析官の声――モニターに屋内の様子。

そして声が伝わってきた。

III

「ここは俺《おれ》の家です」

少年＝トルコ系《けい》——屹然《きつぜん》とした風貌《ふうぼう》／手に買い物袋《ぶくろ》。

二人の警官——一人が埃《ほこり》のつもったテーブルを盛大《せいだい》に蹴倒《けたお》した＝無言の脅《おど》し。

もう一人＝横柄《おうへい》な説明口調。

「いいや。税金《ぜいきん》を払《はら》わない移民《いみん》の家は、政府《せいふ》が没収《ぼっしゅう》して転売することになってるんだ。ここは政府の物で、お前は家のない浮浪児《ふろうじ》だろう。そして浮浪児は、法律違反《ほうりついはん》だ。俺たちはいつでも、お前を逮捕《たいほ》することが出来るんだ」

脅し役の警官が、カウンターに置いてあった物を、警棒《けいぼう》でまとめてなぎ払った。

レジや花瓶《かびん》や調味料の瓶が床《ゆか》で砕《くだ》け散る。

その暴力《ぼうりょく》の音に合わせて、説明役の警官が言った。

「だが俺たちは優《やさ》しい警察官だ。言うことを聞けば見逃《みのが》してやってもいい」

少年——怯《ひる》まずに。「言うことって？」

「お前みたいなのが生きてく手段《しゅだん》なんてのはスリか盗《ぬす》みか麻薬《まやく》を売るくらいしかない。それでお前が稼《かせ》いだ半分を俺たちに渡《わた》しな。税金としてだ。それでここに住ませてやる」

「盗んだことなんてない。麻薬もない」

「心配ないさ」説明役の警官──にやりと。「どうせ食い物がなくなりゃ嫌《いや》でも盗まなきゃならなくなる。麻薬の種がないってんなら……そういうルートを紹介《しょうかい》してやる」

「麻薬を売ったら死刑《しけい》になる」

「この国じゃ残酷《ざんこく》なことはしない。麻薬を使えば犯罪《はんざい》だが、売り買いは大半が合法だ」

ふいに脅し役が近寄《ちかよ》り、少年の手から買い物袋を叩《たた》き落とした。

床にオレンジやパンがばらまかれた。オレンジの一つを脅し役が踏《ふ》み潰《つぶ》した。

だが少年は眉間《みけん》に皺《しわ》を寄せて、じっと宙《ちゅう》を見たままでいる。

説得役が溜《た》め息《いき》をつく──脅し役に指示。

「おい、奥《おく》にいる残りのガキを引きずり出せ」

「ここには俺しかいません。他《ほか》に誰も……」

言い募《つの》る少年を、説得役が引っぱたいた。

少年の鼻と唇《くちびる》から血が飛び、ぐらっとよろめいた。

「嘘《うそ》をつけ。お前たちが二か月以上も前からここに住みついてることは知ってるんだ」

脅し役が、奥のドアを開いた。

暗がり——ひっ、と低い悲鳴が響《ひび》いた。

「男の子と女の子だ」脅し役が言った。

「両方つれてこい。トルコ人ども。素《す》っ裸《ぱだか》にしてベリーダンスを踊《おど》らせてやる」

「弟と妹に手を出すな！」

少年の叫《さけ》び——説得役が息を呑《の》んだ。

脅し役が振《ふ》り返り、少年がいつの間にか握《にぎ》った拳銃《けんじゅう》に、ぎょっと目を剝《む》いた。

「このガキ、銃を持ってやがった！」

脅し役が、素早《すばや》く銃を抜《ぬ》いて少年に向けて構《かま》えた。

「まあ待て、落ち着け」説得役が両手を挙げる——猫《ねこ》なで声。「悪かったよ。な？」

「俺の家から出て行け！」

「分かった分かった。すぐに出て行く」

説得役が笑いながら後ずさり、背《せ》を向けた——と見るや、素早くまた振り返り、少年の銃を握《にぎ》る方の手首をつかんで、力任《ちからまか》せに引いた。

少年が前のめりに倒れ、銃をもぎ取られた。

その背に、説得役が膝《ひざ》を乗せ、完全に動きを封《ふう》じてしまった。

「俺たちはな、お前と仲良くしに来たんだ。え？　そうだろう？」

奪《うば》った銃を少年の頭に押《お》し当てながら、背骨《せぼね》を折《お》らんばかりに体重を込める。

苦痛《くつう》の声が少年の口から零《こぼ》れた。

「お兄ちゃん！」女の子の泣き声。

「危《あぶ》ねえガキだ。指を何本か折ってやれ」

脅《おど》し役が、銃を少年に向けたまま言った。

「おやめなさい！」

鋭《するど》い叫《さけ》び——警官《けいかん》二人が同時に振り返る。

入り口に少女——鳳。

憤激《ふんげき》——躊躇《ちゅうちょ》なく歩み入り、抑《おさ》えきれぬ怒《いか》りが足を速めさせる。その勢《いきお》いのままに、警官二人が何かを言う前に、凄《すさ》まじい速さで走り寄せていた。

「何だ、お前——」

脅し役が咄嗟《とっさ》に銃を向けたときにはもう、鳳は眼前《がんぜん》にまで来ており、手の平で、相手の脇腹《わきばら》をひっぱたいていた。

なんと、それだけで相手は人形のように宙《ちゅう》を舞《ま》い、吹《ふ》っ飛んで壁《かべ》に叩《たた》きつけられ、白目を剝いて悶絶《もんぜつ》した。説得役が慌《あわ》てて立ち上がり、少年から奪った銃を構えるや、その手を鳳がつかみ、とてつもない力で引っ張《ぱ》った。

「ぎゃっ！」

説得役が悲鳴を上げて、銃を落とし、その場にひざまずいた。

襲《おそ》いかかる激痛《げきつう》――脂汗《あぶらあせ》／苦悶《くもん》の声。

鳳の機械化された手の力で引っ張られたせいで、二の腕《うで》と肩《かた》の関節が一度に外れたのだ。

「馬鹿者《ばかもの》！　誰が突入《とつにゅう》しろと言った！」

ニナの叫び――通信車両からもの凄《すご》い勢いで飛び出していった。

バロウ神父の深い溜め息――冬真は呆気《あっけ》に取られて、モニターを見つめている。

モニターの中では、鳳が、うずくまる警官に向かって、叫んでいた。

「家なき者への恐喝行為《きょうかつこうい》！　子供《こども》への犯罪の教唆《きょうさ》！　違法《いほう》取引の示唆！　それでも、警官ですか!!」

その声は、怒りよりも、切実な悲しみに満ちているように、冬真には思われた。

「いかん……」

バロウ神父が身を乗り出す。

別モニター――倒れていた少年が跳《は》ね起き、落ちた銃を拾うや鳳に銃口を向けたのだ。

「鳳さん！」

冬真が思わず声を上げる——が、鳳は静かに、少年とその銃を見つめている。

そして何を思ったか、腰《こし》ポシェットから、ゆっくりと自分の銃を取り出していた。

「ほら、あたくしも、同じ物を持っていますわ」

優《やさ》しい微笑《びしよう》——少年の目を真っ直《す》ぐに見つめ返しながら。

「これの置き方はね、こうするの」

決して銃のグリップをつかまず、指先で銃身を持ち上げたまま、そっと床《ゆか》に置いた。

その銃から遠ざかりながら、

「さ、あなたも」

穏《おだ》やかに声をかけた。

少年はじっと鳳を見つめたまま、銃口をそらそうとはしない。

「兄ちゃん……」男の子の声——奥《おく》のドアから少年の弟と妹が顔を出す。

「来るな、お前たち！」

少年が叫ぶ——必死の声／追いつめられた者の声。

「ここで、お父様とお母様の帰りを待っているの？」

鳳＝落ち着いた声。

「……父さんが死んだのは分かってる」

少年＝およそ子供らしからぬ硬《かた》い掠《かす》れた声音《こわね》。

「お母様の名前は？」

「ファトマ・シェン」

「――」

鳳のおもてが悲しみを浮《う》かべるのを、少年が見て取り、銃を握《にぎ》ったまま、目を細めた。

「……死んだの？」

鳳は答えず、ただ悲しい顔でいる。

ニナが入り口の前に来て足を止めた。

乙と雛が先に来ており、黙《だま》って中の様子を見守っている。

「そっか……」

少年は、急に力が抜《ぬ》けたようになって、銃を持つ手を下ろした。

歩み寄《よ》る鳳――静かに両手を開き、少年をゆっくりと抱《だ》き寄せた。

「よく頑張《がんば》ったわ」

鳳のささやき――もし少年の母が生きていたら、そうしたように。

少年は微《び》動《どう》だにせず、鳳の胸《むね》に顔をうずめている。

「……泣いていいのよ」

少年の頭を抱《かか》えるようにして鳳が言った。

「泣いていいの」

「戦士は泣いたりしないって……父さんが言ってた。一番上の兄は、強くなくちゃいけないって、母さんが言ってた」

「泣いていいの」

「弟はまだ小さいし……妹は病気だから……。俺が、守ってやんなきゃって……」

「あなたは役目を果たしたわ。立派《りっぱ》に」

少年の両手がおずおずと上がり、一方の手に銃を握ったまま、鳳の背《せ》にしがみついた。細い、すすり泣きの声が零《こぼ》れだしていた。

《警官《けいかん》たちを病院へ搬送《はんそう》。彼らの会話は録音しているな》

現場《げんば》のニナの声が通信車両に届《とど》く。

《よし、彼らの逮捕状《たいほじょう》を用意させろ。我々《われわれ》はあくまで通りがかっただけだ。情報《じょうほう》を照合――長男ノギ十三歳《さい》。次男ハリト十一歳。彼らの妹アーディレ十歳。妹は糖尿病《とうにょうびょう》だ。一日に三度のインスリン注射《ちゅうしゃ》がなければ命がない。医薬品を調達した人物を解析《かいせき》しろ》

冬真は、信じがたい思いでモニター越《ご》しに屋内の様子を見ていた。

電気も水道もガスも止められた廃墟《はいきょ》——そんな場所に二か月以上も子供たちだけで過《す》ごしていたのだ。

父母の帰りを待ちながら——彼らが生きて戻《もど》ってこないことを、半ば悟《さと》りながら。

「小さな兵士たちか……」

バロウ神父の重々しい呟《つぶや》き——冬真はかつてない胸《むね》の痛《いた》みを覚えた。

いったい何でこんなことになったのか。誰《だれ》がそうさせたというのか——

《本当か？》

ニナの声——緊張《きんちょう》／強い怒《いか》り。

思わず冬真も顔を上げてそれを聞いた。すぐそばで解析官がこう告げるのを。

「間違《まちが》いありません。インスリン注射の郵送《ゆうそう》記録にありました。その送付者——リヒャルト・トラクルの名が」

IV

ミリオポリス第十九区《デーブリング》／高層《こうそう》ホテル——二十五階のスウィートルーム。

「どうぞ、召《め》し上がれーっ♪」

鳳の歓声《かんせい》——ルームサービスの食事を囲む子供《こども》たち。

乙、雛、冬真、少年とその弟妹《きようだい》。

「うっは、辛《から》すぎっしょ、これ！」

乙――真っ先に手を出し、チキンケバブに齧《かじ》りつく。

「ボク、酸《す》っぱいの欲《ほ》しい。うんと酸っぱいの」

雛――ちまちまと総菜《そうざい》をつつく。

「……美味《おい》しい」

冬真――空腹《くうふく》を刺激《しげき》されてシーフードとパンを口に運ぶ。

大人たちは不在《ふざい》――戦術班《せんじゆつはん》の日向が、部下とともに廊下《ろうか》とエレベーターホールで護衛《ごえい》。

御影は残りの部下を率《ひき》いてバロウ神父と兵器の工場探《さが》しへ。

ニナはホテルの駐車場《ちゆうしやじよう》に停《と》められた通信車両にて、三人の子供たちの取り調べの準備中《じゆんびちゆう》。

取り調べ――リヒャルト・トラクルの顔を知る〝連絡役《れんらくやく》〟＝少年とその弟妹。

「さ、ノギさんたちも」

鳳――皿に取り分け、渡《わた》しながら。

「……豚肉《ぶたにく》は入ってない？」

少年＝ノギ――警戒《けいかい》しながら。

「大丈夫《だいじようぶ》よ。ちゃんとイスラムの方の食事を用意して頂《いただ》きましたわ」

優《やさ》しく言う鳳。ノギが皿を受け取る。それでやっと弟と妹も皿を手に取り、しっかりと食べ始めるのを見て、鳳がにっこり笑った。

「お口に合いますかしら？」

「うん」弟＝ハリトが屈託《くったく》ない笑顔《えがお》。「でも父さんの料理の方が美味しいね、兄ちゃん」

「ああ」黙々《もくもく》と食べるノギ。

「兄ちゃんの夢《ゆめ》は、コックになることなんだ。父さんみたいに一流のコックに」

「こら」ノギ＝照れたように弟を肘《ひじ》でつつく。「そう簡単《かんたん》になれないよ」

「ううん」妹＝アーディレの真剣《しんけん》な主張《しゅちょう》。「お兄ちゃんが用意してくれた食べ物はみんな美味しかったもの。だからいつかきっと日本でレストランを開くの」

「日本？」冬真＝驚《おどろ》いて。

「兄ちゃんの名前は、日本人の将軍《しょうぐん》と同じなんだ」ハリト＝兄を誇《ほこ》らしく思う笑顔。

「聞いたことがありますわ。大昔の戦争で活躍《かつやく》した日本人の軍人のことですわね」

「乃木《ノギ》将軍っていうの」アーディレ＝嬉《うれ》しげに。「トルコをいじめてたロシアに勝って、トルコの船を助けてくれたんだって」

「勇敢《ゆうかん》で優《やさ》しいノギに、ぴったりのお名前ですわ」鳳＝自分まで嬉しそうに。

「別に」ノギ＝赤面／ぶっきらぼうに。「ノギとかトーゴーとかって名前のトルコ人、け

っこういるけど、みんな爺《じい》さんだよ」

「それで……日本に行きたいんだ」

冬真――今の日本が戦災《せんさい》で荒廃《こうはい》し、文化保全《ほぜん》指定国になっていることは黙《だま》っていた。

乙＝面白《おもしろ》がって割《わ》り込《こ》む。

「オレは香港《ホンコン》に行きたい！　そんでカンフー映画《えいが》に出んのが夢！　すんげードキドキするっしょ！」

雛＝対抗意識《たいこういしき》。

「ボク、ＣＤ屋さん。一日中いっぱい音楽聴《き》いてたいから」

そう言って、つんつんと冬真の腕《うで》をつついた。

「冬真はぁ？」

雛から誰かに声をかけるのは非常《ひじょう》に珍《めずら》しく、冬真はちょっと驚《おどろ》いた。

「僕は……沢山《たくさん》勉強して、バロウ神父様みたいになることかな」

「あたし、お医者さん」アーディレ＝自らが病《やまい》を背負《せお》った者の、真剣な口調。「もう誰も、あんな注射《ちゅうしゃ》なんてしなくて良いように、新しいお薬を作りたい」

「僕《ぼく》はカメラマン」ハリト＝元気良く。「兄ちゃんと日本に行って写真を撮《と》るんだ。カメラは高いけど、お金を貯《た》めて」

「それでしたら――」

鳳――思い出したように席を立つ／ポシェットからPDAを取り出す。

「これをお渡しするよう言われていたんですの。ちゃんとしたカメラではありませんけれど、撮影機能《さつえいきのう》もついてますわ」

「本当？」

大喜びのハリト――PDA＝MSSの支給品《しきゅうひん》。非常時《ひじょうじ》の連絡手段《れんらくしゅだん》に過《す》ぎないそれを、素晴《すば》らしいプレゼントのように高々と掲《かか》げてみせた。

「すごい！」

「みんなで撮るしかねーっしょ」

けしかける乙――ハリトに操作《そうさ》方法を教える。

雛やアーディレや冬真を撮ったり／撮らせたり。

その様子をにこにこと眺《なが》める鳳――ふいにノギがぽつっと訊《き》いた。

「……鳳の夢は？」

子供たちの騒《さわ》ぎに巻《ま》き込まれながら、冬真が思わず鳳を振《ふ》り返っていた。

鳳――満面の笑顔《えがお》／ノギから話しかけてくれたことを心から喜んで。

「街の第二十二区《ドナウシュタット》にある国連都市《UNO-CITY》。そこで国連調停官になることですわ。世界の争いが一

って思ってたけど……アメリカが沢山の爆弾を落とすのを見て、そうなんだって分かった。

やったって、父さんも母さんも言ってた。もう元《もど》には戻らないって。俺はそんなことない

みんな仲良かったのに。イスラムもキリスト教徒も関係なかったのに。何もかも変わっち

それで俺《おれ》たちしか街から出られなかった。いとこや友達は、誰も……。戦争が始まる前は

「バスがみんな壊《こわ》されて、タクシーの値《ね》段《だん》が上がったって父さんが言ってた。一人千ドル。

え広がった――

だが連続テロが発生――それが引き金となってキプロス紛争《ふんそう》と呼《よ》ばれる激《はげ》しい戦火が燃《も》

認《にん》／国連軍が出動／国境線《こっきょうせん》が引かれて鎮静《ちんせい》。

そのためトルコ系の住民と対立――トルコの進軍／EUがキプロスを新国家として承《しょう》

キプロス島――かつてトルコ領《りょう》だったそこで、ギリシャ系《けい》の住民が独立国《どくりつこく》を樹立《じゅりつ》。

それで、冬真も、その島の名前と知《ち》識《しき》を思い出していた。

鳳が神妙《しんみょう》に呟《つぶや》く。

「キプロス……」

ったよ。ギリシャ人やアメリカ人が街に爆弾《ばくだん》を落としても、誰も来てくれなかった」

「ふうん」ノギ＝ふいに声を沈《しず》ませて。「キプロスにいた国連の人は、何もしてくれなか

つでも減《へ》るように」

もう、元には戻らないんだ」
他の子供《こども》たちが楽しく騒《さわ》ぐ中、鳳はじっと黙ってノギの話を聞いている。
二人を見つめる冬真も、ただ聞いているしかなかった。
「鳳が国連の人だったら、俺たちを助けてくれてたかも。なんか……そんな気がする」
ノギは寂《さび》しそうに笑って言った。
失われたものへの思いに、必死に耐《た》えるような笑い方だった。
鳳は、悲しさと嬉《うれ》しさが入り交じった複雑《ふくざつ》な表情《ひょうじょう》で、静かに微笑《ほほえ》んでいた。
やがて――ノギたちのいる部屋から退室《たいしつ》した。
乙と雛は向かいの部屋で待機＝就寝《しゅうしん》。
鳳と冬真は、日向とその部下たちが警護《けいご》するホールを通って、エレベーターに乗った。
鳳はロビーで待機／冬真は通信車両へ。
狭《せま》い箱の中で二人きり。
沈黙《ちんもく》――いつか冬真が拉致《らち》されたとき以来の、滅多《めった》にないシチュエーション。
冬真はなんとなく緊張《きんちょう》するのを覚えた。なんでだろう――素朴《そぼく》な疑問《ぎもん》。
「ノギに……何も言ってあげられませんでしたわ」

ふいに、鳳がうつむいて、小さく声を零《こぼ》した。

なんだか泣きたいのを我慢《がまん》しているような声に、冬真がどきっとなる。

「調停官になりたいだなんて言いながら、和平を望んでも得られなかった子に、何もしてあげられないなんて……。あの子たちは何も悪くないのに……。何も……」

いつも毅然《きぜん》として問答無用でいる鳳が、これほど悄然《しょうぜん》となった姿《すがた》を見るのは、冬真にとって初めてのことだ。

冬真は驚《おどろ》きつつも、しかし、どこかで今の鳳の姿を予想していたような気がした。

泣き虫――そう。いつか聞いた言葉。

泣いてばかりだった鳳を励《はげ》ます仲間たち。

写真の二人の少女――死んだチームメイト。

「あの……嬉しかったんじゃないかな」

冬真――遠慮《えんりょ》がちに声をかける。

「ノギも、ハリトも、アーディレも。鳳さんに助けてもらって。夢《ゆめ》を聞いてくれて。だから……鳳さんに、辛《つら》いことを話したんだと思う」

鳳は無言――うつむいて床《ゆか》を見ている。

「教会にいると分かるんだ。本当に辛いことって、簡単《かんたん》に人に話せないって。ノギは、鳳さんに話を聞いてもらえて嬉しかったんだと思う。話せる人がいるってことが……」

　くすっと笑いが響《ひび》いた。

「冬真さんが教会の見習いの方だというのを忘《わす》れてましたわ。信者さんにもそんな風にお話ししますの？」

「いや……僕は……」

　もちろん教会で告白を司《つかさど》るのは神父であって冬真の出る幕《まく》ではない。

「ごめん……余計《よけい》なこと言って」

　今度は冬真の方がうつむいてしまった。

　鳳は何も言わず、ドアの方を向いている。

　間もなくエレベーターが止まり、ドアが開いた。

　声をかける間もなく――鳳は、冬真を見もせずに降《お》りていってしまった。

　かと思うと、くるりと振り返り、後ろで手を組んだ姿で、真っ直《す》ぐこちらを見た。

「ありがとう、冬真さん」

　すぐにドアが閉《し》まり、冬真が何か言う前に、輝《かがや》くような鳳の微笑《ほほえ》みを隠《かく》してしまった。

　エレベーターが再《ふたた》び動き出すとともに、冬真の胸《むね》の奥《おく》で動悸《どうき》が起こった。

　なんだこれ、と自分でも驚くほど、心臓《しんぞう》がどきどきした。

駐車場《ちゆうしやじよう》のある階で降りても動悸は止まらず、何なんだろう――と心底、不思議がった。

「病院側が受け入れを拒《こば》んでいる？　なら児童福祉局《ふくしきよく》に書類を……。馬鹿《ばか》な！　あの子らを野垂《のた》れ死にさせろと言うのか！」

通信車両のドアを開くなり、物凄《ものすご》い剣幕《けんまく》で電話をしているニナに出くわした。

冬真――すごすごと自分の席へ。

他の解析官《かいせきかん》たちの補助《ほじょ》＝ホテル周辺を監視中《かんしちゆう》の〝ハエ《フリーゲ》〟のプログラム・チェック。

自律《じりつ》飛行中の〝ハエ《フリーゲ》〟の視界《しかい》を確認《かくにん》――ふと、不思議なものがモニターに映《うつ》っているのを見た。

向かいのビル――その屋上の縁《へり》に、誰かが立っている。

小柄《こがら》＝明らかに大人ではない。

咄嗟《とつさ》に思案＝鳳？　乙？　雛？

違《ちが》う――素早《すばや》くカメラをズーム。

その姿をおぼろに確認――顔にかかるほどボサボサの長い金髪《きんぱつ》／明るい萌黄《もえぎ》の目／大きな軍のジャケット／灰《はい》色のズボン／長靴《ながぐつ》のようなブーツ。

どうやら少女――なぜそう判断《はんだん》出来たか冬真自身分からない。

どこかで見たことがあるような顔——

反射的《はんしゃてき》に録画ボタンを押《お》そうと、目を離《はな》した一瞬《いっしゅん》——〝ハエ《フリーゲ》〟が声を拾っていた。

「見られているぞ、皇《スメラギ》」

男っぽい口調——だが声音《こわね》は女の子。

もう一人いる？

慌《あわ》てて画面に目を戻《もど》した。

無人——一秒にも満たぬ間に、幻《まぼろし》のように消失。

〝ハエ《フリーゲ》〟の探査《たんさ》も反応《はんのう》なし——ビルから飛び降りたのでもなし。

見間違いと思う以外に説明がつかず。

「疲れてるのかな……」

「なら休むといい」ニナ＝いきなり隣《となり》に座《すわ》りながら。「書類が整った。明日、あの子らの取り調べを行う。君も同席して、あの子らを安心させてやって欲《ほ》しい」

「書類って……何のですか？」

「未成年を嘘発見器《うそはっけんき》にかける書類だ」

「え……？」冬真＝先ほど見た幻のことを綺麗《きれい》に忘《わす》れるほどの驚《おどろ》き。「嘘って……」

「彼らは兵士として教育されている。偽《にせ》の情報《じょうほう》を流すだけでなく、我々《われわれ》の情報を外部へ漏《も》らすかもしれない」

ニナ――鋭《するど》い口調／完全に断定《だんてい》するような声。

「み……みんな良い子たちばかりですよ」

「だからこそ父母の教えを忠実《ちゅうじつ》に守る」

「でも、鳳さんはあの子たちのことを、そんな風には……」

「鳳の最大の弱点だ。相手が子供《こども》だと見境《みさかい》がつかなくなる。今日も、私の命令を待たずに突入《とつにゅう》した」

あの子らを守るためだ――そう言い返したかったが、ニナがそれを封《ふう》じるように言った。

「鳳の様子がおかしいときは私に報告を。まかり間違えば、鳳の命が危険《きけん》に陥《おちい》る」

冬真――反論《はんろん》できず／何を言っていいか分からず／素直《すなお》に賛同《さんどう》も出来ず――黙《だま》りこむ。

「すまない……強く言いすぎたか」

ふいに冬真の内心を察したようにニナが言った。

「いえ……」

冬真――やや遅《おく》れて反論を見つける／思わず口に出す。

「ニナさんだって……トルコの人じゃないですか。なのに、あの子たちのことを、そんな風に……」

ニナは目をそらし、冬真から顔を背《そむ》けるようにして、どこか遠い宙《ちゅう》を見つめた。

そして、気分を害《がい》したというより、何かを思い出そうとするような顔で、こう言った。

「……私は、トルコが嫌《きら》いだった」

「え……？」

「正確《せいかく》に言えば、古くさい宗教観《しゅうきょうかん》を押しつける父が嫌いだった。トルコ本国が政教分離《せいきょうぶんり》を唱え、公務員《こうむいん》がスカーフを被《かぶ》ることを禁《きん》じたというのに……このオーストリアに、家族とともに移住《いじゅう》した父は、私に、ことあるごとにイスラムの原理主義《しゅぎ》を叩《たた》き込もうとした」

「原理主義……？」

「というより、ただの女性差別《じょせいさべつ》だな」ニナ＝皮肉そうな笑《え》み――切るような声音。「女は肌《はだ》を見せてはならない。女は高価《こうか》な道具であり奴隷《どれい》であり、多額《たがく》の結納金《ゆいのうきん》が見込める商品だからだ。親だけでなく男に対しては絶対《ぜったい》に口答えは許《ゆる》されない。たとえ兄弟であっても、唯々諾々《いいだくだく》とかしずかなくてはならない」

冬真は、ニナのその言葉というより、刃《やいば》のように鋭い口調に、ちょっと唖然《あぜん》となった。

「私はそんな父を嫌って家を出た。自分なりの職業《しょくぎょう》を得たが……父にとって軽蔑《けいべつ》の対象でしかなかった。私は家族と疎遠《そえん》になった」

職業＝モデル。

むしろ父親に対する反感ゆえに、あえて相手が怒《おこ》りそうな職業を選んだのだろうか、と冬真は何となく思った。

「しばらくして、公安の人間が来た。私の家族の行方《ゆくえ》について、しつこく聞かれた。私は知らないと答えた。本当に知らなかった」

鋭い声――それがだんだんと、ニナ自身を、切りつけるような口調になってゆく。

「最後に彼らの顔を見たのはテレビのニュースでだ。父も母も、兄弟や妹たちも、イスラム原理主義を標榜《ひょうぼう》するテロ組織《そしき》に加わり……遺体《いたい》も残らぬような死に様だった」

冬真は、まじまじとニナの横顔を見つめた。ようやく、ノギたちのことで最も胸《むね》を痛《いた》めているのが、他《ほか》ならぬニナであることを理解《りかい》していた。

「私の家族についての聴取《ちょうしゅ》で……ヘルガ長官と出会った。あの人は、私にこう言った。人が原理主義にとらわれるのは、移民《いみん》を受け入れず、冷遇《れいぐう》する国の圧力《あつりょく》のせいでもあると。だが私を見て、希望を感じたと。移民としてのハンデを乗り越《こ》える者もいる……。私はそれで初めて、父が、この国で苦しんでいたことを知った。私は何も知らずにいた自分が嫌になり、それまでの仕事を辞《や》めた。そして真実を知るための職業を目指して学び直した」

「それで……MSSに？」

「最初は軍だ。生活をする上でも最適《さいてき》な職だった。そして情報部勤務《きんむ》の試験にパスし……

やっと知った。誰《だれ》が、私の家族に武器《ぶき》を渡《わた》したのかを。父の心につけいり、家族全員をテロに加担《かたん》させた、ある一人の男の名を」

「男……？」

「リヒャルト・トラクル」

冬真──沈黙《ちんもく》。

漠然《ばくぜん》と感じていた脅威《きょうい》の源《みなもと》が、急に生々しい手触《てざわ》りに変わった感じがしていた。

まるですぐそばにその男がいるような、今も全《すべ》ての悲劇《ひげき》の背後《はいご》で嘲笑《あざわら》っているような、何とも言えない嫌《いや》な気分だった。

この人は、こんな気分といつも戦っているのだろうかとニナを見て思う。

いや──きっと、遥《はる》かに辛《つら》い思いと──

「つまらない昔話だ。適当《てきとう》に聞き流してくれ」

ニナ──いつもの冷ややかさを取り戻《もど》した態度《たいど》。

「いえ……」

冬真──無意識《むいしき》の微笑《びしょう》。本当に辛いことを話してもらえて、何となく嬉《うれ》しかったし、相手にもそう思って欲《ほ》しかった。

「何だあれは？」

ふいに解析官《かいせきかん》の声。

「どうした」

ニナが素早《すばや》く立ち上がる。

モニターの一つ——ホテルの外面。

一角で明滅《めいめつ》する光。誰かが部屋の明かりをつけたり消したりしている。

誰か——部屋にいる者たち＝ノギ、ハリト、アーディレ。

「モールス信号だ！」

ニナの叫《さけ》び——即座《そくざ》に通信マイクをひっつかむ。

「戦術班《せんじゅつはん》！ 彼らが外部と連絡《れんらく》を取っている！ 彼らを拘束《こうそく》、周辺を警戒《けいかい》！」

V

カチカチ——スイッチの音。
「優《やさ》しい人たちだったね」
アーディレ——その周囲で光と闇《やみ》が交互《こうご》に訪《おとず》れている。
「ベッドもふかふか。ずっといたくなるね」
ハリト——名残惜《なごりお》しげ／ＰＤＡの電源《でんげん》を切る。

「父さんと母さんが言ってた。全てが終わったら、神《アラー》が用意してくれた場所に行くって。俺《おれ》たちだけの場所に」

ノギ――部屋のスイッチをオンに／オフに／オンに。

「だからきっと、父さんと母さんが帰る方法を遺《のこ》してくれてる。キプロスへ戻る方法を。俺たちの家への、帰り道を」

「また、あの人たちに会えるかな」アーディレ＝ぽつっと。

「……ああ。きっと会えるさ」

ノギは言った。スイッチを操作《そうさ》する手を止めた。

「帰ろう。俺たちの家に」

「開かねーよ!?」
乙――ノギたちのいる部屋のドアの前／雛とともにたたらを踏《ふ》む。
「どけ、坊主《ぼうず》」
声――足早にやって来る日向。
「だーから坊主じゃ……」
乙を無視《むし》――日向が問答無用でドアを蹴破《けやぶ》った。

内側の重し＝化粧棚《けしょうだな》やテーブルや椅子《いす》を吹《ふ》っ飛ばす。

日向を先頭に部屋へ——無人＝強い風が吹き込む。

蝶番《ちょうつがい》が壊《こわ》され、大きく開いた窓《まど》。

「なんだこれ」

窓から身を乗り出す乙——宙《ちゅう》に舞《ま》う物＝屋上から吊《つる》されたロープ。

「空挺用《くうていよう》ロープだ」日向＝同じく身を乗り出して。「……下か」

二つほど下の階——三つほど左へずれた部屋の窓が、同じように大きく開かれていた。

「警察《けいさつ》に連絡《れんらく》して封鎖線《ふうさせん》を形成！　あらゆる車両をこの地区内で押《お》さえろ！」

ニナの指令——だが解析官の否定的《ひてい》返答。

「駄目《だめ》です。所轄《しょかつ》のパトカーは全《すべ》て出払《ではら》っていると……」

「馬鹿《ばか》なことを……」

ニナの呻《うめ》き——目に見えない拘束《こうそく》を振《ふ》り払うように声を上げる。

「ＭＳＳに対する上層部《じょうそうぶ》の圧力《あつりょく》だ。協力的な治安組織《そしき》を探《さが》し出せ。リヒャルト・トラクルの名を出しても構《かま》わん。あの男を追うための唯一《ゆいいつ》無二の手がかりを見失うと通告しろ」

ロビー――走る鳳。

玄関《げんかん》から出て素早く裏手《うらて》へ――宙に手を差し伸《の》べる。

「転送を開封《かいふう》」

唸《うな》るような音――エメラルドの輝《かがや》きが鳳の手足を包む／粒子状《りゅうしじょう》に分解《ぶんかい》／一瞬《いっしゅん》で置換《ちかん》。

機甲化《きこうか》――その背《せ》で翻《ひるがえ》る、紫《むらさき》の輝きに満ちた羽。

飛翔《ひしょう》――旋回《せんかい》。

羽を通してホテルから出る者を探査《たんさ》――だがノギたちの姿はなし。

「ノギ！　行っては駄目！」

こらえきれず叫ぶ――姿を消した相手に向かって必死に呼《よ》びかける。

「お願い！　戻《もど》って！　ノギ！　ハリト！　アーディレ！　返事をして！」

ホテル裏口。

白衣の清掃《せいそう》業者が、ガラガラと音を立てて車輪付き洗濯籠《せんたくかご》を押しつつ外へ出てゆく。

停車中の業者のトラックへ――だがそのまま通り過《す》ぎ、白衣を脱《ぬ》ぎ捨《す》てた。

スーツ姿《すがた》の無表情《むひょうじょう》な男――さらにその先で停車中のリムジンの前で洗濯籠を止める。

洗濯籠＝ホテルのシーツやガウンの下から次々に現《あらわ》れるノギ、ハリト、アーディレ。

男が無言でリムジンの後部座席《ざせき》のドアを開く。

車内から声。「やあ、子供《こども》たち」

「リヒャルトさん」

ノギが率先《そっせん》して中へ——続いてハリトとアーディレが入っていった。

男がドアを閉《し》め、運転席へ回って乗り込《こ》む／ハンドルを握《にぎ》る／キーを回す。

広々とした後部座席のソファで、もう一人の男が、ノギの肩《かた》に手を回し、言った。

「おやおや、ノギ。私のことは**トラクルおじさん**と呼びなさいと言ったはずだよ」

うなずくノギ。

「トラクルおじさん、この車、つかまらない？」

「心配いらないとも。この車のナンバーは大使館用でね。警察《けいさつ》だって、そうそう止めはしないものさ。それにしても大した冒険《ぼうけん》だったね。ハリトもアーディレも、MSSなどに捕《つか》まってしまって怖《こわ》くはなかったかい？」

「みんな優《やさ》しかったよ」ハリトが言った。

「また会いたい」アーディレが言った。

「おやおや」男が笑った。「彼らは君たちのママが大事な使命を果たそうとしたときに、大勢《おおぜい》で囲んで撃《う》とうとしたんだよ」

「……本当？」ノギ＝目を見開いて。

「嘘《うそ》なんかじゃないさ。私が嘘を言ったことが今までにあるかい？　ＭＳＳは油断《ゆだん》がならない組織《そしき》だ。一応《いちおう》、この車内は全ての電波を封《ふう》じるようになっているが、発信器など身につけたまま来てはいないだろうね？」

「ちゃんと調べたよ」ハリト＝得意げ。

「いやはや実に優秀《ゆうしゅう》な子供たちだ。私は多くの場合、連絡役《れんらくやく》に子供を使うのも、君たちのような優秀な子供が大好きだからさ。ところで、そのＰＤＡは、なぜ捨てなかったんだい？　誰かと連絡を取ろうというのかね？」

「これは電源《でんげん》を切れば大丈夫《だいじょうぶ》。追いかけられたとき、これを上手《うま》く使えば、別の場所を追いかけさせて、逃《に》げられるでしょ？」

「なるほど！」男は手を叩《たた》いて喜んだ。「君たちは戦士だ。君たちなら必ず、パパとママが遺《のこ》したものを手にすることが出来るだろう。彼らの意志《いし》を継《つ》ぐことが」

「父さんと母さんが？」ノギ＝希望の表情《ひょうじょう》。

男はノギのその目をじっと見つめながら、笑ってうなずいた。

「ああ、私は君たちのパパとママと、その大勢《おおぜい》の仲間から頼《たの》まれてるんだ。ちゃんと君たちを、君たちの神様が用意した、君たちだけの場所に連れて行くとね」

愉《ゆ》快《かい》そうな男の声とともにリムジンが速度を上げた。

それは三人の子供を乗せて、どことも知れぬ都市の闇《やみ》へと消えていった。

第六話　シティ・オブ・フェアリーテール（後編）

I

ミリオポリス第十九区《デープリング》――高層《こうそう》ホテル。
少女がロビーから飛び出し、裏手《うらて》へ走り込んで、宙《ちゅう》に手を差し伸《の》べた。
「転送を開封《かいふう》」
エメラルドの輝《かがや》きが手足を包む／一瞬《いっしゅん》で機《き》甲化《こうか》――紫《むらさき》の光沢《こうたく》を放つ特甲《トッコー》に。
優雅《ゆうが》なフォルムの鋼鉄《こうてつ》の四肢《しし》／その背《せ》に翻《ひるがえ》る、紫の輝きに満ちたアゲハチョウの羽。
飛ぶ――夜の街。
上空百メートルで旋回《せんかい》。ホテルから消えた子供《こども》らを必死に呼《よ》んだ。
「ノギ！　行っては駄目《だめ》！　お願い！　ハリト！　アーディレ！　返事をして！」
だが求める相手はどこにもいない。
無線《ウィスパー》通信で連絡《れんらく》。
《乙《ツバメ》さん、ホテル西側五キロ四方を探査《たんさ》。雛《ヒビナ》さんは東側を探《さが》して》
ホテル周辺を飛ぶ二つの輝き――青と黄。
《車に乗ったかもしれないぞ、鳳《アゲハ》ぁ》
青の輝き＝乙《ツバメ》――青く鋭《するど》い特甲《トッコー》／青く輝くトンボの羽

《こっちもいないよぉ。地下かもぉ》

黄の輝き＝**雛**《ヒビナ》——黄色いスズメバチの羽／両耳にヘッドホン＆腰に旧式《きゅうしき》アイポッド＝緊《きん》張《ちょう》を紛《まぎ》らす管弦《かんげん》楽曲。

「……っ」

少女＝**鳳**《アゲハ》——悲痛《ひつう》な思いを押し殺し、さらに無線通信。

《**ニナ**さん、逃走経路《とうそうけいろ》は分かりませんの？》

ホテル脇《わき》——〈ミリオポリス公安高機動隊《MSS》〉の通信車両。

「通信解析班《かいせきはん》が割《わ》り出し中だ」

鋭《するど》く返す**ニナ**——通信マイクで指示《しじ》。

「三名の重要参考人が逃走。長男ノギ十三歳《さい》。次男ハリト十一歳。妹アーディレ十歳。妹は糖尿病《とうにょうびょう》だ。インスリン注射《ちゅうしゃ》がなければ命がない。医薬品の線からも追跡《ついせき》。彼らは、テロの黒幕《くろまく》リヒャルト・トラクルを追う唯一《ゆいいつ》の手がかりだ。絶対《ぜったい》に逃《に》がすな」

車内の通信官たちが指示を治安局／交通局へ次々に通達——ニナが隅《すみ》の席に歩み寄《よ》る。

「**冬真**《トウマ》。ノギたちが行きたがっている場所や、会いたがっている人物は分かるか？」

「いいえ……。信用されているとばかり……。なぜ、逃げるなんて……」

「……親の教え通りにしているだけだ」

ニナ＝かすかな悲しみの表情《ひょうじょう》。

ふいに通信機にコール。

「**バロウ神父様です**」冬真が回線をオンに——モニターの一部が映像《えいぞう》を表示。

《あの子らが逃げたというのは本当かね？》

モニターに映《うつ》るバロウ神父——緊急時《きんきゅうじ》においても穏《おだ》やかさを失わない声／表情。

ニナの応答《おうとう》。「はい。そちらにも動きが？」

《御影《ヘル・ミカゲ》くんたち地上戦術班《せんじゅつはん》に捜査《そうさ》してもらった秘密《ひみつ》工場だが、どこも廃棄《はいき》されていた。機体の各部品《パーツ》の組み立ては完了《かんりょう》している。残りの工場のどこかで、最後の部品《パーツ》の組み込みを準備《じゅんび》しているに違《ちが》いない》

「最後の部品《パーツ》？」ニナが訊《き》く。

「犠脳体《ぎのうたい》兵器の中枢装置《ちゅうすうそうち》……**人間の脳だ**」

「人間の……」

冬真——冷たいものを飲んだように、ぞっと身をすくめる。

「まさか、あの子らを……」

ニナ——凄惨《せいさん》な怒《いか》りの表情／握《にぎ》りしめた通信マイクが、みしりと軋《きし》む。

「聞こえているか、戦術班」
モニターの一部に若《わか》い男の顔が現《あらわ》れた。
《先ほどから聞いているよ》
地上戦術班・専任《せんにん》士官＝ホルスト・御影《ミカゲ》・ブレネンデリーベ――戦意を秘めた微笑《びしょう》。
ニナの指示。「推定《すいてい》秘密工場は残り六か所。戦術班を三手に分けろ。お前たちの軍用機《ケーフェ》
体《ル》を高速道路で走らせる許可《きょか》を交通局から得る。抵抗《ていこう》があれば即応戦《そくおうせん》。制圧《せいあつ》しろ」
《了解《りょうかい》した。子供らがどこへ向かうにせよ、彼らが戦う手段《しゅだん》をあらかじめ奪《うば》っておくとい
うことだな。準備は良いか、日向《ヒナタ》？》
《ああ》モニターにもう一人の男が現れる。
地上戦術班・副長＝ロルフ・日向《ヒナタ》・アナベル――憮然《ぶぜん》とした精悍《せいかん》な顔。
《部下どもと〝カブトムシ《ケーフェル》〟に乗って待機中だ。一番近い場所から叩《たた》けばいいか？》
御影＝悠然《ゆうぜん》。《アメリカ人流《アメリカーニシエ》で行け。撃《う》つのは相手に撃たせてからだ》
日向＝憮然。《拳銃《けんじゆう》で撃たせてから、ガトリングガンで撃ち返すやり方だな》
ニナ＝割《わ》り込んで。「それ以上のモノが飛び出してくるかもしれん。気をつけろ」
《了解しているよ、潮音《シオン》》
御影――ぱちりとウィンク／堂に入った色男ぶり。

「成人前の名で呼《よ》ぶな」

顔をしかめるニナ——御影・日向の映像は既《すで》に消えている。

バロウ神父の通信。《私は本部に戻《もど》ろう。捜査《そうさ》結果から、最終組み立て工場を解析《かいせき》する》

「お願いします。冬真をこちらで預《あず》からせて頂いてもよろしいですか？　逃《に》げた子供《こども》らの信頼《しんらい》を得るために必要かもしれません」

《助手が欲《ほ》しいところだが……仕方あるまい。冬真、危《あぶ》ないことはしないようにね》

「はい、神父様」

バロウ神父の映像が消え、ニナが携帯《けいたい》電話を耳に当てた。本部にいる上司への直通連絡《れんらく》。

「申し訳《わけ》ありません……ヘルガ局長」

ミリオポリス第三十五区《ジークムント》——ＭＳＳ本部ビル。

四階——情報解析課《じょうほうかいせきか》フロア。

指揮官《しきかん》席に座《すわ》るヘルガ——制服《せいふく》／小柄《こがら》だがバラの花のような存在《そんざい》感。デスクのモニターに表示《ひょうじ》される膨大《ぼうだい》な情報を見ながら、携帯電話にささやく。

「〝連絡役〟の子供らの確保《かくほ》を敵《てき》に読まれたのは私のミスよ。〈憲法擁護テロ対策局《BVT》〉には私が報告するわ。挽回《ばんかい》あるのみよ、ニナ」

《やはり……BVTの指示で、現地《げんち》警官《けいかん》が我々《われわれ》への協力を拒《こば》んでいるのでしょうか？》

「全《すべ》ての末端《まったん》組織《そしき》がBVTの言いなりではないわ。共闘《きょうとう》してくれる組織もあるはず。今は子供たちの奪還《だっかん》と工場の特定を急いで」

《了解》通話アウト。

ヘルガ——忙《せわ》しげに動き回る局員たちを見渡《みわた》す目が、容赦《ようしゃ》のない光を帯びる。

「MSS単独《たんどく》でどこまでお前を追えるか、これが試金石ね……リヒャルト・トラクル」

《捜査範囲《はんい》を拡大《かくだい》。乙さん、雛さん、解析班が予測《よそく》するポイントを重点的に探《さが》してちょうだい》暗い闇《やみ》の中に消えた子供らを追う鳳。

「お願い……戻ってきて。お願い……」

悲痛《ひつう》な思いで零《こぼ》れる呟《つぶや》き——届《とど》かぬ言葉が、吼《ほ》えるような夜の風に消えていった。

II

ミリオポリス第九区《アルザーグルント》——瀟洒《しょうしゃ》な街を走るリムジン。
運転手＝無表情な三十代前後の男。
後部座席《ざせき》に三人の子供たち——ノギ、ハリト、アーディレ。

そして一人の男。

リヒャルト・トラクル――禿《は》げあがった頭／生気に満ちた緑の目／尖《とが》った鷲鼻《わしばな》。

優《やさ》しくノギの肩《かた》に手を回し、歌うように話しかける。

「君たちは優秀《ゆうしゅう》な戦士だ。ＭＳＳを信頼させた上で、私に情報を与《あた》えてくれたのだから」

次男ハリトが訊《き》く。「トラクルおじさんも父さんと同じ〈イスラム解放同盟《どうめい》〉なの？」

「いいや。私は人の目に見える組織には属《ぞく》していない。私自身も、もはや私ではない」

「どういうこと？」

きょとんとなる少女アーディレ――二人の兄も不思議そうな顔。

「私は、より大きなものの一部なのだよ。個人《こじん》を捨《す》て、世界の真実を選んだのさ」

「真実？　神の真理ってこと？」

ノギ――男の分厚《ぶあつ》い手の平を肩に感じながら。

「ある意味、それは神そのものだ。どんな国家も政治権力《けんりょく》も、それが作りだす一時的な虚《きょ》構《こう》に過《す》ぎない。真実は様々な呼《よ》ばれ方をする。ときに、経済と呼ばれ、情報と呼ばれる。だがどちらも所詮《しょせん》、真実の一部でしかない。真実とは、世界を動かす力であり、ほとんどの人間は、そんな力があることさえ知らずに、個人としての生活を送っているのだ」

ノギ――悲しげな顔。「父さんも似《に》たようなことを言ってた。神に仕える者は、もう、一人の人間じゃないんだって」

ハリト——誇《ほこ》り高く。「選ばれし者は使命を果たさねばならない。使命を果たしてこそ全ての魂《たましい》は救われる。そう、父さんと母さんが言ってた」

「その通り。君たちのご両親は立派《りっぱ》に使命を果たした」

にこにこ微笑《ほほえ》む男——何もかも分かっているというような態度《たいど》。

少女アーディレ——無垢《むく》な質問《しつもん》。「トラクルおじさんの使命は？」

「私の主な仕事は、様々な人間に戦争をする理由を提供《ていきょう》することさ。戦争は人間の悪をあらわにし、国境《こっきょう》を越《こ》える力を生み出す。君たちのご両親も、真実によって導《みちび》かれたのだ。キプロス島で起こった戦火の果てにね」

「俺《おれ》たち、キプロスに戻るんだ」ノギ——希望をこめて言い募《つの》る。「父さんと母さんは、全てが終わったら行く場所があるって言ってた。だから絶対《ぜったい》、俺たちのために帰り道を用意してくれてるはずなんだ」

男——ノギの肩をつかむ手に、かすかに力をこめて。

「私は君たちのご両親から、君たちを神が用意してくれた場所へ行かせることを約束している。君たちだけの場所にね。では、まず、私とノギで、君のご両親が君たちに遺《のこ》した物を取りに行くとしよう」

「兄さんだけ？」ハリト――不安そうに。

「大勢《おおぜい》では目立ってしまうよ」男が宥《なだ》める。「それにアーディレには薬と治療《ちりょう》が必要だ。彼女を、我々《われわれ》が雇《やと》う医師《いし》たちのもとに送らねばならない。ハリトの使命は、それまでアーディレに付き添《そ》っていてあげながら、いざというときに私との連絡役《れんらくやく》を担《にな》うことだ」

アーディレが二人の兄を見る。

ハリトはうなずきつつも、男に向かって訊いた。

「父さんたちが遺してくれた物って、なに？」

「私も何であるかは聞いていない。ただ必ず君たちに渡《わた》すように言われている物さ」

ノギが、弟と妹へ身を乗り出し、手を伸《の》ばした。

「俺が行く。父さんたちが遺してくれた物を持って、必ずお前たちの所に戻《もど》ってくる。ハリト、アーディレを守れ。アーディレは、ハリトの言うことをちゃんと聞くんだぞ」

ハリトとアーディレが、それぞれ兄の手を両手で握《にぎ》りしめた。

ハリト。「僕《ぼく》らのことは心配しないで。兄ちゃんは兄ちゃんの身を守って」

アーディレ。「良い子にして待ってるから。ちゃんと戻ってきて、兄ちゃん。約束して」

「ああ」

ノギ――二人の手をきつく握った。

「準備《じゅんび》は良いかね、戦士たちよ」

男――にこにこしながら。

「最後の冒険《ぼうけん》の始まりだ。君たちを神の意志《いし》なる場所へ届《とど》けるための」

III

《妖精《スプライト》たちへ。コード1でSOS信号》
ニナの報告《ほうこく》――鳳の羽が電波を受信。
宙《ちゅう》を舞《ま》う鳳＝その場で滞空《たいくう》――夜の街の輝《かがや》きを見渡《みわた》しながら無線通信を返す。
《コード1？　民間の通信ですの？》
《そうだ。ネットを介《かい》してMSSにメッセージが入った。ある住所が明記されている。送信者名は、ノギ・シェン》
鳳――はっとなる。《ノギが？》
《本人である確証《かくしょう》はない。罠《わな》であることを前提《ぜんてい》に、お前たち三人で至急《しきゅう》、捜査《そうさ》しろ。私も通信車両で現場《げんば》に向かう》
羽を通して情報《じょうほう》を受信＝脳裏《のうり》に住所が浮《う》かび上がる――心の痛《いた》みが後から来る。
既《すで》にノギたちは何者かに利用されている。

彼らを追うことが罠となっている。
《行きますわよ、乙さん、雛《かぎ》さん》
風を切って飛ぶ――可能《かのう》な限り早く。
危険《きけん》を承知《しょうち》で――闇《やみ》に呑《の》まれた者を追う。

ミリオポリス第十一区《ジンメリング》／ドナウ運河《うんが》沿《ぞ》い。

古びたコンクリートのビルが並《なら》ぶ区域《くいき》。

経営不振《けいえいふしん》で廃屋《はいおく》と化した小さな劇場《げきじょう》――その一階のロッカー室。

ペンライトをかざす男＝リヒャルト・トラクル――光の中に『5』と記されたロッカー。

「ここだ。さ、君の手で空けてごらん」

男が差し出す鍵《かぎ》を受け取り、ノギは錆《さ》び付いたロッカーに近寄《ちかよ》った。

ザリザリと嫌《いや》な音を立てて鍵が鍵穴《かぎあな》に入ってゆく。

力をこめて回すと、カチン、と予想外に澄《す》んだ音が響《ひび》いた。

男はにこにこ笑っている。ノギはロッカーの取っ手をつかんだ。

ギギギギッと軋《きし》み音を立てながらロッカーが開き、真っ黒い闇《やみ》が口を開いた。

「ふむ。よく見えないな。取り忘《わす》れがあるといけない。これで中をよく見てごらん」

男がペンライトを差し出した。

ノギは一瞬《いっしゅん》ためらう素振《そぶ》りを見せたが、小さな青い光を受け取り、それを闇へかざした。

防水《ぼうすい》パックで包まれた物があった。

急いでそれを取り出した。

中身――パスポート／僅《わず》かな金／拳銃《けんじゅう》・弾丸《だんがん》。

希望に見開かれたノギの目に、ふいに、暗いものがよぎった。

「なんと素晴《すば》らしい！　ご両親は、ちゃんとこうした物を遺《のこ》してくれていたわけだ」

「……二つしかない」

「ん？」

「パスポート……二つしかない」

「どれ。開いてみてごらん」

ノギがパスポートを開く。

一つにハリト、一つにアーディレの名前。

「俺のが……ない」

「それはおかしい。君のご両親が、長男である君に何も遺さないはずがない。ロッカーの中はちゃんとよく見たかね？　もしかすると、取り忘れている物があるかもしれない」

ノギはのろのろと再《ふたた》びロッカーの中を照らした。

奥《おく》の方に、確《たし》かに、何か大きな物があった。

それを見たノギは、咄嗟《とっさ》に手を伸《の》ばしかけ、そして凍《こお》りついたように立ちすくんだ。

「どうだい？　何か見つかったかね？」

ノギは答えない。

じっと、深い悲しみ以外に、何も感じることのない顔になって、それを見つめていた。

子供《こども》の頭ほどの大きさもある——爆弾《ばくだん》。


指定の住所——元は劇場だった廃屋。

直進する鳳の無線通信。《目標の建物を発見。中に入ります》

ニナの声。《待て。二人はどうした》

乙の声。《もうちょっとで着くってば》

雛の声。《待ってよぉ、鳳ぁ》

《あたくしが先行して中の状況《じょうきょう》を確かめます。お二人は、あたくしの指示《しじ》を待って突入《とつにゅう》。いいですわね》

有無《うむ》を言わせぬ鳳の応答《おうとう》——ひらりと、劇場入り口に舞《ま》い降《お》りた。

「転送を開封《かいふう》」

右手をエメラルドの輝《かがや》きが包む。

一瞬の転送——特大の超伝導《ちょうでんどう》式十二・七ミリ重機関銃《じゅうきかんじゅう》が出現《しゅつげん》。

非常識《ひじょうしき》なサイズの銃身を軽々とかざし、建物に歩み入った。

一階ロビー——羽で周囲の動く物を探査《たんさ》。

「鳳」

ふいに声——客席への入り口。

真っ暗闇の向こうに、誰《だれ》かがいた。

鳳が客席へ走る——羽による探査で、相手の位置を、それが誰であるかを把握《はあく》している。

「ノギ！」

叫《さけ》んで駆《か》け寄《よ》ろうとし——思わず、ぴたりと足を止めていた。

埃《ほこり》の積もった暗い舞台《ぶたい》の縁《へり》——ノギが何かのコードとスイッチを手に座《すわ》っている。

「待ってたんだ、鳳」

暗い声で、ノギは言った。

廃屋《はいおく》のロビー——小さなモノが、ふわっと宙《ちゅう》を舞って入り込《こ》んだ。

羽が生えたカメラつき円盤《えんばん》＝〝ハエ《フリーゲ》〟――急行する通信車両に映像《えいぞう》を送信。

「いました！」

通信官の叫《さけ》び――ニナが素早《すばや》くモニターに屈《かが》み込んだ。

「ノギ……」

冬真――隅《すみ》の席から覗《のぞ》き込む。

「何を持っている？」

ニナがぼんやりとにじむ画像を指さす。

「カメラを暗視《あんし》用に切り替《か》えて拡大《かくだい》します」

通信官の操作《そうさ》――画像が鮮明《せんめい》に。

途端《とたん》に、ニナと通信官たちが息をのんだ。

「AP爆弾《ばくだん》……」

ニナ――弾《はじ》かれたようにマイクを手に取る。

「ロケット燃料《ねんりょう》を使用した爆弾だ。周囲の住民に緊急避難勧告《きんきゅうひなんかんこく》！　あの程度《ていど》の建物では粉々に吹《ふ》き飛ぶ！　コンクリートの破片《はへん》が弾丸《だんがん》と化して降《ふ》り注ぐぞ！」

「鳳さん!?」冬真が立ち上がる。

ニナが振《ふ》り返り――ぎょっとなった。

画像――エメラルドの輝きとともに、鳳が、元の姿《すがた》に戻《もど》る様子が映《うつ》し出されていた。

《来たよ、鳳！》《鳳ぁ！》

乙＋雛――青と黄の輝きが、廃屋のそばに舞い降りる。

《あたくしが指示を出すまで待機。来てはいけませんわよ、お二人とも》

鳳の返答――〈還送《かんそう》〉の実行。

特甲《トッコー》を解除《かいじょ》し、その武器《ぶき》も鋼鉄《こうてつ》の四肢《しし》も消え、輝きとともに通常の手足に戻っていた。

ニナの叫び。《何をしている鳳！》

鳳――ゆっくりと歩み寄《よ》りながら。

「ハリトさんとアーディレさんはどこ？」

ノギ――失望に満ちた力のない笑《え》み。

「二人は島に帰るんだ。俺《おれ》たちの故郷《こきょう》に。俺は……俺の分の帰り道は、なかったんだ」

手にしたスイッチを掲《かか》げてみせる。

「これだったんだ。父さんと母さんが、俺に遺《のこ》してくれてた物って……」

ニナの叫び。《今すぐ射殺《しゃさつ》しろ、鳳!!》

鳳はきつく眉《まゆ》をひそめ、かぶりを振った。

「あたくしも……武器を持っていますわ」

やや離《はな》れた位置で立ち止まり、腰《こし》のポシェットから、拳銃《けんじゅう》をそっと取り出した。

「これの置き方は、もう見せましたわね」

鳳が悲しみを押《お》し殺して笑った。

「……うん」ノギが乾《かわ》いた笑みを零《こぼ》す。

まるで二人して、大声で泣きわめきたいのを我慢《がまん》しているようだった。

ニナの叫び。《撃《う》て、鳳！　撃て!!》

「トラクルおじさんが言ったんだ。母さんも、こうしたって」

「駄目《だめ》……お願い。それを置いて、ノギ。こういう風に……あたくしがするみたいに」

鳳が膝《ひざ》を屈《かが》め、静かに銃を床《ゆか》に置いた。

ニナの叫び。《よせ！　鳳！》

「俺は戦士だって、父さんが言った。いつか将軍《しょうぐん》になる強い子だって。それに、こうしなきゃ、父さんや母さんと同じ場所に行けない」

「あなたには夢《ゆめ》があるわ。ハリトとアーディレが言っていたじゃない。あたくしも、いつかあなたが作る料理を頂《いただ》きたいわ」

ノギは小さく笑った。

「……全部、嘘《うそ》だよ。料理なんか作ったことないんだ。ただアーディレが喜ぶから、そう言ってただけでさ」

鳳──悲しく微笑《ほほえ》みながら。

「では……あなたの本当の夢を教えて」

ノギ──顔を上げ、暗闇《くらやみ》を見つめた。

「夢……。夢なんて……どうしたら持てるのかな」

「あなたが本当にしたいことよ。今、あなたが心の底からそうしたいと思うことよ」

ノギが、ゆっくりと鳳に目を戻《もど》した。

「一つだけ……あるよ」

だらりと両手を下げ、完全に力が抜《ぬ》けたようになって、穏《おだ》やかに微笑《わら》った。

「父さんと母さんに会いたい」

カチンとノギの手の中でスイッチを押す音が響《ひび》くや、その何万倍もの轟音《ごうおん》と、閃光《せんこう》と、炎《ほのお》が起こった。

凄《すさ》まじい爆風《ばくふう》に体が弾《はじ》き飛ばされたとき、鳳はただ、炎を見ていた。

遠い昔に家族を、弟と妹を、自分の健全な肉体を焼き尽《つ》くした炎──

それが、今また目の前で、一瞬《いっしゅん》の内に何もかもを奪《うば》うさまを。

ミリオポリス第十一区《ジンメリング》――ドナウ川沿岸《えんがん》。

河沿《かわぞ》いを歩む男が、向こう岸で立ちのぼる爆煙《ばくえん》を見ながら、携帯《けいたい》電話に話しかけている。

「SOSに誘《さそ》われた特甲児童《トッコー》の一人を爆発に巻《ま》き込めたようだ。ノギは素直《すなお》に自爆してくれた。わざわざ弟と妹のパスポートを用意したのが効果的《こうか》だったな。爆弾《ばくだん》も両親が用意したものだと信じ込んでくれた。アーディレの方は順調かね。ふむ。では邪魔《じゃま》な長男がいなくなったところでハリトくんをスカウトするとしよう」

そして通話を切ると、真っ黒い煙《けむり》に向かって、いたずらげに手を振《ふ》った。

「神の思し召し《インシュ・アッラー》のままに」

IV

クイズだよ。クイズだよ。
世界の悪が封印《ふういん》されていたパンドラの箱が開かれたとき、最後に現《あらわ》れたのは「希望」の心だったんだ。では問題。この「希望」が最後まで出て来なかったのは、なぜ？
A☆目が見えなかったから
B☆怖《こわ》がりだったから

C☆眠《ねむ》っていたから

「さあ、答えはどーれかな？」

螢《ホタル》が言った。赤いおかっぱ髪《がみ》／ミント色の目／独特《どくとく》の愛嬌《あいきょう》のある、お澄《す》まし顔と口調。

「Bだね。ビビってたんだぜ、きっと」

皇《スメラギ》が言った。短く刈《か》った金髪《きんぱつ》／萌黄《もえぎ》色の目／すらりと背《せ》が高い、シャープな風貌《ふうぼう》。

「お嬢様《フロイライン》は？」と螢が訊《き》く。

皇がこちらを見て、言えよ、というように顎《あご》をしゃくる。

「あの……Cですかしら。眠っていて箱が開かれたことに気づかなかったのかも……」

お嬢様《フロイライン》＝鳳が言った。短い髪／傷《きず》一つ無い綺麗《きれい》な顔立ち／いつも相手の顔色をうかがう気弱な態度《たいど》。

「ははっ。お嬢様《フロイライン》みたいだな」

皇が笑って、鳳の髪をくしゃくしゃにする。

「やだ、お寝坊《ねぼう》さんは皇の方じゃありませんの」

頭を抱《かか》えながら慌《あわ》てて逃《に》げる鳳。

「で、答えはなんだい？」皇が訊く。

「そ・れ・は、任務《にんむ》が終わってからのお楽しみさ」螢——澄ました顔。「答えが聞きたければ無事に仕事をこなして、元気に帰って来ること。二人とも準備《じゅんび》は良いかい？」

「おっと待った。螢もお嬢様《フロイライン》も、こっち来な。私が、おまじないをしてやっから」

絆創膏《ばんそうこう》——香《かお》りつき／星座《せいざ》の印。

「ジプシーだった婆《ばあ》さんから教えてもらったんだ。よく効《き》くんだぜ」

螢＝乙女座《おとめざ》——リンゴの香り。

皇＝天秤座《てんびんざ》——オレンジの香り。

鳳＝獅子座《ししざ》——ブドウの香り。

「準備万端《ばんたん》だな」螢の微笑《びしょう》——ほっぺに絆創膏。「さ、皇、お嬢様《フロイライン》。ミリオポリスって名の王様が、あたしら妖精《スプライト》たちをお召《め》しだよ」

お嬢様《フロイライン》——螢も皇も、鳳をそう呼《よ》んだ。

まるで自分たちの妹か、お姫様《ひめさま》のように。

自分たち二人が、鳳を守るのだと言うように。

出撃《しゅつげき》前のクイズ——そして絆創膏。

どちらも二人に教えてもらった。

勇気と優《やさ》しさと喜びの方法――希望。

いなくなってしまった者達の忘《わす》れ形見――今では自分がそれを行う側になった。

ずっと二人に守られていた自分――気づけば守る側になっていた。


「鳳!」「鳳ぁっ!」

乙＋雛――上空二百メートル/粉々になって飛び散ったコンクリート片《へん》をかわして上《じよう》昇《しよう》/すぐさま、爆炎を噴《ふ》き上げる廃屋《はいおく》へと戻《もど》ってゆく。

通信車両の到着《とうちやく》――後部ドアが開き、冬真とニナが飛び出す。

「鳳さん!」冬真――崩壊《ほうかい》した建物へ。

「待て!乙と雛に捜索《そうさく》を任《まか》せろ!」

ニナの制止《せいし》――だが冬真は、常《つね》ならぬ勢《いきお》いで黒煙《こくえん》の中に突《つ》っ込んでゆく。

たちまち焦熱《しようねつ》と悪臭《あくしゆう》に襲《おそ》われ、激《はげ》しく咳《せ》き込《こ》んだところへ、ふいに、声が聞こえた。

「まったくお嬢様《フロイライン》ときたら、私らが助けてやんないとしょうがないんだから」

はっと冬真が振《ふ》り返る。

煙《けむり》の向こう――炎《ほのお》の明かりで、ぼんやりと人影《ひとかげ》が見える。

劇場《げきじよう》のロビーだった空間――火を避《よ》け、何とか冬真が進むうち、また別の声がした。

「心配ない。この程度《ていど》で、特甲児童《トッコー》は死ねない」

男っぽい口調――だが声音《こわね》は女の子。

「電池《でんち》は大丈夫《だいじょうぶ》か、螢」先ほどの声。

「爆風《ばくふう》を防《ふせ》ぐためにプラズマを使いすぎた。しばらく使用不可《ふか》だ。電力をお前に戻す。ただちに透化防壁《とうかぼうへき》を形成しろ、皇」

そこで、ほんの一瞬《いっしゅん》、爆炎《ばくえん》の向こうに、その姿《すがた》がかいま見えていた。

ボサボサの長い金髪《きんぱつ》／萌黄《もえぎ》色の目／大きな軍のジャケット／灰《はい》色のズボンにブーツ。

どうやら少女――だが一人しかいない。

その左手――ごつい灰色の機械の手。

「あいよ、螢」

少女が自分の手の平を見て言った――というより、その機械の左手と会話をしていた。

突然《とつぜん》、その姿が、すっと幻《まぼろし》のように消えた。

燃《も》え盛《さか》る炎の音のせいで、声の内容《ないよう》も、ほとんど冬真の耳に入っていない。

暗闇《くらやみ》と炎と黒煙の中、本当にそこに誰《だれ》かいたのか、ということさえ判然《はんぜん》としなかった。

何より、その場に横たわった鳳の姿が目を打つや、冬真の脳裏《のうり》から、たった今見たかもしれない何者かのことは、綺麗に消えていた。

「鳳さん!!」

駆《か》け寄《よ》ってその手に触《ふ》れようとしたとき——頭上から輝《かがや》きが飛来した。

乙十雛——猛然《もうぜん》と羽をはばたかせて煙を吹《ふ》き飛ばしながら、鳳の両脇《りょうわき》に舞《ま》い降《お》りるや、二人とも無言で、意識《いしき》を失った鳳をさっと抱《かか》えると、再《ふたた》び飛翔《ひしょう》してしまった。

「冬真!」

ニナが来て冬真の肩《かた》をつかんだ。

「あの二人が本部まで鳳を運ぶ。車両に戻《もど》れ」

「はい……」

うなずく冬真——目は飛び去る輝きを見ている。

地上にいる自分の助けどころか声さえ届《とど》かない。

ただ見上げるしかないのだということが、やけに胸《むね》に残った。

ミリオポリス第十七区《ヘルナルス》——ホテルの一室。

ハリトは、ソファで、うとうとしながら兄と妹を待っていた。

アーディレは一時間ほど前に、医者であるという男たちとともに別の場所へ移動《いどう》している。何でも薬を打たなくても良くなるように治療《ちりょう》してくれるというのだ。

アーディレは喜んだ——病気のせいで兄たちに迷惑《めいわく》をかけないで済《す》むと言って。

ふいにノックの音——鷲鼻《わしばな》の男が神妙《しんみょう》な顔で入ってきた。

ハリトの隣《となり》に座《すわ》り、防水《ぼうすい》パックに包まれた物を差し出しながら言った。

「ノギが死んでしまった。MSSに捕《つか》まって殺されたのだ」

「え……」ハリト——ぽかんとなる／ぼうっと手の物を見る＝パスポート・拳銃《けんじゅう》。

その手が震《ふる》えを帯び、ぎゅっと防水パックを握《にぎ》りしめた。

「ノギは勇敢《ゆうかん》だった。それを君らに渡《わた》すため、MSSの特甲《トッコー》児童を道連れにした」

「……そうなんだ」ハリト——魂《たましい》の抜《ぬ》けたような顔／涙《なみだ》も出ない乾《かわ》いた虚《うつ》ろな目。

「ノギの仇《かたき》を討《う》ちたいかね？　君のご両親の意志《いし》を受け継《つ》ぎ、これからも私の仕事を手伝ってくれれば、必ずや仇が討てるだろう」

ふいにハリトの目に光が戻《もど》った。

両眼《りょうめ》から涙が溢《あふ》れ出し、頬《ほお》をつたわった。

「アーディレと帰ります……キプロスに」

「兄さんの魂を置いてかね？」

ハリトは自分の胸に手を当てた。

「兄ちゃんはここにいるから……。兄ちゃんは言ってた。絶対《ぜったい》、誰も殺すなって。僕《ぼく》らが故郷《こきょう》に帰る方が……きっと兄ちゃんは喜ぶから」

男はさも感心したように、うなずいた。

「ふむ。それが君の選んだ道というわけだ。良いだろう。じきにアーディレの治療が終わるころだ。一緒《いっしょ》に迎《むか》えに行こう。それと、その銃は君が持っていなさい。いざというときに必要になるかもしれないからね」

V

ミリオポリス第三十五区《ジークムント》――MSS本部ビル。

六階／医療《いりょう》フロア――その一室。

ベッドで眠《ねむ》る鳳。そのそばで乙と雛が、じっと無言で座《すわ》っている。

廊下《ろうか》――開け放したドアの向こうで、バロウ神父が三人の様子を静かに見つめている。

「神父様」冬真――足早に廊下を進む。

「鳳は眠っているよ」

バロウ神父――指を口に当てて静かにするよう促《うなが》す。

「衝撃《しょうげき》で意識《いしき》を失っただけだ。心配ない」

冬真は部屋の中を見て、咄嗟に足を止めていた。

乙と雛の小さな背《せ》が、誰も入るなと告げているような気がしたからだった。

思わず退《しりぞ》く──悄然《しょうぜん》と目を伏《ふ》せる。

すぐ近くにいるはずの鳳が──三人が、とても遠いところにいるような思いに駆《か》られる。

「ニナはどうしているかね？」

「……ハリトとアーディレを探《さが》してます」

「冬真、大丈夫《だいじょうぶ》かね？　ずいぶん疲《つか》れているようだ。お前も少し休みなさい」

「眠れそうにありません……」

かぶりを振《ふ》る──すがるようにバロウ神父を見上げる。

「見てしまったんです。ノギが、スイッチを入れるのを……。自分ごと鳳さんを……」

バロウ神父＝重い溜《た》め息《いき》。

「そうか……」

「悲しいのに……涙が全然出ないんです。だんだん悲しいのかどうかも分からなくなってきて。ノギは最期《さいご》に……笑っていました。あんな顔……一生、忘《わす》れられません。なぜあんな小さな子が……。鳳さんたちだって……」

部屋の方を見るバロウ神父＝重い声。

「彼女たちは、大人でさえトラウマになるような、途方《とほう》もない精神力《せいしんりょく》を要求される仕事に従事《じゅうじ》している。彼女たちだけでなく、国連の統計《とうけい》では、全世界で少年少女兵は百四十万人前後もいる。労働する未成年の一割《わり》が、戦場にいる計算だ。それが常識《じょうしき》であるとは言わない……だが現実《げんじつ》だ」

「こんな風に誰かが死ぬなんて……遠い国の出来事だと思っていました」

「テロ戦争が始まって以来、未成年者の兵士は増加《ぞうか》する一方だ。その現象《げんしょう》は先進国にも波《は》及《きゅう》している。テロ戦争の経済効果《けいざいこうか》とともに」

「経済効果……？」

「金になるのだ。戦争は。平和時では労働力とみなされない若い人材でも、戦時では必要とされ、雇《やと》い雇われる関係になれる。他《ほか》に仕事がない末端《まったん》兵士にとって重要なことだ」

病室に目を向けるバロウ神父——じっと鳳たちを見つめて。

「身体に障害《しょうがい》を持った者を機械化することで有用な労働者としたとき、最も増《ふ》えるのが戦争従事者であることは、ずっと以前から予想されていた。戦争と肉体の機械化は、もともと切っても切れない関係にある。肉体を損傷《そんしょう》した彼女たちが、今も高価《こうか》な機械の体で生活できるのは、戦争のお陰《かげ》でもある」

「戦争って……ヨーロッパのどこの国も、戦争なんかしていません」

バロウ神父は冬真を見て、うなずいた。まるで冬真の方が正しくて、自分は間違《まちが》った答えを教えているのだとでもいうように。

「世界中が、平和でありながら戦時下にあるという状況《じょうきょう》が、二十一世紀の初めから少しずつ作られ、いつしか止めようもないものになっていったのだ。過去《かこ》二千年の社会においてテロはただのテロに過《す》ぎなかった。だがテロを世界的な戦争とみなしたとき、戦争をしていない国などないことになってしまった」

冬真＝無言——話される内容《ないよう》があまりに大きすぎて、咄嗟《とっさ》に、何をどうとらえて良いのかも分からなかった。まるで目に見えない巨大《きょだい》な機械の中にいて、世界中の人間が知らないうちにその部品にされているような、得体の知れない嫌《いや》な気持ちに襲《おそ》われていた。

「人類史に残る汚点《おてん》だ。百年後の人間は、この時代に生きる我々《われわれ》を見境《みさかい》のない愚《おろ》か者として笑うだろう。こんな馬鹿《ばか》げた仕組みは一日も早く終わらねばならん。だが終わらせ方が、誰にも分からなくなってしまった——」

ふいに、部屋で声が起こった。

「鳳……」「鳳ぁ」

乙＋雛——立ち上がる二人の間に、上半身を起こした鳳が見えた。

ぼんやり宙《ちゅう》を仰《あお》ぐ鳳——すぐそばにいるはずの乙や雛の存在《そんざい》に気づいた様子さえない。

「おかしい……」

バロウ神父が部屋に入ったとき、にわかに輝《かがや》きが起こった。

鳳が転送を開封《かいふう》――エメラルドの輝きとともに手足が粒子状《りゅうしじょう》に分解《ぶんかい》／一瞬《いっしゅん》で置換《ちかん》。

鋼鉄《こうてつ》の四肢《しし》／長大な武器《ぶき》をかかげ、羽を翻《ひるがえ》すや、頑丈《がんじょう》な窓《まど》を掃射《ダダダ！》・掃射《ダダダ！》――閃光《せんこう》。

ひとなぎで木っ端《ぱ》微塵《みじん》に吹《ふ》き飛んだ窓から、紫《むらさき》の輝きが飛び出し、宙を飛翔《ひしょう》した。

「鳳っ！」「鳳ぁ！」

乙＋雛――立て続けに転送を開封／青と黄の輝き。

「待て！ 行ってはならん！」

バロウ神父の制止《せいし》――だが二人とも振《ふ》り返りもせず壊《こわ》れた窓から飛び出していた。

けたたましい警報《けいほう》の音が全フロアに響《ひび》く。

あまりのことに冬真は声も出ない。

「まずい……」

バロウ神父――病室のインターフォンを手に取り、緊急《きんきゅう》コール。

「私だ。バロウだ。大至急《だいしきゅう》、ニナに、三人の兵器をロックするよう伝えてくれ。鳳に、あれが起こった可能性《かのうせい》がある。今すぐ止めねばならん」

飛翔――解析班《かいせきはん》の情報《じょうほう》サーバーにアクセス。

脳裏《のうり》で〝敵《てき》工場〟の予測地点が映像化《ビジュアライズ》され、鳳は、最も可能性が高い場所へ向かった。

見開かれた深紫《ディープ・パープル》の瞳に満ちる虚無《きょむ》──街の至《いた》るところに見える幻《まぼろし》＝炎《ほのお》・炎・炎・炎。

この街が繰《く》り返し見せるものがそれしかないなら、いっそ自分のものにしてしまえ。

炎を手に──炎を起こす者を全《すべ》て滅《ほろ》ぼせ。

《止まれ、鳳！　単独《たんどく》で突撃《とつげき》する気か！》

ニナの叫《さけ》び──だが鳳には聞こえない。

緊急信号で武器《ぶき》がロックされるが、すぐさま戦闘時《せんとうじ》の権限《けんげん》を最大駆使《くし》／十数通りもの手段《だんしゅ》でロックを回避《かいひ》／生ける弾丸《だんがん》・人間の形をした一個《こ》の銃器《じゅうき》と化して夜空を飛び抜《ぬ》ける。

ふいに速度で上回る青い輝きがすぐそばを飛翔／旋回《せんかい》──眼前《がんぜん》に立ち塞《ふさ》がった。

「鳳ぁっ!!」乙の叫び。

鳳の停止／滞空《たいくう》──すぐ背後《はいご》に雛が来る。

ガシャッと重々しく構《かま》えられる鳳の機銃。

乙はその銃口を見つめ、それから、ちらっと背後を見やった。

鳳が突入しようとしていた〝敵工場〟らしき建物──

「あそこを、ぶっ壊すの？」乙が訊《き》く。

鳳は無言──虚無をたたえた瞳《ひとみ》。

雛が二人を上目遣《うわめづか》いでじっと見ている。

乙が言った。「鳳がやるって言うならやるよ。何だってやるよ。でも、一人は駄目《だめ》だろ。

鳳、言ったじゃんか。絶対、一人は駄目だって。オレたち、いつも三人一緒《いっしょ》だって」

ふいに鳳の目に光がともった。

（決して一人になっちゃ駄目だ）

脳裏に去来する声――懐《なつ》かしい者達の顔。

（全てが全員のものだ。誰か一人が背負《せお》ったり、誰か一人に押《お》しつけたりすることだけは、
しちゃいけない。いいね、皇《スメラギ》、お嬢様《フロイライン》）

今も聞こえる、失われた者達のささやき。

「螢《ホタル》……皇……」

鳳の悲しい呟《つぶや》き――目が急に焦点《しょうてん》を結び、

「乙さん？」

びっくりしたようになって言った。

「鳳ぁ……」背後から雛が呼《よ》ぶ。

「雛さん……。ノギは？　あたくし……」

「死んだよ。ノギ」乙がぽつんと言った。

鳳が息をのんで凍《こお》りついた。

街の彼方《かなた》で、うっすらと朝が訪《おとず》れていた。

ミリオポリス第十九区《デープリング》――がらんとした河岸《かわぎし》。

男と共にリムジンから下りたハリトの顔を、昇《のぼ》りゆく朝陽《あさひ》が照らした。

「アーディレ？」

防水《ぼうすい》パックに入った荷物を握《にぎ》りしめ、河そばに停車した大きなトラックに歩み寄《よ》る。

運転席は無人――荷台の扉《とびら》が開いており、ハリトは中を覗《のぞ》いた。

真っ白なベッド／点滴《てんてき》の台／流し／医療器具《いりょうきぐ》――トラック後部全体が清潔《せいけつ》な手術室《しゅじゅつしつ》。

そこにも誰もおらず、ハリトは後から来た男を振り返った。

「アーディレはどこ？」

「さて。まだ麻酔《ますい》が効《き》いているはずなので、そう遠くまで歩けはしないのだがね」

男がコンクリートの河岸に立って見回す。

「おや、あんなところにいる」

やや離《はな》れた場所で、アーディレが、薄汚《うすよご》れた廃屋《はいおく》の壁《かべ》にもたれ、きらきらと朝陽に輝《かがや》く河面《かわも》を見つめていた。人形のように手足を投げ出し、頭を真っ白いスカーフが覆《おお》っている。

「アーディレ!」

妹が振り返り、虚《うつ》ろな目で、駆《か》け寄る兄を見た。

拍子《ひょうし》にスカーフがずれ、異様な、あるわけのない凹《へこ》みが出来ていた。

ハリトは怖《おそ》ろしいものに触《ふ》れたように目を見はった。

震《ふる》える手でスカーフの端《はし》をつまみ、そっと、引っ張った。

妹の頭があらわになった。

髪《かみ》を剃《そ》り落とされた頭——額《ひたい》・耳の後ろ・後頭部が消失=傷《きず》を人工皮膚《ひふ》が覆っている。

「兄……ちゃん……」

脳《のう》を失った妹が、悲しい掠《かす》れ声で呼んだ。

ハリトは顔を歪《ゆが》ませ、大きく口を開き、今にも悲鳴を上げそうになって震えている。

背後《はいご》で、男が言った。「アーディレは、病気から解放《かいほう》された。彼女という存在《そんざい》は火と鋼《こう》鉄《てつ》とともにある。君らのご両親が、君らのために用意した、神なる姿《すがた》とともにね」

ハリトは、じっと妹のそばに屈《かが》み込《こ》んでいる。ふいに、口をぎゅっと引き結び、目に屹《きつ》然《ぜん》とした光をやどすと、男には見えないよう、ポケットから何かを取り出した。

それを自分の体で隠《かく》しながら素早《すばや》く操作《そうさ》すると、そっと妹の手に握らせた。

妹もすぐに兄の考えを理解《りかい》し、一回だけまばたきした。

それが彼らの最期《さいご》の会話になった。

ハリトは防水パックを開き、拳銃《けんじゅう》を抜《ぬ》いた。

「あ――っ!!」

あらん限《かぎ》りの声を上げ、にこにこ笑う男を振《ふ》り返り、銃を構《かま》え、引き金を引いた。

カチッと呆気《あっけ》ない音が響《ひび》いた。

男は優《やさ》しい声で言った。「弾《たま》は入っていないよ。それは君を試《ため》すために入れておいただけだ。とても残念だよ、ハリト。優秀《ゆうしゅう》な君には是非《ぜひ》とも私の助手に欲《ほ》しかったのに」

「うわぁ――っ!!　ああーっ!!」

血を吐《は》くような叫びを上げてハリトは走った。手にした銃を振りかざし、男に向かって殴《なぐ》りかかる――が、ひょいとよけられたと思った途端《とたん》、物凄《ものすご》い勢《いきお》いで顔面を蹴《け》られた。

目の前が真っ暗になって倒《たお》れた。口の周りが血でぬるぬるした。

すぐに起きあがり、あらん限りの声を振り絞《しぼ》り、男につかみかかった。

男は笑《え》みを消し、拳《こぶし》でハリトの肩《かた》を殴り、勢いを挫《くじ》けさせたところで、猛烈《もうれつ》な勢いで、何度もハリトの上に足を踏《ふ》み下ろした。

「子供《こども》が大人に逆《さか》らっちゃ駄目《だめ》じゃないか」

真面目《まじめ》な調子で言って、執拗《しつよう》に踏みにじり、ぐったりとなるハリトの腹《はら》を思い切り蹴ると、溜《た》め息《いき》をつきつつ、また急に優しい顔になった。

「こんな風にされるのは辛《つら》いだろう？　悔《くや》しいだろう？　真実の一部になれば君も力を手に入れられる。何だって支配《しはい》出来るんだ。さあ、私と一緒《いっしょ》に来たまえ。君の人格《じんかく》を破壊《はかい》して洗脳《せんのう》しても良いが、それでは、せっかくの優秀な才能《さいのう》が歪んでしまうからね」

ハリトは激《はげ》しく咳《せ》き込んで真っ赤な血を吐き、横たわったまま男を見上げた。

「何が真実だ……。お前はただの頭のおかしい男だ。神様だって、お前が奴隷《どれい》になると言っても、嫌《いや》がって追い払《はら》うに決まってる」

「いいや。神様が私の奴隷なのだよ」

男は懐《ふところ》から銃を取り出すと、埃《ほこり》でも払うように、あっさりとハリトの頭を撃《う》った。

僅《わず》かな痙攣《けいれん》――ハリトは動かなくなった。男はその腕《うで》を引っ張《ぱ》って引きずり、一部始終を哀《かな》しく見つめていたアーディレのすぐ隣《となり》に、並《なら》べて座《すわ》らせた。

「ここが、君たちの約束の地というわけだ。君たちも、ご両親も、その一族も、みな私の役に立ってくれた。君たちの神様に代わって――ありがとう《ダンケシエーン》」

動けぬアーディレの額《ひたい》にちゅっと音を立ててキスをし、きびすを返し、去っていった。

「兄……ちゃん……」

妹が、兄の動かぬ手を握《にぎ》った。

そして懐に隠したもう一方の手で、兄に渡《わた》されたPDAを、コールし続けていた。

「信号をキャッチ。子供《こども》らに渡したPDAだ。ただちに現場《げんば》に向かう。戦術班《せんじゅつはん》、数名をこちらに回せ」ニナの指示《しじ》――通信車両が猛スピードで市外を突《つ》っ切ってゆく。

鳳の声。《あたくしたちが行きます》

「我々《われわれ》の方が近い。お前たちはそこで待機。敵兵器《てきへいき》の在処《ありか》が判明《はんめい》し次第《しだい》、出撃《しゅつげき》だ」

ニナの制止《せいし》／命令――鳳の反論《はんろん》と行動を封《ふう》じる。

間もなく戦術班の軍用機体〝カブトムシ《ケーフェル》〟四台が合流――ミリオポリス第十九区《デーブリング》の河岸《かわぎし》に到着《とうちゃく》／ニナが銃を手に外へ出る。

「いたぞ。ハリトとアーディレだ」

ニナが駆《か》け寄《よ》る――ぎくっとなって立ちすくむ。

ボロ屑《くず》のようになって死んだハリトの隣で、脳のないアーディレが悲しく目を上げた。

「なんと……いうことを」

膝《ひざ》をつくニナに、アーディレが、そっと何かを差し出した。

「PDA……」

受け取った途端《とたん》、液晶《えきしょう》パネルが展開《てんかい》――ハリトを撃つ男の姿が現《あらわ》れる。

「この男が……リヒャルト・トラクル？」

アーディレが、小さくうなずいた。

「ハリトを囮《おとり》に……撮影《さつえい》したのか……」

また小さくうなずいた。そして自分の額を指先で示し、ニナの持つ銃を見た。

「撃てと……」ニナが呻《うめ》いた。

そこへ〝カブトムシ《ケーフェル》〟から下りた日向が来て、ニナのそばに立ち、少女を見つめた。

日向が握る銃に、ニナが愕然《がくぜん》となった。

アーディレの口から掠《かす》れた声が零《こぼ》れ出た。

「慈悲あまねく慈悲深きアッラーの御名において《ビスミッラーヒル・ラハマーニル・ラヒーム》

万有の主アッラーにこそ全ての称讃あれ《アルハムドゥ・リッラーヒ・ラッビル・アーラミーン》

慈悲あまねく慈愛深き御方《アッラハマーニル・ラヒーム》

最後の審判の主宰者《マーリキ・ヤウミッディーン》

私たちはあなたにのみ仕え《イイヤーカ・ナアブドゥ・ワ》

あなたにのみ御助けを請う《イイヤーカ・ナスタイーン》

私たちを正しい道に導きたまえ《イヒディナッスィラータル・ムスタキーム》」

アーディレが目を閉《と》じた。

「お前は神の子だ」

日向が言って、引き金を引いた。

銃声《じゅうせい》――アーディレは兄たちのいる場所へ送り出された。

VI

ミリオポリス第二十四区《ヴィーナー・バルト》――暗い森の一角。

底知れぬ悲しさとともに、それは目覚めた。

銀の翼《つばさ》／垂直離陸型《すいちょくりりく》の戦闘《せんとう》機体／内部にカプセル＝髄液《ずいえき》＝脳《のう》。

既《すで》にその意識《いしき》は巨大《きょだい》な力の部品と化し、いかなる意志《いし》も悲しく消え、望まぬ使命に心は食い滅《ほろ》ぼされた。残されたのは、ただ、悲しい――という思い。

そして、その思いを世界にもたらすべく、火を噴《ふ》きながら森から飛び立った。

より多くの悲しみを生み出すことで、自分の悲しみを小さくしようとするように。

機械の目に、街がひどく小さく見えていた。

第二十四区《ヴィーナー・バルト》の入り口——疾走《しっそう》する戦術班の〝カブトムシ《ケーフェル》〟×八台。

小さな車工場——その背後《はいご》の森で轟《とどろ》く、ジェットエンジンの咆吼《ほうこう》。

先頭——御影の通信。

「敵兵器を確認《かくにん》。バロウ氏が予測《よそく》した戦闘機〈コローニスの大鴉《おおがらす》〉だ。強力なジャミングでじきに通信不可《ふか》になる。子供《こども》たちは確保《かくほ》できたのか？」

日向の声。《一人は死んでいた。脳《のう》を奪《うば》われた子は祈《いの》りを済《す》ませた後で俺《おれ》が撃《う》った》

「そうか……辛《つら》い仕事をさせたな、日向」

工場内に〝カブトムシ《ケーフェル》〟が躍《おど》り込む——同時に建物の一角で閃光《せんこう》＝ロケット弾《だん》が飛来。

〝カブトムシ《ケーフェル》〟が散開＝爆炎《ばくえん》が起こった。

御影＝不敵《ふてき》な笑《え》み。「ようやく敵がいたな」

日向の声。《援護《えんご》に向かう》

「お前はニナのそばにいてやれ。私たちが、その子の祈りを、ここの連中に届《とど》けてやる」

《要撃《ようげき》開始だ、妖精《スプライト》たち！》ニナの指令。

鳳——乙＋雛とともに飛翔《ひしょう》しながら通信。

《子供たちは？　無事なのですか？》

《ハリトは死んだ》ニナ＝震《ふる》える声。《敵の機体に……アーディレの脳が使用された》

鳳——絶句。

止まりかける自分を強《し》いて前へ進ませる——後から悲しみが追ってくる。

《あの子を……解放《かいほう》してやってくれ、鳳》

胸《むね》の苦しさで息がつまりそうになる——その苦しみを言葉に変えて、大声で放つ。

「お仕事ですわ、乙さん、雛さん！　目標の進路を抑《おさ》えて追跡《ついせき》！　電子妨害下《ぼうがいか》での三点要撃態勢《たいせい》！　目標視認《しにん》と同時に攻撃可《こうげきか》能《のう》位置に飛び込みますわよ！　いいですわね！」

河岸《かわぎし》の一角——何もない場所に、すうっと幻《まぼろし》のように現《あらわ》れる者がいた。

ボサボサの金髪《きんぱつ》の少女——大きな軍のジャケット。

空を舞《ま》う銀色の機影《きえい》と、それを追う三つの輝《かがや》きを、じっと見つめている。

「鳳のやつ……また泣いてら」

「見えるのか、皇」

少女の機械の左手が、ひょいと少女の顔のそばに来て、声を上げた。

「そんな気がするだけさ。鳳が、私らの分も泣いてくれてるって思うと安心すんだ」

「人格改変《じんかくかいへん》プログラムのせいで、泣き方を忘《わす》れてしまったからだな。だが我々《われわれ》の脱走《だっそう》で、プログラムが鳳に適用《てきよう》されることは阻止《そし》された。他の特甲児童《トッコー》たちにも……」

少女が肩《かた》をすくめる。

「惜《お》しかったな。あの男、さっきまでここらにいたぜ、きっと」

「やつは確実《かくじつ》に街にいる。やつを殺《や》る機会はまだある」

その左手の言葉に、少女がにやりと笑った。

「私らであの男に……リヒャルト・トラクルに、地獄《じごく》を見せてやろうぜ、螢。あの男がこれまでに見せてきたものが、全部、綺麗《きれい》な天国に見えるくらいの地獄をさ」

そして——すうっとまた、その姿《すがた》が消えた。

強力な電子攪乱《かくらん》——だが三つの輝《かがや》きは決して連携《れんけい》を失わない。

偽《にせ》の通信・策敵《さくてき》・測定《そくてい》——だが三人が惑《まど》わされることはない。

銀の翼《つばさ》から放たれる銃弾《じゅうだん》／爆弾《ばくだん》——どちらも炎《ほのお》の中に消えてゆく。

乙の一撃《いちげき》——翼に亀裂《きれつ》。

雛の爆撃——装甲《そうこう》が砕《くだ》ける・失速する。

そして鳳の要撃——掃射《ダダダ!》・掃射《ダダダ!》・掃射《ダダダ!》。

幼《おさな》い少女の悲鳴が聞こえた気がした。

だが銃撃を止めることはない。
やがて操縦席《そうじゅうせき》が崩壊《ほうかい》――内部の機構《きこう》・カプセルが露出《ろしゅつ》。
「ごめんなさい……」
鳳のささやき――悲しみを込《こ》めて。
撃《う》った――自分の中の大切な何かが、脆《もろ》く砕《くだ》ける思いとともに。
MSSビル地下一階――解析室《かいせきしつ》の映像《えいぞう》。
戦闘機《せんとうき》が森に落下――激《はげ》しい爆炎。
「撃墜《げきつい》した……」バロウ神父――重い声。
ついで地上戦術班《せんじゅつはん》の報告《ほうこく》――工場を制圧《せいあつ》。逮捕者《たいほしゃ》多数。
さらにニナの報告――リヒャルト・トラクルの姿はどこにもなし。
ふいに電話が鳴る――バロウ神父が出る。
「そうだ。ニナ……鳳のあれは鎮《しず》まったようだ。ああ……共に、子供らのために祈《いの》ろう」
受話器を置くバロウ神父に、冬真が訊《き》いた。
「神父様……あれって、何ですか？」
バロウ神父＝重い声。「……怪物《かいぶつ》だ」

「え？」

「特甲《トッコー》児童の人格改変《じんかく》プログラムの名残《なごり》だ。本来、恐怖心《きょうふしん》を消すためだけのものだったが、問題が発生し、今は使用されていない」

「問題……？　事故《じこ》か何かが……？」

「仲間同士で殺し合ったのだ」

冬真──啞然《あぜん》。

病室で見た鳳の虚無《きょむ》に満ちた目を思い出し、ぞっとなった。

「鳳と、皇と、螢……三人で。鳳の顔の傷《きず》は、そのときのものだ。以来、皇と螢は行方《ゆくえ》不明……おそらく生きてはいないだろう」

「で、でも、鳳さんは、そんなこと、一言も……」

「私たちが鳳から、記憶《きおく》を消した」

重い罪《つみ》を告白するようなバロウ神父──冬真は今度こそ本当に言葉を失った。

「兵器開発から手を引くたび……神は、私をここに戻《もど》してしまわれる。まるでここ以外に、私の罪をあがなう場所はないと言うように……」

悲しくモニターを見つめるバロウ神父。

冬真もそれを見た。

空を舞《ま》う輝《かがや》き――どれほど呼《よ》びかけても届《とど》かない。鳳がいる場所に行くことは出来ない。

とても悲しかった。こんなにも悲しいことばかりの場所に、なぜいようとするのか。

冬真は、ただ、紫《むらさき》の輝きが遠く去るのを見ていた。

その輝きを、いつまでも見ていたかった。

悲しみ――その重さに耐《た》え抜《ぬ》き、飛翔《ひしょう》する、彼女の輝きを。


ミリオポリス第二十二区《ドナウシュタット》――ドナウタワー。

高さ二百五十メートル余《あまり》の頂点《ちょうてん》=僅《わず》かな面積に苦もなく着地《ランディング》する紫《むらさき》・青・黄の輝き。

力を失ったように尖塔《せんとう》に腰掛《こしか》け、うつむく鳳――

かと思うと、すぐに顔を上げ、朗《ほが》らかに言い放った。

「お二人ともよく働きましたわ♪　ご褒美《ほうび》にクイズの答えをお教えしますわねーっ♪」

両側に座《すわ》る乙+雛――無言。

「なんと、正解はA――っ！　ですわ♪」

乙+雛――無反応《むはんのう》。

「パンドラの箱から『希望』が最後に現《あらわ》れたのは、なんと、目が見えなかったから♪　では、なぜ目が見えなかったか……というと……それは……」

なおも明るく告げる鳳——だがやがて声を詰《つ》まらせ、沈黙《ちんもく》が降《お》りた。

乙も雛も何も言わない。

二人とも、知っていたからだ。

もし「希望」が盲目《もうもく》でなかったら、世界の悪と災《わざわ》いに惑わされ、支配《しはい》され、気が狂《くる》ってしまうだろう。人は、たとえ全《すべ》ての悪を知ったとしても、目を閉《と》じることで心の底に最後まで残るものに気づけるのだ。

「……っく、ひっく」

すすり泣きの声が、乙と雛のすぐそばで起こった。

常《つね》に長女の立場で二人を見守る鳳が、声を殺して泣いている。

乙も雛も、それが分かっていた。けれども何も言えず、どうして良いかも分からず、ただ三人とも、別々の方を見ながら、ひっそりと肩《かた》を寄《よ》せ合っていた。

肩越《ご》しに、悲しみの震《ふる》えを感じながら。

青空／大地を覆《おお》う大都市——その狭間《はざま》。

輝き／寄り添《そ》う——紫・青・黄の羽。

これは難業《なんぎょう》を運命づけられ、また自ら選んだ者たちの記憶——妖精《スプライト・シュピーゲル》たちの物語。

スプライトシュピーゲルあとがき

皆さんアロー！　お久しぶりですの方も初めましての方も、ドイツ語ハナセマスカ《スプレッヒエン・ズィー・ドイッチュ》？

やっぱ超ムズいっす《ガンツ・コンプリッツィエルト》、あきまへん《ナイン・ニヒト・フェルダーベン》。はい《ヤー》。てなわけで冲方丁《ウブカタトウ》ですアデュー。

前作『カオス レギオン』完結から数年、久々にドラゴンマガジン誌上で書かせて頂いたのが本書『スプライトシュピーゲル』であります。表紙に『I』とあるということは、すなわち第一弾であり、第二弾・第三弾とぶっ放してゆく予定の最初の一発目でございます。ただし、それは読者の皆様のご愛顧《あいこ》あってのこと。連載始まった当初は「なんじゃこの文章。＝とか／とか＋とか、どう読むのよナニこれヘンなの」と大変でございました。

これらの記号は読むのではなく「見る」ものでござるゆえ実際《じっさい》に読むのは日本語の部分だけでＯＫ。いわば漫画のコマの線とか吹き出しの線みたいな、言葉と言葉の境界線《きょうかいせん》。あまり意識せず、ぱっと「見流《みなが》して」頂ければ言葉のダンスを楽しめますかと。

実はこれ『カオス レギオン』のときも、たまに使った文体。なぜそれを本編全てで使ったか？『スプライトシュピーゲル』という物語と向き合うにはそれしかなかったわけです。なにしろ鳳《アゲハ》も冬真《トウマ》も今から十年近く未来に住んでいる。彼らは――そして十年後の僕らは、今よりずっと便利で速くて複雑《ふくざつ》でまぜこぜでごっちゃで壊《こわ》れてて歪《ゆが》んだ世界と戦わねばならない。そのためには便利で速くて複雑でまぜこぜでごっちゃで、けれども何とかぎりぎり壊れず歪まずにいられる視点を持つしかない。鳳《アゲハ》や冬真《トウマ》たちの戦いを知ることで、僕ら自身が十年後の世界に対し、ほんの少しでも準備《じゅんび》できるようになるために。

もちろん――物語が進めば、人物たちが変わるように、この文章も変わるかも。この先は未知で、何があるかわからない。嫌《いや》で辛《つら》くて悲惨《ひさん》なものがいっぱいかもしれない。

それでも鳳《アゲハ》や冬真《トウマ》たちは――僕らはその世界を生き抜《ぬ》くだろう。僕はこの物語を書く上で、とても単純に信じている。「未来は良くなる。どれほどの絶望《ぜつぼう》と悲惨《ひさん》が世の中でクラッカーみたいに鳴《な》り響《ひび》こうとも鳳《アゲハ》や冬真《トウマ》たちがそれを知っている。彼らの物語が、全ての悪の後《あと》であらわれる希望《きぼう》のかたちを教えてくれるのだ」と。

一方で、別の物語も始まっている。その物語の名は『オイレンシュピーゲル』。いずれ鳳《アゲハ》や冬真《トウマ》たちと深く結びつくことになる者たちがそこにいる。いったいどんな物語になるのか？　全ては未知だ。信じることでしか進めない。

どうか彼らがあなたによって愛され、妖精《スプライトシュピーゲル》たちの物語があなたの幸いとならんことを。

二千七年二月　冲方丁拝

※本書は月刊ドラゴンマガジン'06年6月号～11月号の連載に加筆修正したものです。

富士見ファンタジア文庫

スプライトシュピーゲルⅠ
Butterfly＆Dragonfly＆Honeybee

平成19年２月５日　初版発行
平成22年５月15日　四版発行

著者——冲方《うぶかた》　丁《とう》

発行者——山下直久

発行所——富士見書房
〒102-8144
東京都千代田区富士見1-12-14
http://www.fujimishobo.co.jp
電話　営業　03(3238)8702
　　　編集　03(3238)8585

印刷所——旭印刷
製本所——本間製本

ISBN978-4-8291-1897-9 C0193

ファンタジア大賞 作品募集中
きみにしか書けない「物語」で、
今までにないドキドキを「読者」へ。
新しい地平の向こうへ挑戦していく、
勇気ある才能をファンタジアは待っています！
［大賞］300万円
［金賞］50万円
［銀賞］30万円
［読者賞］20万円
［選考委員］
賀東招二・鏡貴也・四季童子
ファンタジア文庫編集長（敬称略）
ファンタジア文庫編集部
ドラゴンマガジン編集部
★専用の表紙＆プロフィールシートを富士見書房ＨＰ
http://www.fujimishobo.co.jp/から
ダウンロードしてご応募ください。
評価表バック、
始めました!
締め切りは毎年8月31日（当日消印有効）
詳しくはドラゴンマガジン＆富士見書房ＨＰをチェック!
「これはゾンビですか？」
第20回受賞 木村心一
イラスト：こぶいち むりりん